Meer dood dan levend

Van Tupla Mourits verschenen eerder bij De Arbeiderspers:

Vrouwelijk naakt
Een kwestie van tijd
Speeddate

Tupla Mourits
Meer dood dan levend

Literaire thriller

Uitgeverij De Arbeiderspers
Amsterdam · Antwerpen

Omslagontwerp: Studio Ron van Roon
Omslagfoto: Caryn Drexl / Arcangel Images / Hollandse Hoogte
Foto auteurs: Chris van Houts

ISBN 978 90 295 7226 2 / NUR 305

www.arbeiderspers.nl
www.tuplamourits.nl

I

'Hé,' zei mijn buurvrouw. 'Dat is gek, zeg.' Ze boog over mij heen en probeerde uit het raampje te kijken. Haar zachte g was onmiskenbaar Limburgs.

Ik zag niks raars. De *fasten seat belts*-lampjes waren al enige tijd geleden aangegaan. Het toestel volgde de kustlijn van Ibiza. Het zeewater glansde helderblauw in de ondergaande zon. Op het eiland pinkelden overal al lichtjes.

Op dat moment voelde ik hoe het toestel plotseling hoogte verloor. Mijn maag kwam omhoog in mijn slokdarm.

'Getverderrie. Voelde je dat? Dit is echt heel gek. Joh, we hangen helemaal scheef. Ik ga elk jaar naar Ibiza, Ibiza is keileuk, maar dit heb ik nog nooit meegemaakt. Nog nooit.' Ze was geblondeerd, zonnebankbruin, rook naar een fruitig parfum en klemde haar handen rond de stoelleuningen.

'Wat is er dan niet goed?' vroeg ik. 'Gewoon een luchtzak. Dat komt toch wel vaker voor?'

Vliegangst, dacht ik, ze heeft gewoon vliegangst. Hoewel ik daar gedurende de hele vlucht eigenlijk niks van had gemerkt. Ze had gegeten, een flesje wijn erbij genomen, waarvan ze leek te genieten totdat ze op haar witte spijkerbroek gemorst had. Op de wc had ze de vlek groter gemaakt. Daarna was ze in haar stoel weggesoesd met een tijdschrift op schoot. Haar hoofd hing boven mijn schouder.

'Stijgen en landen,' antwoordde ze. 'Het gebeurt altijd bij stijgen of landen.'

'We zijn er zo. Kijk, daar ligt volgens mij het vliegveld.' Ik zag een lus van grijs asfalt liggen, de ene kant tegen een groene heuvelrand, de andere kant slechts gescheiden van de zee door een strook kale rode aarde. Het water onder ons kwam dichterbij, de landingsbaan leek op die van een vliegdekschip.

De vrouw scheen me niet te horen. 'Waar is het cabinepersoneel gebleven?'

Ik hield mijn ogen naar beneden gericht. Naar de lichtbakens van het vliegveld, een kleine verkeerstoren, een verzameling lage gebouwen. En daarna weer naar groene heuvels, rode aarde, opnieuw de kustlijn. Het vliegveld lag achter ons. Ik keek om me heen voor uitleg of geruststelling. Misschien draaiden we alleen maar een rondje. Moesten we van de andere kant aanvliegen. Maar ik zag geen enkele steward of stewardess in onze buurt aan wie ik iets zou kunnen vragen. Ik voelde de druk van de stoelleuning tegen mijn rug. Alsof de neus van het toestel weer omhooggetrokken werd. We stegen weer. Eindelijk kwam er een stem uit de speakers. Of we onze veiligheidsgordels wilden omhouden. Vanwege een kleine storing werd de landing even uitgesteld. Niets aan de hand. Standaardprocedure. We zouden niet op de gebruikelijke baan landen, maar op enige afstand van de terminal. Het wachten was op instructies van de verkeerstoren.

'Ze houden ons gewoon in de lucht,' zei mijn buurvrouw. 'We draaien cirkels boven zee.'

Ik keek weer naar buiten. Onder ons glansde het water. Cirkels, had ze gezegd, maar waar was het middelpunt?

Om ons heen werd het onrustig. Iemand begon te snikken. Een kind begon te huilen. Een man te vloeken.

'Zei ik het niet,' ging mijn buurvrouw verder. 'Stijgen en landen. Altijd tricky.'

'Piloten zijn toch getraind in zulke situaties,' probeerde ik, meer om mezelf dan om haar gerust te stellen.

'Eén keer boek ik bij zo'n prijsvechter en meteen gaat het mis.' Mijn buurvrouw greep mijn hand. 'Ik heet Nel. Ik kom uit Eijsden. Dat is bij Maastricht.' Het klonk als 'Mestrèch'.

'Amsterdam. Ik ben Luna.'

'Wat een aparte naam.'

'Mijn ouders hadden destijds iets met maanlicht. Luna, godin van de maan.'

Het toestel ging op en neer alsof we met te veel snelheid over een serie verkeersdrempels hobbelden.

Inmiddels rolde er van alles door het gangpad. Blikjes, lege flesjes, handbagage. Als in een cocktailshaker werden we heen en weer geschud. Ik stootte mijn knie hard tegen de onderkant van het tafeltje voor me. De veiligheidsgordel sneed in het litteken waar ze me hadden opengemaakt om mijn milt te kunnen redden. Al zes maanden geleden. Maar het was nog steeds gevoelig. Ik hapte naar lucht.

Daarna kwam iets wat leek op een vrije val. Ik probeerde de crashhouding aan te nemen, voor zover ik die had onthouden, armen gekruist om je hoofd en naar voren buigen. Nel had gelijk. Dit ging niet goed. En dan te bedenken dat ik alles op alles had gezet om die pokkevlucht te halen. Als laatste was ik de gate door gesjeesd. Al die inspanning om het te winnen van de tijd. Of van wat mij probeerde tegen te houden, mijn beschermengel.

Nel bad hardop, terwijl ze met één oog naar buiten loerde.

Moest ik niet bidden? Wat had Luna Bisschop er eigenlijk voor over om het er levend van af te brengen? Voor de tweede keer binnen een jaar? Of was dit mijn straf? Ik had schuld. En nu zou ik te pletter vallen, mijn hart zou scheuren van de klap, mijn vlees verkolen, mijn leven verdampen in de exploderende kerosine. Terwijl ik probeerde mijn hoofd te beschermen, hoorde ik mezelf fluisteren: 'Laat me leven. Zeg wat ik moet doen, maar laat me leven.'

'Rustig maar, meisje.' Nel kneep in mijn hand. 'Het komt wel goed.'

'Ik ben bang.' Met mijn arm veegde ik snot weg.

2

Tien maanden eerder

'Deze vind ik persoonlijk de mooiste.' Dromerig keek Debbie naar de melkwitte glazen fallus met rode slierten erdoorheen. 'Het zijn kunstobjecten, gemaakt door een echte kunstenaar. Liefdesproducten in glas, zeg maar. Ze doen het heel goed. Deze roestvrijstalen komt mooi uit in een wat strakker interieur. En deze zwarte is weer wat meer *teasing*. Ze staan ook stevig. Ik zeg altijd: gewoon neerzetten. In de woonkamer stimuleert hij de geest, in de slaapkamer de lusten. Deze bijvoorbeeld, tegelijk functioneel en decoratief.'

Mijn toekomstige werkgeefster lachte en pakte een zwarte dildo stevig vast. Met haar duim streek ze heel even geroutineerd rond de eikel.

'Dit is natuurlijk niet het eerste wat mensen moeten zien als ze de zaak in komen, dat zou niet goed zijn, dat snap je wel.' Pratend ging ze me voor naar de ingang. 'We hebben een nieuw winkelconcept sinds een paar jaar. Heel open, met een fris en modern interieur, zodat je gemakkelijk binnenloopt. Vooral vrouwen. Daar was behoefte aan. Laagdrempelig, dus eerst de lingerie, want dat is toch nog steeds een van de belangrijkste producten in een erotische winkel.'

We bleven staan voor de hoge wand van kanten en vooral doorzichtige setjes rood, zwart en wit. Strings, bh's, jarretelles, body's, kousen.

'Kijk, dit zou wel iets voor jou zijn, jij bent slank, je hebt een lichte huid, blond haar. Staat ook mooi bij je blauwe ogen. Nee? Draag je nooit dit soort lingerie? Geeft niet hoor, dat hoeft ook niet om het te kunnen verkopen. Je hebt in elk geval de juiste uitstraling: vrouwelijk. Eigenlijk ook wel volwassen, voor iemand die nog studeert. Want dat is wel belangrijk, dat je een beetje vertrouwelijk overkomt. Nou, en dan hebben we hier de sieraden: tepelveertjes, tepelhangers, tepelclips. Hier de vibrators. Je ziet, die zijn er in alle maten en soorten. *Strap-ons*, de vingervibrator, de *ladyfingers*, die kunnen gemakkelijk in je tasje. Van mij persoonlijk hoeven die G-spotdingen niet zo, maar ze zijn erg in trek tegenwoordig. Even kijken, wat hebben we nog meer. De *toys*, achterin een segmentje anaal, de poppen. Die moet je trouwens wel altijd in de doosjes laten, anders krijg je ze er nooit meer in terug. Krijg je al een beetje een indruk? SM is beneden. Dat moet je een beetje leren inschatten, of mensen daar een ingang voor hebben, bedoel ik. De condooms en de massageolies staan op de toonbank, die worden anders iets te enthousiast "per ongeluk" meegenomen. En daar hebben we ook een stukje fun. Kijk, dit badeendje vibreert, deze lipstick is een vibrator en dat bezige bijtje... Je mag gerust eens wat uitproberen, hoor. Gewoon mee naar huis nemen. Heb je een beetje speels vriendje? Volgens mij houd jij wel van een beetje plezier maken. Ik kan je wat korting geven op de duurdere dingen, anders kijken we of er wat van de toonbank valt.' Ze knipoogde. 'Ik vind dat je moet weten wat je verkoopt. Het concept EroticYou wil ook graag deskundig personeel. Ik zeg niet dat je meteen aan de dubbele *jelly dildo* moet, maar je moet 'm weleens in je handen hebben gehad. Gewoon als het rustig is in de winkel even lekker kneden, door je vingers laten gaan. De een heeft tenslotte grote handen, de ander kleine, sommige materialen zijn stugger, andere weer buigzamer. Dat geldt trouwens ook voor de vibrators. Er zit echt verschil tussen. Sommige zijn teder, andere wilder. Dat is allemaal van belang bij de beleving en daar moet je iets over kunnen zeggen als mensen advies vragen. Kijk, dit vind ik zelf bijvoorbeeld een geinig ding, stimuleert ook de klit als je een beetje meebeweegt. En helemaal siliconen hè, kan bij wijze van spreken gewoon in de vaatwasser. Als vrouw vind je hygiëne toch ook een belangrijk aspect. Nou, dat was het zo'n beetje. Je zult zien, het is echt een ideaal baantje naast je studie. Ik denk dat je heel geschikt bent voor dit werk. Zal ik je dan nu de kassa nog even uitleggen?'

3

Het leven was leuk, maar het kon altijd beter. Met dit idee in mijn hoofd begon ik aan mijn lijstje met goede voornemens voor het nieuwe jaar. Vanuit mijn kamer keek ik naar buiten. Op het Gerard Douplein stond een vuilniswagen. Zwarte mannen in grote gele oliejassen waren bezig de restanten van Oud en Nieuw bij elkaar te vegen. Van ons vooral heel veel lege proseccoflessen. Daar hadden we gezamenlijk een hele krat van ingeslagen, mijn huisgenoten Sanne, Anne-Joke en ik. En ik had van de royale bonus die ik van Debbie had gekregen daar een enorme pot namaakkaviaar naast gezet, die ik via internet bij een volgens mij ook namaak-Russische winkel had besteld. Nooit eerder waren er zo veel mensen langs-gekomen met Oudjaar. Onze huiskamer en keuken veranderden in een slagveld van lege glazen, slingers en leeggelopen of stukge-prikte ballonnen.

Anne-Joke meldde de volgende ochtend dat ze op de wc een zwarte string had gevonden. Die was niet van haar, van een van ons? Sanne schudde van nee. Ik schudde van nee. Dat Niels en ik het in de oudejaarsnacht twee keer met elkaar hadden gedaan, ging hen geen moer aan. Met een nuffig gebaar had ze het ding in de vuilnisbak gegooid. Waardoor ik een manier had moeten ver-zinnen hem daar weer ongezien uit te halen, want het was een heel duur geval, dat ik speciaal voor de feestdagen met korting bij Ero-ticYou had gekocht.

Ondanks een lichte hoofdpijn die ik had overgehouden aan de gigakater van gisteren voelde ik me gelukkig. Ik had superleuke huisgenoten. Ik hoefde niet heel hard te studeren om toch een beetje bij te blijven. Ik had geld genoeg dankzij studiebeurs plus baantje. Ik schonk mezelf nog een kop koffie in en schreef 'tat-too' boven aan mijn lijstje met goede voornemens. Iedereen had er een. Misschien iets op mijn heup. Iets kleins. Het moest niet te veel pijn doen. Verder. 'Een boblijn laten knippen.' Weg met dat lange steile blonde haar. Misschien een paar highlights erin.

'Sportschool.' Voor mijn buikspieren. En hopelijk deden mijn billen dan ook een beetje mee.

'Iets aan Mick doen.' Vraagteken. Mijn broertje. De sukkel. Wie ging er nou in het leger? Hij was zelfs met Kerst niet naar huis gekomen. Mam en pap hadden tegen de klippen op geprobeerd om gezellig te doen, maar bij het toetje was het onderwerp Mick toch nog ter tafel gekomen.

'Ik kan maar niet begrijpen,' had mijn moeder voor de zoveelste keer gezegd, 'hoe een kind van ons militair kan worden.'

'Dat hoeft ook niet. Het is zijn leven, hij maakt zijn eigen keuzes,' had mijn vader geantwoord. 'Wees blij dat hij niet bij de parachutisten wilde.' Hij had erbij gelachen, maar ik had opeens gezien dat er dunne lijntjes liepen van zijn neus langs zijn mondhoeken.

Mijn moeder was een beetje ontremd geraakt van de stevige rode bourgogne. 'We hebben jullie altijd overal de vrije hand in gegeven. Alles was bespreekbaar. Hij kon alles worden. En waar kiest hij voor? Hij laat zich uitzenden naar Afrika. Om zich daar te laten opblazen door een bermbom. Voor wat? Voor wie?' En toen had ze driftig haar tranen weggeveegd en in een poging tot luchtigheid gezegd: 'Kerstbomen zullen ze daar ook wel niet hebben. Maar gelukkig hebben we jou.' En toen had ze mijn arm geaaid.

Ik dacht aan mijn gesprek met Mick een jaar geleden. Het was alsof hij een andere taal had gesproken toen hij het had over 'behoefte aan structuur', 'een kader' en 'richting geven aan zijn leven'. Dat deed ik toch ook, richting geven? Maar daarvoor hoefde je toch niet in het leger? 'Vaker mamma bellen', schreef ik onder aan de lijst.

'Fijn dat je meteen kon komen. Je bent een schat,' zei Debbie terwijl ik de sneeuw van mijn schoenen stampte. Ze stapte net uit de etalage, waar ze de kerstversiering had weggehaald.

'Geen probleem. Ik heb nog vakantie.'

'Leuke Oud en Nieuw gehad?'

'Super. Mede dankzij de bonus.'

'Lekker opgemaakt, hoop ik? Jij lijkt me geen spaarderig type. Ook nergens goed voor. Het leven moet geleefd worden, zeg ik altijd.'

Debbie was een kop groter dan ik. Ze had donker kortgeknipt haar met blonde plukjes, een beetje stoer in tegenstelling tot de diep uitgesneden bloesjes en rokken met split die ze meestal droeg. En de stiletto's waar ze op liep en waarvan ze er heel veel moest hebben. Ik werkte weliswaar op een nulurencontract bij Erotic-You, maar ik had haar nog niet één keer met dezelfde schoenen aan gezien.

'Wat moet ik doen? Het is al bijna zes uur.'

'Ik moet nu weg. Afspraak die ik niet wil afzeggen. If you get what I mean. Maar die man van het alarm is nog niet klaar.'

Ik keek om me heen. Zag niemand.

'Hij zit beneden. Te testen.' Ze haalde haar jas en tas uit het keukentje. 'Jij redt je wel? Ruim de kerstspullen maar op als je wilt. De dozen staan achter. Als die man vertrekt, de boel afsluiten. Rolluik. Enfin, je kent het recept. Dertig euro goed?'

Ik knikte.

Debbie grabbelde naar haar autosleutels in haar tas. 'Ik weet niet wat die man daarbeneden allemaal uitspookt, het is dat de verzekering erdoor omlaag gaat. Maar voor mij had het niet gehoeven. Ik ben niet zo bang uitgevallen.' Ze blies als een kat en krabde in de lucht met haar lange roodgelakte nagels. Lachend klikte ze weg op haar naaldhakken en verdween tussen de gehaaste mensen op straat.

4

Vanaf de plek waar ik lig, kan ik Debbies voeten zien. Ze is een van haar rode hoge hakken verloren. Haar benen bewegen zo nu en dan. De winkelverlichting is uit. Hoog boven me zie ik het blauwe display van de kassa. De la staat open. Zonde van het geld. Altijd wel wat op koopavond. Zelfs in februari. De flesjes shiatsu-massageolie liggen op de grond om ons heen, de meeste stuk. De lucht van kaneel en vanille plakt in mijn neusgaten. Het geluid van knarsend glas. Overal is lawaai, maar in me heerst een stilte zoals ik nog nooit ervaren heb.

De wereld is vreemd als je op de grond ligt. Haveloos, onaf. De onderkant van de plankjes is niet geschilderd. Aan de pootjes van de toonbank zitten zwarte randen met stofvlokken ertegenaan. Maar je zou er best aan kunnen wennen. Als het moest. Zitten op de grond, slapen op de grond. Ik zou alles schoonmaken en opnieuw inrichten, zodat het ook langs de plinten smaakvol zou zijn en de moeite waard.

Ze lopen heen en weer. Het vitrineglas van de toonbank is gebroken. Daarachter, tegen de achtergrond van de straatverlichting, zie ik bewegende broekspijpen heen en weer rennen. Hoor ik onverstaanbaar schreeuwen. Met z'n drieën zijn ze. Een van hen staat naast ons. Kijkt. Geen ogen achter het strakke masker. Alleen af en toe beweegt er iets in de zwarte gaten.

Er zitten kleine gekleurde steentjes aan de veters van zijn schoenen. Als vonken vliegen ze achter zijn voet aan als hij trapt. Dat zo'n soepele zachte schoen zo hard kan trappen.

Ik kan niet meer ademen.

Stijve lippen, net als na een verdoving bij de tandarts. De smaak van bloed. En snot. En zout. Maar ik huil toch niet? Kan ik niet. Te veel pijn. Mijn hele gezicht staat strak. Mijn hart lijkt te vibreren, het bonst tegen mijn huid.

Er is iets met mijn neus gebeurd. Hij voelt als een gloeiende klont op mijn gezicht. Ik strek mijn arm, probeer Debbie aan te raken. Ze heeft zich een stukje opgeduwd tegen de muur. Haar rok is omhooggeschoven, ik kijk in het kruis van haar panty. Haar donkere haar lijkt nat, misschien van de olie. Er zit bloed op haar lip, op haar tanden.

'Luna.'

Zegt ze mijn naam of verbeeld ik het me?

'Luna, sorry,' versta ik.

Het antwoord blijft als een snik steken in mijn keel. Waarvoor sorry? We hebben zo veel gelachen. Al die maanden dat ik hier werk. Debbie is een topbaas. Ik beweeg mijn hoofd heen en weer.

'Geeft nie, niet jschuld, kltzakke.' Letters hopen zich op achter mijn tanden.

Er beweegt iets in mijn ooghoek. Mensen lopen langs de etalage, snel, warm aangekleed met sjaals en mutsen. De blik gericht op huis, bioscoop, café. Tasjes met mooi en gezellig in hun hand.

Waar blijft de politie? Het schreeuwt in mijn hoofd: ik ben hier godverdomme. Ik kan nog niet dood. Ik moet nog afstuderen, advocaat worden. Ik moet nog zo veel. Kinderen krijgen, een eigen huis, mijn ouders bedanken.

Plotseling een gezicht vlak boven me. Het lijkt op captain Kirk in een haperende transporter. 'For God's sake. Beam me up, Scotty.' Dat zei mijn vader tegen mijn moeder als ze ruzie hadden. Mam. Pap. Mick. Afscheid nemen, laat me tenminste afscheid nemen.

Er vallen gaten in mijn bewustzijn als mottengaten in een trui.

Ik kan niet goed meer zien, vlekken op mijn linkernetvlies. Mijn rechteroog zit dicht. Mijn wenkbrauw raakt mijn jukbeen.

Ik stond in het keukentje. Debbie wilde net de deur dichtdoen. Bukte naar de pen op de vloer toen ze binnenkwamen. Er waren weinig mensen op straat. De fotoshop was al dicht. De ramen van de Argentijnse grill beslagen. Niemand die hen zag. Niemand die ons ziet.

De schoen met de blinkertjes staat naast mijn gezicht. Ik houd mijn ogen dicht. Niet knipperen. Niet ademen. Ik ben er niet. Ik ben bewusteloos. Ik ben dood. De voet duwt tegen mijn schouder. Ik geef mee, rol terug. Zie je wel, ik ben al dood.

Ik kan niet kijken, maar nog wel horen. Er valt iets op de grond. Kletterend. De keuken. Ik zie een koffiemok voorbijrollen. Geritsel. Snelle vingers, plastic en... ik weet het niet. Pijn. Pijn. Kom op. Luister. Concentreer je. Je moet iets kunnen zeggen. Later. Als er een later is. Ze sissen tegen elkaar. Hees gefluister. Ik versta niet goed wat ik hoor. Verzamel woorden.

'Check. Check it out.'
'Focking. Focking. Fock it.'
'Not your bitch, man.'
'Puta madre.'
'Chickie, chickie.'
'Banga.'
'Cut it, sicko.'

Niet wegzakken. Wakker blijven. Doe je best. Ik heet Luna. Dertig elf negentien vierentachtig, nul zes twee vier acht zes zes nul vier negen. Gerard Dou, Anne-Joke, Sanne, Niels, Daniel. Café Het Veulen, café Zeezicht, Het Presidium, snackbar Het Holletje. Jimmy Woo, Paradise Now. Patatje chilimayo, shoarma, pita kaas, pasta prut. Witte wijn. Wodka-ginger-ale.

Waarom gaan ze niet weg? Alles lag voor het grijpen. Ze hadden toch al lang weg moeten zijn. Waarom werkt het alarm niet? O god, zorg dat iemand ons ziet, dat iemand ons mist. We zijn onzichtbaar. Alles voor niets. Mijn hele leven voor niets. Het kan toch niet waar zijn.

Meegeven. Meegeven.
Maak je klein. Laat je geest ontsnappen. Laat hem hulp halen. Kijk, daar gaat hij al. Door de glazen deur. De straat op. Mensen halen. Die zullen helpen. Alles komt goed.
Slaap maar even.

Doe je ogen dicht. Denk aan iets prettigs, zegt mijn moeder.
Ik doe mijn ogen dicht.
'Mamma. Mamma.'

Dood. Is. Donker.
Dood. Is. Dicht.
Help. Iemand. Open.
'Luna, liefje, ik ben het. Mamma. Pappa is er ook. Wij zijn er allebei. Kun je me horen? De dokter zegt dat je me kunt horen. Waarschijnlijk. Lieverd, mijn lieverdje. Alles komt weer goed. Ze zorgen hier heel goed voor je. Je hebt alleen wat tijd nodig. Je bent jong en sterk, je huid heelt snel. Paul, nu jij, neem jij nu maar even over.'

'Moet ik wat zeggen? O god, ik kan dit niet, Helen.'

'Het maakt niet uit wat je zegt. Als ze onze stemmen maar hoort. Ze moet weten dat er iets is om naar terug te komen. Toe nou maar.'

Ben. Ik. Dood?

'Luna. Hallo. Hier is pappa. Ik moet ook wat zeggen van je moeder. Je weet hoe ze is. Je oude vader heeft niks in te brengen. Maar je weet al dat we er zijn, toch? We zijn er altijd voor jou, altijd. Waar je ook bent. Nu. Dat weet je toch, hè? Ik ben er altijd voor je. Rust maar lekker uit, meis. En als je eraan toe bent, dan kom je weer bij ons terug, oké? Dan roep je gewoon: "Beam me up, Scotty," en dan kom ik je halen. Oké?'

Ay. Ay. Captain. Kirk.

'Niet gaan huilen, Paul, dat is niet prettig voor haar. Dat moet je niet doen. Daar heeft ze niks aan.'

'Sorry, ik weet verder niks. Volgende keer gaat het wel beter. God, wat is dit erg, Helen.'

'Ga anders even de gang op.'

Iemand. Open. Open!

'Nergens aankomen, Paul, raak maar niets aan. Straks schiet er iets los. Ze zit aan zo veel apparaten vast.'

'Ik wil haar gewoon even voelen. Misschien kan ze me niet horen, maar wel voelen.'

'Doe maar hier dan. Op haar arm, daar heeft ze niks. Is ze warm of koud?'

'Steenkoud. Dat is toch niet goed?'

'Hoe laat komt Mick aan?'

Captain.

'Mijnheer en mevrouw Bisschop. De vijf minuutjes zijn om. Het is beter dat u nu gaat. U mag altijd bellen.'

'Ik wil de dokter nog even spreken. Het bevalt me niks dat ze zo koud is. Je krijgt zo een dekentje lieverd, daar zorgt pappa wel voor.'

'Dag, lieverdje van me. Dag, mooi meisje van me. In de couveuse deed je het ook heel goed. Het komt allemaal goed. Je bent een overlever. Hou vol. We zijn er morgen weer. Met nieuwe verhalen.'

Ay. Ay. Captain. Kirk.

Ik hoorde praten. Het klonk alsof ik binnen stond en die anderen buiten met een dubbeldikke ruit tussen ons in. Er kreunde iemand. Kreunen, kermen, schreeuwen. Dat zou ik ook wel willen.

Wat voelde ik me kut. Ik had een kater. Een megakater. Zo een waarbij je denkt dat je doodgaat. Nooit eerder zo erg gehad. Me zo beroerd gevoeld. Als er gewed is wie de meeste wodka-limes kon drinken, dan denk ik wel dat ik gewonnen heb.

Er bestond geen ruimte om me heen. De wereld zat achter mijn ogen en hield op bij mijn wimpers. Ik zag alleen vlekken. Wit. Grijs. Iets blauws.

Wie had me mee naar huis genomen? O, please, als ik maar niet bij een of andere loser in bed lag. Laat me niet zoiets oer- en oerstoms hebben gedaan als meegaan met de sukkel die mijn drankjes had betaald. Please, please.

Of was ik in het café onderuitgegaan? Lag ik ergens achter in een rokerig kantoortje? In welk café waren we het laatst? Mijn tong lag aan mijn gehemelte geklonken. Ik verging van de dorst.

Ik moest slapen. Ik voelde me ziek. Ik had geen lichaam, alleen een hoofd. Een hoofd met een helm van pijn.

Waar kwam dat licht vandaan? Scherp. Ik wilde iets op mijn ogen. Dicht, dicht die deur. Ik was er niet.

Ik voelde een hand op mijn haar. Zelfs dat deed pijn.

'Wat wil je zeggen, lieverd?'

Bijvoorbeeld welke nono mijn moeder heeft gebeld?

'Rrrrhg.' Wat bedoeld was als een woord, bleef als een schraap in mijn keel steken. Een rochel. Mijn lippen waren gevoelloos. Ze zouden net zo goed aan elkaar genaaid kunnen zitten. Of wijdopen kunnen staan. De adem die ik wilde binnenhalen om de vraag nogmaals te stellen, veroorzaakte een explosie van pijn in mijn borstkas. Een fragmentatiebom van vlijmscherpe naalden. Ik hoestte ze in felle scheuten door mijn hele lichaam. Tot aan mijn oksels toe.

Was het brand? Had ik soms rook ingeademd? Ik herinnerde het me niet meer. Ik herinnerde me helemaal niets meer. Wat was dit?

'Sssh. Rustig maar, liefje. Het komt allemaal weer goed.'

Mamma. Ze klonk bezorgd. Ze zei het een, maar ik hoorde het ander. Zij wist niet dat we haar stem konden lezen als een leugendetector. Mick en ik. Van jongs af aan al. Vanaf dat de deur 's nachts openstond omdat Mick bang was in het donker.

'Wil je wat drinken?'

Ik probeerde te zuigen aan het rietje dat tussen mijn rubberen lippen werd geduwd. Ze wilden niet sluiten. Ik voelde een straal vocht langs mijn hals lopen.

'Straks nog maar eens proberen. Liefje, een van je huisgenootjes is hier. Zij zal je wat kaartjes voorlezen. Het zijn er al een heleboel. Dan duurt het wachten niet zo lang. Ik ga even beneden een broodje halen.'

Een stoel werd verschoven. Ik voelde een hand op mijn schouder.

'Hai, Luun. Fijn dat ik mocht komen.'

Op je verjaardagspartijtje. Zo klonk het.

'Hey, San.'

Sanne barste in huilen uit. Snotterde iets met 'geschrokken' en 'shock' en 'dagenlang in de onzekerheid'. Snoot haar neus, bracht goede wensen over van anderen, bekende en onbekende namen, gooide iets van het kastje ('o shit, shit, shit'), leunde op de infuusslang terwijl ze de kaartjes van het prikbord haalde.

'Even kijken. Van Chris en Bertine. Beterschap. "Nature heals" staat erop.'

'Chris en Hert. Han de huin.'

'O. Oké.' Klonk als: geen idee wat ze zegt maar dat mag ik natuurlijk niet laten blijken. 'Van je broer Mick. "Volgende keer als ik kom wel wat terugzeggen, hoor," staat erop. Kan ik verder niet ontcijferen, sorry. En deze is van je nichtje Martine. Lente op de Lijnbaan. En deze is van ons, hadden we meteen al gestuurd, maar toen was je nog niet bij. Nou ja, met super, mega veel liefs natuurlijk. Vooral ook van Anne-Joke. Er mocht er maar eentje tegelijk komen, dus zij komt morgen.'

Ik probeerde te knikken, mijn hand op te tillen, maar hij bleef roerloos naast me liggen. Ik was zwaar, zwaarder dan mezelf.

'Wat is er, lieverd? Wil je wat zeggen?'

Plotseling bewoog het bed. Het trilde, vibreerde. Als bij een aardschok. Ik voelde me duizelig worden, mijn benen kwamen omhoog, mijn hoofd leek naar achter te slaan. Mijn hersenen rolden als stenen kogels van de ene naar de andere kant. De pijn sloeg tegen mijn schedel. Zuur brandde in mijn keel.

'Sorry, excuus, het is hier wat krap tussen de bedden.' Mannenstem. Geen achterbuurt.

Het bed stond weer stil, maar om me heen was beweging, geritsel, luchtverplaatsing. Ik rook kokos. En alcohol. En een ondraaglijk kruidige aftershave.

'Dame, als u ons even alleen wilt laten met de patiënt. Zo. Mevrouw Bisschop. Hoe gaat het met u vandaag?'

'Goed, hè Luna? Een stuk beter, dokter. Zeker nu ze van de beademing af is.' Mijn moeders stem zweefde aan van ver.

'Dat is mooi. Wij gaan heel eventjes naar u kijken, mevrouw Bisschop. Cipriani. De status. De röntgenfoto's. Gegevens hersenscan. Vertel het maar.'

'Gescheurde oogkas, links. Kaakfractuur, rechts en links. Contusio cerebri, of in lekentaal hersenschudding.'

'Goed. En hoe verder in een geval als dit?'

'De patiënt vragen stellen?'

'Dus?'

Een schoenzool op het linoleum. Iets raakt mijn arm.

'Je bent in het ziekenhuis.'

'Dat weet mijn dochter al. Dat heb ik haar verteld.'

Is dat zo? Ik wist alleen dat ik niet kon ademen van de pijn. Niet kon spreken omdat mijn mond dicht zat gebonden. Niet kon zien door iets op mijn ogen. En daar was ik toevallig wel allemaal zelf achter gekomen.

'Weet je welke dag het is vandaag?'

Zondag natuurlijk. Gisteren was het zaterdag. Of gisteren was vrijdag. Dan nu zaterdag. In ieder geval *the day after*. Ze lullen maar. Ik ging niet proberen te praten.

'Welk jaar? Weet je dat misschien?'

'Zo is het wel goed, Cipriani. Geef de status maar door aan je collega Nijhuis. Nu graag. Mevrouw Nijhuis. Misschien kunt u straks bij de koffie verder kletsen? Tenzij u iets wilt vertellen wat u met ons wilt delen.'

'Hai,' zei iemand vlak bij mijn oor. Vrouw. Een dunne stem. Zenuwachtig.

Ik probeerde met geweld mijn ogen te openen, te focussen. Ik zag een witte vlek met daarboven iets van oranje.

'De zwellingen verdwijnen vanzelf. Je blijft er niet zo uitzien.'

Dat klonk heel geruststellend als je geen idee hebt hoe je eruitziet.

'We wachten, mevrouw Nijhuis.'

'Ik probeer de patiënt op haar gemak te stellen, professor.'

'Wat hebben capillaire bloedingen daarmee te maken?'

'Wat zijn dat, is dat ernstig?' Mijn moeder, ongerust.

'Schaafwonden en bloeduitstortingen,' zei de stem van dokter Nijhuis.

'O, ik dacht al dat ze weer wat nieuws had.' Mam, weer opgewekter dan ze is.

'Er is sprake van een ribfractuur, multipel, en een pneumothorax. Klaplong. Een van de longen is aangeprikt door een botpunt, daarom is een drain aangelegd.' De stem van Nijhuis weer. Ze had het tegen mij, ze had het tegen jou, Luna, onthouden: je hebt een drain. Wat was een drain? Waarvoor kreeg je een drain? En waar?

'Miltruptuur. Dat betekent dat je milt is gescheurd.'

Wist niet eens waar de milt zat.

'Mevrouw Nijhuis. Alstublieft.'

'Hemoglobineniveau laat zien dat de bloeding gestopt is. Wat we hebben gedaan, Luna, is dat we een netje om je milt hebben gelegd en dat goed hebben aangetrokken. Het ziet ernaar uit dat je je milt kunt houden.'

Wist niet waar de milt voor dient, maar houden wat je hebt, leek me goed.

'U moet de komende tijd veel rust nemen, mevrouw Bisschop. Luna.'

Wat praatte dat mens nadrukkelijk. Alsof ik achterlijk was. Dement. Doof. Geen Nederlands sprak.

'Door de verbrijzelde oogkas zul je tijdelijk niet zo goed kunnen zien, dat heb je misschien al gemerkt. De hersenschudding verdwijnt vanzelf. Je zult wat hoofdpijn houden. Als dat langer dan zes weken aanhoudt, moet je naar de huisarts, want dan is er misschien iets anders aan de hand. Die kaakfractuur, dat is een ander verhaal. Voorlopig zul je daar last van houden. Eerst dus nog even voeding via de maagsonde, vandaar het slangetje in je neus. De pols is heel gunstig gebroken, daar ben je met een paar weken vanaf. Tot vrijdag.'

Geruis en geschuifel weg van mijn bed.

De verpleeghulp die zei dat ze Anita heette, schikte mijn kussens.

'Het valt reuze mee, hoor meisje. Laat je niet bang maken. Ik heb erger gezien en dat kwam ook helemaal goed.'

7

Dit was geluk. De zon op mijn gezicht, mijn buik, mijn benen. Zomaar dobberen. Weg van alles en iedereen. Als ik wou, dan kon ik de hele dag wegblijven. Dit was mijn tijd, mijn zon, mijn zee. Het luchtbed deinde. Het water om me heen kabbelde, kletste met kleine golfjes tegen het luchtbed. Alles was helder, blauw, fris, zuiver. Ik rook de ozon op mijn huid, ik proefde het zout van het zweet op mijn bovenlip. In de verte hoorde ik stemmen op het strand. Zo nu en dan vielen er spetters op mijn gezicht. Steeds meer. Hé, flikker op! Ga weg! Blijf godverdomme van me af!

'Mevrouw Bisschop, wij gaan u even een beetje opfrissen voordat het bezoek komt, u ligt zo te zweten.' Een hand gehuld in een washandje maakte kleine veegjes langs mijn voorhoofd, hals, bovenarmen. Krijg ik mijn ogen verder open dan gisteren? Of is het omdat ze zwart is dat ik haar gezicht opeens zo goed kan zien?

Ik hoor een grom uit mijn keel komen en de hand van mijn nietgebroken pols duwt buiten mijn wil om het washandje weg.

'Al goed, al goed,' zei de stem vriendelijk.

'Je ziet er al een heel stuk beter uit dan de vorige keer.' De vrouw naast mijn bed glimlachte. Ik kon me niet herinneren dat ik haar eerder had gezien. Ze trok haar jas uit, droeg een colbertje. Blond haar. Donkerder dan het mijne, maar ongeveer even lang. In een slordige staart samengebonden in haar nek. Geen dokter. Iemand van buiten. Naast haar stond een jongere man. Zijn blauwe skijack hield hij aan.

'Het spijt me dat we je weer moeten lastigvallen, maar voor ons onderzoek is het belangrijk dat we je nog wat vragen stellen.' Ze trok een stoel bij.

'Weet niet wie je bent.' De w's klonken als h's door mijn gefixeerde kaken.

'Ah, juist. Ik ben rechercheur Dijk, Froukje Dijk. En dit is Najib Elhafet. Wij werken bij het overvallenteam van Bureau Opsporing, district Centrum.' Ze keek me strak aan. 'Wij waren hier al eerder om je vragen te stellen over de overval waar je bij betrokken was. Waar je het slachtoffer van was, bent.'

De bejaarde vrouw in het bed bij het raam begon te hoesten. 'Neem me niet kwalijk,' zei ze terwijl ze hoorbaar naar adem snakte. 'Let maar niet op mij. Doe het gordijn maar dicht als je last van me hebt. Dokters. Ze zijn niet goed snik. Sinds ik niet meer mag roken, hoest ik veel erger.'

De tank aan haar ledikant borrelde. Ze keek naar buiten. We lagen achthoog. Er was niks anders te zien dan wolken en zo nu en dan een vliegtuig.

Voorzichtig reikte ik naar mijn neus. De zonnebril was de grootste die, volgens mijn moeder, bij Specsavers te vinden was. Hij bedekte zelfs een deel van mijn wangen. Om mijn goede wil te tonen deed ik hem af. De bloeduitstortingen waren inmiddels bezig het laagste punt te zoeken en kleurden zwart tot onder mijn kaken. Ik zag een lichte schrikreactie bij de politiemensen. Daar had ik lol in. Alsof mijn pijn heel even ook de hunne was.

'Zullen we bij het begin beginnen?' Ze haalde een pen tevoorschijn.

Ik hoopte dat Froukje Dijk zelf met een begin kwam. Voor mij was het begin hier. In het ziekenhuis, maar dat zou ze wel niet bedoelen. Dat van daarvoor had alleen een einde voor mij.

'Je werkte sinds ongeveer een half jaar in de winkel EroticYou.'

'Ja.'

'Het was koopavond. Jullie gingen net sluiten. De kassa was net opgemaakt. Dat klopt?'

'Ja.'

'En toen?'

'Niks. Het was koud.'

'Hoe bedoel je koud?'

'Koud. Februari.'

'O, dat. Laten we iets eerder beginnen.'

Eerder. De winkel. Die zag ik duidelijk voor me. De eigenaar van de fotoshop naast ons ook. Hij ging eerder dicht dan wij. Ik zag hem op zijn fiets stappen op hetzelfde moment dat de *bachelor party* bij de Argentijnse grill naar binnen ging.

'Wat deden jullie meestal aan het eind van een koopavond?'
Ja, wat deden we? Gewoon. Deur dicht. Licht uit. Glaasje witte
wijn. Kas opmaken. Kaslade legen. Inhoud in geldzak doen. Jas
aan. Zie je morgen. Of overmorgen. Of volgende week.
'Blauw. De kassa is blauw.'
Rechercheur Dijk knikte bemoedigend. 'De kassa licht blauw
op. Wat nog meer?'
Het college bestuursrecht was strontsaai geweest. 's Middags
zitten studeren in de bieb, thee met Anne-Joke, chocoladekoekjes.
Riem van haar geleend. Wc moest worden schoongemaakt. Anne-
Joke klaagde dat zij altijd de klos was. Gedoucht. Gegeten? Vast
wel. Pizzapunt, dacht ik. Meestal als ik op weg ging naar de winkel.
Zes uur daar. Niet veel klanten. Te koud. Maar dat had ik al ge-
zegd.
'Niet zo druk.'
'Oké, het was niet zo druk in de winkel.'
Kindje leerde praten. Kindje moest nog zinnen maken, niet al-
leen losse woordjes zeggen. Ik probeerde rechtop te gaan zitten.
Kreunde. De drain was uit mijn long, maar de pijn was nog lang
niet uit mijn ribbenkast. Ik tuurde naar de Betty Boop-ballon aan
het voeteneind van mijn bed.
'Laat de foto's maar zien,' zei Najib Elhafet. Er glom zweet op
zijn gezicht. Hij stond op, pakte een papieren handdoekje bij de
wastafel en veegde zijn gezicht af.
'De beveiligingscamera in de winkel heeft opnamen gemaakt.'
O. Ik had een gebroken neus. Om de een of andere reden deed
die meer pijn zonder dan met de druk van de bril erop.
'Het waren drie mannen, jonge mannen. Donkere huidskleur
denken we, ook al hadden ze maskers over hun gezicht. Van eentje
zijn we zeker, want die stak zijn middelvinger op naar de camera.
Dus vandaar...' Froukje keek me vragend aan. 'Helemaal niks?'
'Ik heb longemfyseem,' zei de vrouw bij het raam. 'Ik ga dood.'
'Neem een bekertje water, Najib,' zei Froukje.
Collega Elhafet verdween naar de gang.
'Hij kan niet zo goed tegen ziekenhuizen.'
Wie wel, wilde ik zeggen, maar zag ervan af vanwege de w's.
'Denk goed na.'

'Het is een schande,' zei mijn buurvrouw van achter het transparante zuurstofkapje, dat door haar woorden besloeg. 'Een schande dat de politie... Dat jullie die ellendelingen nog steeds niet te pakken hebben.'

'We doen ons best,' zei Froukje tegen mij. 'Heus. Vroeg of laat pakken we ze altijd. Echt.'

Als het slachtoffer zich tenminste iets kon herinneren. Als het slachtoffer schuine streep getuige een beetje meewerkte. Als het slachtoffer tenminste niet zo tot gort was geslagen dat haar hersenen het hadden opgegeven.

'Dat mag ik hopen. Moet je zien wat ze zo'n meisje hebben aangedaan. Gajes.' Buurvrouw schoot in het zoveelste uitputtende hoestsalvo.

'Zou je naar een paar fotoprints willen kijken?' vroeg Froukje.

De dikke, blauwige vingers die uit het gips van mijn gebroken pols staken, probeerden vat te krijgen op de foto. Een vage vlek met een capuchon op en iets voor zijn gezicht. Op weg naar iets. Naar mij misschien. Hij stond voor de toonbank. Het rekje met condooms was weg, het display met de vingervibrators die net binnen waren gekomen ook. Foto twee: hetzelfde. Een bodywarmer over een te dik lijf. Nummer drie keek recht in de camera en maakte zo te zien een obsceen gebaar. De huid van zijn hand leek donker.

'Ik lag op de grond.' Ik slikte het speeksel weg dat door de rare manier van praten mijn mond in liep.

'Je lag op de grond.'

'Op de grond achter de toonbank.'

'Wat zag je?'

'Broekspijpen.'

'Iets bijzonders aan de broekspijpen? Hebben de broekspijpen een kleur?'

'Zwart.'

'Wat nog meer? Schoenen? Bijzondere kenmerken, iemand die hinkte, zoiets.'

'Glas, gebroken glas.'

'Voel je iets?'

Wat bedoelde ze? Behalve dit pijnlichaam waarmee ik nu al drie weken in een ziekenhuisbed lag? Behalve de angst dat ik de rest van mijn leven met littekens in mijn gezicht zou lopen? Dat ik een blijvende oogbeschadiging had? De kans dat ik door het gips spierdystrofie overhield aan mijn gebroken pols?

'Voelde je iets daar op de grond achter de toonbank? Als je teruggaat in je gedachten, wat voel je dan?'

'Niks. Herinner me geen gevoel.'

'Wat heb je gehoord? Hebben ze gepraat, dingen gezegd?'

'Vast wel, weet niet meer.'

'Je hebt toch wel iets gehoord? Spraken ze Nederlands? Hadden ze een accent?'

De foto lag op het laken. Dit waren ze. Een van hen trapte in je ribben, sloeg je oogkas kapot. Scheurde je wenkbrauw, je lip, brak je kaak, je pols. Hoeveel meer kon je met iemand te maken krijgen? Hij was de bezetter, de vijand, de soldaat in het executiepeloton. Hij had mijn geheugen gewist. Met zichzelf erin. Hij had dingen aan me stukgemaakt, van buiten en van binnen. Iemand die zo'n macht over je heeft gehad, vergeet je niet meer. Zijn beeld lag opgeslagen. Onder de puinhoop van mijn gezicht, achter de muur met prikkeldraad en glasscherven van breuken en littekens en pijn. Ik kon er niet bij, maar ergens moest hij daar zijn, in die aardedonkere gevangenis van mijn hoofd. Tranen liepen in mijn ogen. Het beeld van de toonbank vloeide uit tot een vlek. En toen opeens was het of er iets bewoog. Achter de toonbank.

'Wacht, ik herinner me iets. Debbie moest opstaan. Ze wilde haar schoenen aandoen. Rode hoge hakken had ze aan. Er lag overal glas. Ze moest opstaan en meekomen en ze wilde haar schoenen aan doen, maar dat mocht niet. Ze zei iets van: "Ach jongetje, daar wordt-ie echt niet groter van." En toen gebeurde er iets. Ik weet niet wat, maar een van die jongens struikelde en haalde zijn hand open aan het gebroken glas van de toonbank. Waar is Debbie eigenlijk?' Waarom had ik niet eerder naar haar gevraagd? Hoe kon ik Debbie vergeten?

Iedereen hield zich stil. Er was alleen het gepruttel van de zuurstoftank.

Froukje pakte de foto's op en keek me aan. Ze knikte om te bevestigen wat ik nog moest vragen.

*

De weg een loopgraaf
waarin de soldaten zich
weren tot de dood
Hij herhaalde de tekst een paar keer in zijn hoofd. Zei hem toen
hardop voor de anderen. Klonk goed. Het was eigenlijk een ver-
volg op
De stad een bloesem
van binnenuit weggevreten
door haar bewoners
die hij zelf ook wel goed vond, ondanks het feit dat de tweede stro-
fe een lettergreep te veel had. De dag dat hij de haiku leerde kennen, was een gelukkige dag. Het had hem gered. Sinds hij haiku's
maakte, verveelde hij zich niet meer. Iedere afstand leek korter,
wachten was geen wachten meer, maar een zinvol vullen van de
tijd. De eerste jaren had hij ze opgeschreven, maar toen het schrift
vol was, had hij geen nieuw gekocht. Op een gegeven moment had
hij zelfs het oude schrift weggegooid. Zijn handschrift had hem
een gevoel van kwetsbaarheid gegeven dat hij niet prettig vond,
alsof iedereen in zijn hoofd had kunnen kijken, dat voelde niet
goed.
   In de Kinkerstraat ging hij de Vomar in en kocht een half brood.
Daarna nam hij een bekertje gratis koffie met vier klontjes suiker
en veel melk. Staand naast de automaat dronk hij het op, ze hadden
liever niet dat je het mee naar buiten nam. Met het brood onder
zijn arm stapte hij de straat weer op. Op de brug ging hij zitten en
propte een snee brood in zijn mond. Het werd al donker. Hij keek
naar de stroom langsrijdende fietsers, liet zich van de kade naast
de brug naar het water zakken, urineerde en klom weer omhoog.
Langzaam begon hij richting Elandsgracht te lopen. Hij had geen
haast, maar hij moest wel de tijd in de gaten houden natuurlijk.
Als hij te laat was, kreeg hij gezeik of moest hij weer ergens anders
heen. Maar hij had nog wat tijd. Hij stak de Nieuwezijds Voor-

burgwal over en sloeg rechts af, op het Spui links in de richting van het Rokin. Daar had hij ook ooit een mooie haiku over gemaakt, een woordspeling op 'rok' en 'in', maar die wilde hem nu even niet te binnen schieten.

De weg een loopgraaf waarin de soldaten...

Voor de fotowinkel bleef hij staan. Hij had geen fototoestel nodig. Alle beelden die hij nodig had, zaten in zijn hoofd. Of misschien niet allemaal, want er waren altijd nog meer beelden, maar als je ze niet kon vinden, wat had je dan aan een fototoestel? En als je ze wel kon vinden, sloeg hij ze op in zijn hoofd. Hij wilde net verder lopen toen zijn oog viel op een gedeelte van de etalage waar gebruikte toestellen stonden. 'Occasions' stond erbij. Hij had nooit begrepen waarom ze 'Gelegenheden' heetten. Gelegenheid waarvoor? Maar er was iets wat zijn aandacht had getrokken en opeens wist hij het. Opeens zag hij zijn moeder, zijn moeder met zo'n fototoestel in haar handen. Op een zomerdag aan het strand. En hij zag de foto weer die ze toen gemaakt had. Hij was aan het wisselen, hij lachte twee hoektanden en een bobbelig stuk tandvlees bloot voor de camera. Onwillekeurig ging zijn tong naar zijn voortanden. Mooi recht door de slotjesbeugel die hij had gedragen.

In de winkel ging het licht uit. Naast hem stapte een man naar buiten en vrijwel meteen begon er een rolluik naar beneden te zakken. Sommige dingen waren net zo duidelijk als een klok. Zes uur, hij moest opschieten.

8

Debbie was dood. Geschopt? Geslagen? Neergestoken? Niemand wilde zeggen hoe het precies gebeurd was. En ik herinnerde me alleen haar schoenen.

In de dagen daarna probeerde ik keer op keer mijn herinnering verder omhoog te laten kruipen, langs de elegante kuiten, de stevige heupen, de mollige borsten. Omhoog naar Debbies gezicht. Naar haar ogen die me het verhaal zouden kunnen vertellen. Maar het lukte niet. Ik kwam niet verder dan de enkels. Er waren twee Debbies. Eentje die bij de kassa stond, heen en weer liep van en naar het keukentje, kletste over wat ze in het weekend ging doen, en er was een Debbie die op de grond lag achter de toonbank. En die in het gebroken glas stond en haar schoenen niet mocht aantrekken. Niks daartussen.

Debbie en ik hadden naast elkaar gelegen en elkaar niet kunnen helpen. Misschien hadden we nog met elkaar gepraat, elkaar aangeraakt, elkaar horen schreeuwen, huilen, maar daar wist ik niets meer van. Alles wat ik tegen haar had gezegd, was dood. Wat zij tegen mij zei vergeten, zoekgeraakt in mijn hoofd.

Ik zou Debbie nooit meer zien. Ik ging naar huis en Debbie lag al onder de grond. Of misschien was ze nog opgeslagen in een koelcel. Of was ze verast in de verbrandingsoven. Goedlachse, opgewekte, aantrekkelijke, van levenslust bruisende Debbie. Die hield van lekker eten, drinken en mannen. Ik kon niet huilen. Eerst had het te veel pijn gedaan, nu wilde ik het niet. Huilen was te klein, te makkelijk, te egoïstisch. Een luxe. Een schandelijke verspilling van energie.

Ik keek geen enkele keer om toen ik samen met mijn ouders het ziekenhuis verliet. Mijn vader droeg mijn tas, mijn moeder een plastic zak met wasgoed en de Betty Boop-ballon, die ik niet mee had willen nemen. Mijn gipsarm hing zwaar in de mitella. Er viel een dunne ijskoude regen uit de egaal grijze lucht. Ik zag hoe mijn vader zijn pas versnelde en in de open mond van de parkeergarage verdween. Mijn moeder huiverde, maar bleef nadrukkelijk langzaam naast me lopen.

'Gaat het schat? Gek zeker om weer buiten te zijn na zo'n lange tijd in het ziekenhuis.'

'Gek' was niet het juiste woord, dacht ik. 'Gek' was zomaar een gek woord. Het beschreef bij benadering niet wat er met me gebeurde. De overgang van warm naar koud, van bedompt naar zuurstofrijk, van droog naar nat, en nog het meest het verschil tussen overal en steeds begrensd en beschermd door muren en het plotseling geheel ontbreken van enige fysieke bescherming hierbuiten. Deze gedachte joeg mijn adem in één klap uit mijn longen, mijn hartslag schoot omhoog in mijn hals, zo plotseling dat ik even moest stilstaan omdat ik dacht dat ik onderuit zou gaan. Alsof er stutten om me heen hadden gestaan, die plotseling wegvielen, een looprek dat opeens werd weggetrokken. Maar er gebeurde niets. Mijn huid trok strak van de kou. Ik rook de straat en auto's. En mijn moeders parfum toen ze haar gezicht dichter naar het mijne bracht en mijn wang aaide.

'Je zult zien hoe heerlijk het zal zijn om weer thuis te zijn. Lekker op jezelf. Moet jij eens zien hoe snel jij dan opknapt.'

Opknappen waarvan, wilde ik zeggen.

'Zodra je thuiskomt, kun je weer rusten. Weet je zeker dat je niet liever met ons meegaat? Een paar dagen maar? Op je oude kamertje.'

'Ik wil naar mijn eigen huis. Ik wil mijn leven terug.' Ik bedoelde: terug naar Sanne en Anne-Joke. Terug naar onze rommelige keuken, de badkamer met de drie kastjes en drie handdoekenrekjes. Terug naar de wc met verjaarskalender, fotowand en 'gastenboek'. En vooral terug naar mijn eigen kamer aan de voorkant. Twee jaar had ik erover gedaan om van de derde verdieping achter door te schuiven naar de eerste verdieping voor.

'Fijn hè? Straks weer in je eigen omgeving.'

Ik knikte naar mijn moeders achterhoofd. Mijn vader stuurde de hoek om van de Ceintuurbaan. Het was maandag. Vuilniszakken aan de stoeprand, leveranciers die dozen en kratten uitlaadden. In het ziekenhuis waren de maandagen hetzelfde geweest als de rest van de week. De verpleging wisselde. Nachtploeg werd dagploeg. Op mijn zaaltje werd nu koffie rondgebracht. Mijn bed was die ochtend al afgehaald terwijl ik me moeizaam stond aan te kleden. We waren er bijna. Ik voelde mijn maag samentrekken. Knipperde met mijn ogen. Zelfs met zonnebril op was het ochtendlicht bijna onverdraaglijk fel.

'Zet de auto maar gewoon op de stoep, Paul. Het is hier hopeloos. Dan maar een bon,' regelde mijn moeder.

Ik stapte uit. Aan de overkant lag café Het Veulen. Het liefst was ik overgestoken. Een grote cappuccino bestellen. En dan van daar naar mijn eigen huis kijken. Om te wennen aan het idee dat ik de Luna was die daar gewoond had, woonde. Om op mijn eigen moment in de schaduw te kunnen stappen van degene die daar achter de houten luxaflex een bestaan had gehad. Voor wie de dagen altijd lang, de nachten kort waren geweest. Al die weken in het ziekenhuisbed had ik maar één ding gewild: terug naar de Gerard Dou. Nu het zover was, leek het alsof ik op de kermis voor het spookhuis stond. Als ik eenmaal binnen was, zou het karretje me onherroepelijk meesleuren door het donkere onbekende. Ik wilde het liefst met kleine stapjes terugkeren, in plaats van deze ene, grote, gedwongen sprong. Maar het café was gesloten. Een auto van de brouwerij laadde vaten bier uit en barricadeerde de entree.

Mijn vader drukte op de bel. Toen er geen reactie kwam, deed hij de voordeur open met de sleutel die hij uit zijn zak haalde. Ik herkende mijn sleutelhanger. Een voor een stapten we het smalle gangetje en van daaruit de gemeenschappelijke zitkamer in. Er hingen slingers boven het beige corduroy bankstel dat we hadden gekregen van Anne-Jokes ouders. Op de leuning lagen uitnodigend een plaid en een kussen. De namaakfluwelen gordijnen van de Albert Cuyp waren half dichtgeschoven. Het rook er naar wierook. En naar boenwas. Anne-Joke had een boenwastic. Bijenwas werkte positief op je geluksgevoel, beweerde ze. De schemerlamp in de hoek brandde nog. Op de ronde eettafel stond een vaasje met blauwe druifjes. Aan een van de stoelen waren ballonnen gebonden. De ruimte stond vol met meubels, maar de leegte was overweldigend. Ik draaide me om.

'Gaan jullie maar naar huis, ik ben oké. Ik red me wel. Dank jullie wel. Voor alles.'

'Ze wisten dat je naar huis kwam.' Mijn moeder klonk verontwaardigd. 'Gisteren heeft Sanne nog gebeld.'

'College waarschijnlijk. Ze komen zo wel.'

'Laat me nog even een kopje thee zetten.' Ze zette zich in beweging in de richting van de keuken.

'Nee. Ik hoef geen thee. Ik wil graag alleen zijn. Gaan jullie maar. Ik wil heel erg graag even op mezelf zijn.'

Ik voelde hoe mijn moeder me onderzoekend aankeek, en ik deed alsof ik niet merkte dat ze blikken met mijn vader wisselde. Toen knikte ze. 'Pappa zet je koffer nog even boven op je kamer.'

Voorzichtig omhelsden ze me. Ze lieten me beloven dat ik zou rusten. Dat ik niet alleen naar boven zou lopen. Lieten me beloven dat ik zou bellen als er iets was wat ze voor me konden doen. Onthand keken ze om zich heen alsof ze hoopten dat een van mijn huisgenoten toch nog tevoorschijn zou komen. Zachtjes trokken ze de voordeur achter zich dicht.

Op de uitgesleten traptreden lag reclame. Ik keek omhoog. De trap leek steiler en hoger dan vroeger. Veel hoger ook dan de trappen in het ziekenhuis die ik de afgelopen weken eindeloos op en neer was gelopen. Eerst met de fysio, daarna alleen. Ik klemde mijn gipsarm tegen mijn zij en hees me langzaam omhoog.

Voor de deur van mijn kamer aarzelde ik. Opeens was ik bang voor wat ik zou zien. Alsof er aan de andere kant van de deur ook een Luna zou staan. Een sterke, gezonde Luna die me zou uitlachen, me meewarig zou aankijken om wat er met me gebeurd was. Dom meisje, dat zich willoos liet schoppen en slaan door de eerste de beste klootzak. Die zich niet eens durfde te verzetten. Wat een lafaard. Een heel andere Luna dan die hier woonde en die nu opgezadeld werd met deze slappeling.

Maar er was niets veranderd. Helemaal niets. De kast stond nog open. Er lagen kleren over de stoel. Op het bed. De broek die ik had uitgetrokken voordat ik naar EroticYou ging, mijn pyjama. Mijn tas stond op de grond midden in de kamer, ik had 's middags zitten studeren in de bieb. Iemand had wat post op tafel gelegd, maar zelfs mijn bed was niet opgemaakt. Het rook er muf. Op het raam zat een klodder duivendiarree.

Ik ging op mijn bed zitten en schoof de mitella van mijn arm. Mijn vader had Betty Boop aan een van de stijlen van het bed gebonden. De ballon leek nog groter dan in het ziekenhuis en wiegde heen en weer boven mijn hoofd. In het ziekenhuis had het heel normaal geleken om overdag op bed te liggen. Dat werd van je verwacht. Hier was het onnatuurlijk. Tenzij je was doorgezakt of werd overmand door geilheid, met of zonder vriendje, ging je toch zelden om elf uur in de ochtend weer in bed liggen.

Ik schrok wakker van mijn telefoon. Terwijl ik mijn moeder geruststelde dat alles goed met me ging sinds een uur geleden, werd er op de deur geklopt.

'Welkom thuis, Maantje van me.'

Dat was de stem van Niels. Die herkende ik. Dat wil zeggen, mijn klankgeheugen. Ikzelf leek er buiten te staan. Niels? Hoe was die binnengekomen? Waren de anderen er ook? Niels, mijn vriendje van altijd goed, van lekker zoenen en kijken wat ervan komt. Van lachen en dronken worden en dansen, van weken niet en dan soms elke dag. Ik had hem ontmoet tijdens de introductieweken. Hij stond te schreeuwen en bier te morsen in een café in de Jordaan, worstelde zich naar mij toe door de menigte. Hij zei: 'Hey, ik ben Niels, zullen we ergens anders naartoe gaan?' Hij nam me mee naar zijn appartementje om de hoek en hij neukte me zoals nog nooit iemand dat gedaan had. De verzadiging bleef dagen en werkte verslavend. Sindsdien zagen we elkaar regelmatig. Veel praten deden we niet. Hoefde niet. We wisten allebei waar het om ging.

'Niet nu, Niels.'

'Je bent kwaad?'

'Ik ben moe.'

'Ik had het druk.'

'Zal best.'

Het bleef even stil.

'Ik kan niet tegen ziekenhuizen,' zei Niels. 'Maar ik ben wel goed in doktertje spelen. Zal deze dokter even naar je kijken?'

35

'Ik kan geen dokter meer zien.' Ik voelde dat mijn verzet begon af te brokkelen.

'Maar deze wel.' De deur ging open. 'Hey.'

'Hey,' zei ik.

Niels ging op zijn knieën naast het bed zitten. Hij bracht de geur van buiten met zich mee. Zijn lichte haar was vochtig, zijn lippen vol en kersig in zijn ongeschoren gezicht. Beneden hoorde ik het slaan van een deur en stemmen in de gang.

'Mag ik je zoenen?' Niels drukte zijn mond op de mijne. Het voelde vertrouwd.

Ik schoof een stukje op.

'Jezus, Luun, wat zie je eruit. Dat gaat nog wel even duren, daar moet je nog heel veel voor in bed liggen.' Hij grinnikte. 'Je haar is mooi lang.' Hij legde zijn gezicht in mijn hals, zijn hand gleed onder het dekbed.

Ik kon niet stoppen met gillen. Toen niks hielp, was Niels hulp gaan halen. Anne-Joke en Sanne probeerden hem de deur uit te werken en mij te kalmeren.

'Lul,' zei Sanne.

'Wat heb je met haar gedaan? Diep ademhalen, Luun. Drink wat.' Water werd aangereikt.

'Niks,' zei Niels. 'Ik deed helemaal niks. Echt niet.'

'Ja, dat zien we. Ga maar weg, Niels.'

'Maar ik heb helemaal niks gedaan. Wat is er nou, Luun?'

Ik sloeg mijn hand voor mijn mond. Ik kon er niks aan doen. Het bleef maar komen. In de ogen van de anderen zag ik mijn eigen radeloosheid.

'Ze wordt helemaal rood.'

'Dan moet je het zelf weten.'

Voordat ik het besefte en me kon verzetten, greep Niels het glas water en gooide het in mijn gezicht.

Sanne veegde met een theedoek over mijn haar, terwijl Anne-Joke de tafel dekte met Barbie-partybordjes.

'Ik kan me voorstellen dat het nog niet goed viel,' zei Anne-Joke. 'Mannen snappen er niks van. Ook niet als ze aardig zijn.'

'Hij deed niks,' zei ik. Het schreeuwen was overgegaan in geluidloos huilen.

'Als-ie niks deed, waar kwam dat gillen dan vandaan?' vroeg Sanne streng. 'Heb je dit al eerder gehad?' Sanne studeerde psychologie.

'De ballon knapte. Ik schrok zo ontzettend, ik weet niet waarom. Niels deed niks.' Ik keek naar de vlaai van de Hema. En een fles Jip en Janneke-champagne ernaast. 'Wat lief, dit.'

'Taart dan maar? Gewoon in vieren? Suiker ontspant.' Anne-Joke verdeelde de punten over de bordjes.

'Als je hulp nodig hebt. Ik ben net begonnen met een blok trauma. Dat meen ik.'

Sanne begon aan de slagroombovenlaag. Anne-Joke legde een servetje op haar schoot. Ik duwde een hap naar binnen en schoof daarna het partybordje van me af.

'Je moet goed eten.'

'Ik heb nog moeite met kauwen.' Ik bedoelde: eten is een hel.

'Je bent wel lekker dun geworden. Doe mij ook zo'n dieet. Sorry, sorry. Niet leuk.'

'Eet dan alleen de slagroom. Is goed voor je.'

Met moeite wurmde ik nog een hap naar binnen en beet op iets hards. Ik spuugde de hap uit en zag een pit en een stuk kies op het bordje liggen.

In het ziekenhuis hadden ze gezegd dat dit kon gebeuren. De tranenkraan ging weer open.

'Alleen even naar de tandarts,' suste Anne-Joke. 'Ik ga wel met je mee.'

Ik stond op. 'Sorry.'

'Ik snap best dat je je raar voelt,' zei Anne-Joke. 'Doe maar wat het beste voelt. Weet je trouwens al iets meer?'

'Nee.'

'Ze weten nog steeds niet wie het gedaan heeft?'

'Kennelijk niet.'

'Iemand van mijn werkgroep loopt standaard met pepperspray in haar tas. Misschien moeten wij dat ook gaan doen. Of zo'n *personal alarm*, een *streetdefender*. Een alarmpistool kan ook. Gewoon van internet.'

Sanne liep mee naar de deur. 'Je bent zo gelaten. Ben je niet boos? Wil je niet weten wie het gedaan heeft en dat ze gigantisch lang achter de tralies gaan?'

'Er zullen altijd dit soort mensen zijn. Mensen die gewoon gaan halen wat ze willen hebben. Je hebt mensen met Down en mensen met nieren als erwtjes of met onvolgroeide ledematen. En je hebt mensen met onvolgroeide gewetens. Ik wil alleen mijn leven terug. Alles wat er nog is, wil ik terug.'

Zo zei ik dat. Want zo dacht ik. Toen.

*

In de winter waren de dagen kort en de nachten lang, zeiden ze. Maar zijn dagen waren altijd lang. Altijd langer dan de nachten. Hij kon echt niet zeggen: de dag duurt tot dan en de nacht begint zo en zo laat. Dat lag aan zo veel dingen. Hij klom over de vensterbank naar buiten, deed het raam zorgvuldig achter zich dicht. Liep over het platte kiezeldak en liet zich over de rand op de tegels zakken. Behoedzaam keek hij om zich heen, stak toen snel het parkeerterrein over, en glipte door het kierende hek. Koud was het, het beet in zijn longen, maar hij moest hier bijtijds weg zijn. Niet dat er ooit iemand binnenkwam, maar als een van de bewakers van de andere bedrijven hem uit het gebouw zag komen, belde hij misschien de politie. Hij hees de rugzak op zijn rug en begon te lopen. Onderweg vond hij in een parkeermeter een euro, en in de bosjes naast een school een pakje boterhammen. Het brood voelde hard, misschien was het bevroren, maar het zag er nog redelijk schoon uit. En als het bevroren was, was het ook goed geconserveerd. In de Haarlemmerstraat bleef hij wachten tot het inloophuis open was en kocht een kop koffie. At twee van de inmiddels ontdooide witte boterhammen met worst. Daarna liep hij verder in de richting van het station. Het was een dag om in de bibliotheek te zitten. Hij zag er schoon uit, daar zorgde hij voor. Niet zoals sommigen. Hij had nooit vies haar en hij hield zijn nagels schoon met tandenstokers. Zijn tanden trouwens ook. Er waren genoeg plekken waar je kon douchen en kleren kon krijgen.

Toen hij het stationsplein overstak, zag hij de bus naar IJburg staan. Afgelopen zomer was hij daar een paar keer geweest, aan het stadsstrand. Niet overdag natuurlijk, maar 's avonds. Als het mooi weer was. Soms was er muziek. Eten vinden was geen probleem. Eén keer had hij zelfs van een meisje een flesje bier gekregen. Niet een restje van haarzelf, maar gewoon een dicht flesje, zo uit de koelkast. 'Ik ben jarig,' had ze gezegd, 'ik geef een partijtje.' Het was zo lekker dat hij het achter elkaar had opgedronken. En toen

39

nog een. Daarna had hij moeten pissen en toen was hij in een berg zand gelopen. Een man was vreselijk gaan schreeuwen, had geroepen dat het een zandsculptuur was.

De bibliotheek was nog niet open. Hij ging op de stoep zitten en keek naar de meeuwen.

9

Mijn hoofd voelde verstopt. Sinds mijn medicatie was afgebouwd, had ik nachtmerries. Vaak wist ik niet eens waarover. Soms ook bleef er iets hangen, bijvoorbeeld dat ik probeerde weg te rennen over een berg stenen die gingen schuiven. Of dat ik werd rondgereden in een stinkende vuilcontainer. Maar meestal schoten de beelden weg zodra ik wakker werd. Alleen een gevoel van verlamming bleef dan achter.

Met mijn gipsarm buiten het douchegordijn waste ik mijn haar. Wreef het een beetje droog met een handdoek. Föhnen was me te ingewikkeld. In de spiegel zag ik een loshangende pleister op mijn sleutelbeen. Ik trok hem eraf, keek naar het litteken dat deels bedekt was met een pusserig korstje. Een raar wondje. Drie streepjes. Geen idee waarvan.

Anne-Joke was blijkbaar vergeten dat ze had beloofd om mee te gaan naar de tandarts. Ze was weg. Haar bed was opgemaakt, de luxaflex omhooggetrokken. Dan maar alleen. Moest kunnen. Jij wilt je leven terug? Go and get it. De beste methode: niet moeilijk doen en zo snel mogelijk de draad weer oppakken. Alles ging weer goed komen. Aan de gebeurtenis zelf had ik sowieso geen herinneringen, dus als de littekens verdwenen waren en het gips eraf was, kon ik net zo goed denken dat het nooit gebeurd was. Ik moest mezelf gewoon een beetje voor de gek houden. Vandaag de tandarts. Morgen naar college. Net als anders.

Trouwens, mijn mond kon nog niet eens goed wijdopen, dus de tandarts zou vast niet veel kunnen doen. Jas aan, muts op, sjaal om, ov-chipkaart. Ik keek in de spiegel. De verkleuringen in mijn gezicht werden al lichter. Waren nu van een groenig geel. Toch maar een zonnebril. Ik had geen zin in gestaar in de tram. En misschien ging ik nog wel even shoppen daarna. Koffiedrinken bij de Coffee Company. Voorzichtig stak ik mijn hoofd door het hengsel van mijn tas. Liep naar de trap.

Nog voordat ik mijn voet op de bovenste tree had gezet, moest ik me vastgrijpen aan de leuning. Met twee handen. Het gips sneed in mijn hand. Het was alsof er een elektrode op mijn hoofd werd gezet. Mijn oren suisden, er zoemde iets in mijn hoofd, ik wankelde. Ik wachtte tot mijn hersenen weer een rechte lijn trokken van voeten naar kruin.

Ik keek naar beneden en zag de traptreden groter en kleiner worden. Door het raampje van de voordeur pulseerde het daglicht naar binnen, waardoor het soms dichtbij en dan weer veraf leek. Ik deed voorzichtig een paar stappen naar achteren en leunde tegen de muur. Mijn hart klopte te snel. Ik duwde een opkomende misselijkheid in mijn slokdarm terug.

Hoe nu verder? Ik had geen idee wat de duizeligheid veroorzaakt had. Neurologisch was ik binnenstebuiten gekeerd en van de schoppen tegen mijn hoofd had ik een paar dagen in coma gelegen. Maar verder was er geen blijvend letsel geconstateerd. Nog een keer proberen dus. Zittend zakte ik een paar treden af. Zweet perste zich door elke porie naar buiten. De geluiden van de straat klonken onnatuurlijk hard. De diepte van de trap zoog me naar beneden, ik had het gevoel dat ik ieder moment kon vallen, op mijn rug naar beneden glijden of zelfs wilde springen, vliegen, duiken. In één keer naar de grond, naar de bodem.

Halverwege de trap gaf ik het op en hees me trillend weer naar boven. Op handen en voeten kroop ik mijn kamer binnen. Ik ging op de vloer liggen. Mijn ogen vonden houvast aan de dingen die ze kenden. Mijn collegetas, de poten van het bureau, de prullenbak. In de vlokken onder mijn bed zag ik een pakje tampons liggen. En helemaal tegen de muur een onderbroek die ik al maanden kwijt was. Ik kreeg een onbestemd déjà-vu-gevoel. Voorzichtig kwam ik overeind en ging op bed liggen.

Er klopte iemand op de deur. Het was Anne-Joke. Ze klapte in haar handen en zei alsof we op schoolreis gingen: 'Ben je zover?'

'Nee.'

Anne-Joke leek het niet te horen. 'Het duurde een ietsjepietsje langer dan ik dacht. Maar we zijn er zo. Ik kon de auto van mijn broertje lenen. Hij is niet echt van mijn broertje, maar van het studentencorps. Ze rijden er de senaat in rond. Hij wilde alleen niet meteen starten. Ze zeiden dat ik de motor maar beter kon laten draaien. Lekker handig. Schiet je op? Het is hartstikke koud. Kom. Je hebt je jas al aan, zie ik.'

'Ik ga niet.'

'Heb je gehuild? Gaat het niet goed met je? Wat is er?'

'Niks. Maar ik ga niet naar de tandarts.'

'Ik hou ook niet zo van tandartsen. Maar soms moet het.'

'Ik kan het niet. Het is nog te ver.'

'Daarom heb ik de auto gehaald. Kom, opstaan, dat kun je, traplopen, dat kun je. Ik kan die auto daar niet zo laten staan. Straks rijdt iemand ermee weg.' Ze keek bezorgd naar buiten. 'Kom maar, ik help.'

Anne-Joke pakte mijn arm en trok.

'Au.'

'Nee, helemaal niet. Er is alleen iets met je andere arm. Luister. We gaan nu naar de tandarts. Of je wilt of niet. Ik heb niet voor niks de wekker vanochtend om half zeven laten aflopen en dat hele stuk naar de andere kant van de stad gefietst.'

Ze hees me overeind, dook onder mijn oksel, sloeg haar arm om mijn middel en zette koers naar de trap. Anne-Joke is sterk, dat komt van al dat poetsen. Voordat ik het wist zat ik klappertandend naast haar in de geleende stokoude Saab. Op het dashboard kleefde een luchtverfrisser.

'Sorry voor de stank.' Het was niet duidelijk of ze de bloemenpotpourri bedoelde, of de penetrante bier- en sigarenlucht.

Niet helemaal soepel reed ze de straat uit. 'Misschien kunnen we straks even doorrijden.'

'Waarnaartoe?'

'Bloemendaal? Appeltaart met slagroom in een strandtent? Ik prak het wel voor je.' Ze lachte. 'In het kader van de zoektocht.'

'Zoektocht? Waarnaar?'

'De zoektocht naar de oude Luna. We rijden net zo lang door tot we de Luun van vroeger vinden.' Rakelings schoot ze langs een overstekende vrouw met rollator.

43

De verdoving werkte alleen op mijn kies, de rest van mijn mond klopte en schrijnde. Het voelde alsof mijn mondhoeken waren gescheurd, mijn kaak opnieuw gebroken en geen tand of kies meer op elkaar paste. Met een noodkroon en een paracetamol van duizend milligram reden we linea recta terug naar de Gerard Doustraat.

'O ja,' zei Anne-Joke. 'Daniël belde. Of je terugbelt.'

'Wie?'

'Daniël.' Anne-Joke keek mij onderzoekend aan. 'Daniël,' herhaalde ze. 'Die je met de kerstborrel hebt leren kennen.'

'O ja, natuurlijk, Daniël.' Maar ik had geen idee wie Daniël was. Kerst leek iets van een hele tijd geleden, iets uit mijn kindertijd. Als kind had ik dus kennelijk een Daniël leren kennen. Maar niet zo goed dat hij naar het ziekenhuis was gerend om mij te zien, dus veel kon het niet betekend hebben.

'Bloemendaal maar een volgende keer? Nou, dan breng ik de auto gelijk terug. Jij redt je nu wel? Toch?'

'Natuurlijk.' Ik stapte uit. Net als die ochtend voelde ik mijn oren dichtslaan, mijn knieën slap worden. Net als de traptreden leken nu de stoeptegels te bewegen. Ik ging wijdbeens staan, als op het dek van een deinend schip, en keek naar mijn huis. De afstand naar de voordeur werd langer en dunner. De deur werd een poppendeurtje waardoor ik op mijn knieën naar binnen zou moeten. Als ik langer wachtte, zou ik er helemaal niet meer doorheen kunnen.

'Luna? Gaat het?' hoorde ik vanuit de verte.

Nog voordat ik iets had kunnen zeggen, voelde ik mijn benen onder me wegslaan.

De huisarts, die zei dat hij Pieter heette, kwam op de rand van mijn bed zitten en voelde mijn pols. Hij leek nauwelijks ouder dan ik. Hij had smalle handen. En een trouwring.

'Heb je dit al eerder gehad?'

Ja, maar dat ga ik niet vertellen, dacht ik. Ik kom er zelf wel uit. Het zit alleen maar in mijn hoofd.

'Alles gaat goed. Ik ben blij dat ik weer thuis ben.'

44

'Je hebt iets ingrijpends meegemaakt, zei je huisgenote. Daarvoor moet je jezelf wel een beetje tijd gunnen.'

'Hoeveel is "een beetje tijd"?'

'Dat kan ik niet zeggen, je moet vooral goed naar je eigen lichaam luisteren.'

'Dan maar hopen dat het tegen mij wil praten.'

Ik trok de kraag van mijn shirtje omlaag en ontblootte het litteken onder mijn sleutelbeen.

'Wat is dit?'

Dokter Pieter boog voorover. 'Dat geneest nog wel. Goed schoonhouden.'

'Ik snap niet wat het is.'

'Het lijkt op een incisie, beetje ontstoken. Een soort omgekeerde y. Misschien dat je daar een drain hebt gehad of zo. Met een paar dagen moet het dicht zijn, anders moet je even langskomen.' Er viel een korte stilte. 'Het trekt vanzelf weg, dat zul je zien.'

Hij stond op en pakte zijn tas. 'Ik denk niet dat er iets ernstigs met je aan de hand is. Een flinke paniekaanval. Hyperventilatie. Dat komt vaker voor na zo'n ervaring. Als het blijft gebeuren moet je misschien eens met iemand gaan praten. Je kunt me altijd bellen.'

Toen hij wegging, stapte ik in bed. Bekaf van al het geworstel met kleren, de rare flauwte, het weer verantwoordelijk zijn voor mezelf. Vlak voordat ik wegdoezelde dacht ik aan Daniël. De Daniël zonder gezicht. Kerst. Mijn geheugen strekte zich uit. Reikte naar een paar maanden geleden. Maar de tentakels waren te kort. Slap bleven ze over de rand van het zwarte gat hangen.

10

De deurbel snerpte voor de tweede keer door het huis. Uit de badkamer klonk het geluid van stromend water. Van degene die 'wie past er op Luna'-dienst had. Verder niemand thuis. Ik kon natuurlijk de radio aanzetten. Ik kon doen alsof ik weer in slaap was gevallen. Of weer een aanval van hoogtevrees had gekregen. Alles om niet naar beneden te hoeven. De angst wierp me tegen de muur, schopte tegen mijn enkels in de hoop dat ik zou vallen, siste in mijn oren. *Doe maar niet. Je weet niet wie het is. Stel dat er weer wat gebeurt. Je hoeft niks te bewijzen. Neem geen risico's.*

Met twee handen aan de leuning en mijn blik gefixeerd op de foto's die langs de trap hingen daalde ik af. Verjaardag. Met z'n allen op skivakantie. Nog een verjaardag. Feestje in een café. Feestje ergens op een strand. Etentje in huis. Alleen maar lachende gezichten. Opgeheven glazen. Gekke bekken. Luna met twee sigaretten in haar neus, Luna met kerstballen aan haar oren. Luna in bikini met kaplaarzen. Leuke meid die Luun. Jammer dat ze er niet meer was.

Beneden gekomen deed ik open, maar hield de ketting op de deur. Als een wantrouwige bejaarde gluurde ik door de kier naar de jongen die op de stoep stond. Hij glimlachte.

'Ja?'

'Ik kom voor Sanne.'

'Die is er niet.' Waarom zei ik dat? Misschien was zij het wel die onder de douche stond. Ik wilde alleen de deur weer dicht kunnen doen.

'Hoe gaat het?'

'Waarmee?'

'Ik ben Ronald.'

De naam zei me niks. Weer iemand die uit mijn hoofd was geschopt.

'Jij bent toch Luna?'

'Ja.'

'Ik krijg nog geld van je.' Hij klonk serieus.

'Je zei toch dat je voor Sanne kwam?' Sanne leende links en rechts geld. Ik nooit, behalve van mijn ouders een enkele keer.

'Grapje. Wij kennen elkaar niet. Niet echt. Erg wat er met je gebeurd is.'

Zonder te kijken duwde ik met een klap de deur dicht. De jongen riep nog iets. Misschien sloeg de deur wel tegen zijn gezicht, of tegen zijn nonchalant gebogen knie. Het kon me geen ruk schelen.

Op de overloop stond Sanne. Ze wikkelde een badhanddoek om haar hoofd.

'Hey,' zei ze. 'Wie was dat?'

'De zoveelste onbekende. Is het nodig om overal rond te vertellen wat er met mij gebeurd is?'

'Ik heb niemand iets verteld.'

'Waar heeft die nono het dan vandaan?'

'Weet ik niet. Uit de krant misschien. Wie was het dan?'

'Pukkels met een hockeysjaal. Een Ronald, als jou dat wat zegt.'

'Staat-ie er nog? Shit, we hadden een afspraak.'

'Wij niet hoor.' Zei ik dat hardop? Ik had met niemand een afspraak. Alleen met mezelf. Achter me laten wat ik niet kon gebruiken. Er weer bij horen. Bij de normale mensen. Zoals de mensen op die foto's die langs de trap hingen. Kon ik me gebeurtenissen of mensen niet meer herinneren? Jammer dan, zo snel mogelijk nieuwe herinneringen maken om het gat te dichten. Flink zijn en over de zwaaiende touwbrug naar de andere kant van het ravijn klauwen. Niet naar beneden kijken, recht vooruit, het is even eng maar daarna wordt het weer leuk.

Ik hoorde Sanne de trap af hollen, de deur open en dicht doen. En vervolgens weer naar boven stampen. Ik boog me over de jurisprudentiebundel die voor me op tafel lag. Het arrest van De Hoornse Taart. Boze werknemer laat vergiftigde taart bezorgen bij werkgever. Werkgever niet thuis, onschuldige echtgenote dood in plaats van man. Zo gaat dat. Zo sta je af te wassen in de keuken en zo lig je te creperen naast een slagroomtaart. Zo sta je in een winkel condooms met aardbeiensmaak te verkopen en zo lig je achter de toonbank je eigen bloed door te slikken.

Sanne klopte op de deur. 'Luna?'

Ik zei niks. Wilde dat ze ophoepelde.

'Hartstikke goed van je dat je de deur hebt opengedaan.'

Sanne had een cursus gedaan. Omgaan met moeilijke mensen.

'Ik bedoel met je fobie voor trappen.'

'Ik heb geen fobie voor trappen.'

'Als je nu doorzet, dan lach je er later om.' Ze duwde de deur verder open.

'Sure.'

En nu kwam het: waarom knal je de deur dicht tegen mijn vriendjes gezicht? Maar Sanne zei: 'Wow, je zit te studeren. Ga je weer naar college?'

'Ja natuurlijk, ik studeer toch?'

's Avonds schoof iemand een briefje onder mijn deur door. Er was een afspraak voor me geregeld met de studieadviseur.

'Nou niet meteen weer naar je kamer gaan. Kom op, Luun, gewoon even komen zitten. Net als vroeger. Hier. Kopje thee. Met vier scheppen suiker tegen de stress.' Op tafel stond de koffiepot die ik uit mijn vingers had laten glippen. Hij was gebarsten.

Iedereen zweeg. Op het plein werd de glasbak geleegd. Ik kreeg het gevoel dat er iets van me verwacht werd.

'Ik weet niet wat ik erover moet zeggen. Dit is allemaal zo ka-u-tee.'

Ik keek de tafel rond. Zij waren niet veranderd. Sanne, Hollands stevig, een hoofd vol weerbarstige blonde krulletjes, een en al enthousiasme over de studie psychologie, over het leven. Anne-Joke, donker, een fijngetekend gezicht, bedachtzamer, een echte wetenschapper ook al was ze pas tweedejaars biomedische wetenschappen. Ze had iets adellijks in de familie en op de een of andere manier kon je dat zien.

Zij keken naar me, glimlachten me bemoedigend toe. Ze dachten dat ik nog leefde, maar aan tafel zat een lege, beschadigde huls en ze luisterden naar de echo van een stem die een triljoen jaar geleden al was vertrokken.

'Ik kwam gewoon de hal niet door met al die mensen. Ik weet niet waarom. Dus toen was ik een half uur te laat. Echt een goeie binnenkomer. Nou ja, lang verhaal kort: ik ben gewoon een jaar kwijt. Daar was-ie heel duidelijk in. We zitten nu in maart, dus vrij tot eind augustus. Ik kan net zo goed een tijdje weggaan. Zijn jullie ook even van het gezeik af.'

'Ben je helemaal gek? Jij blijft gewoon hier. We kopen wel een nieuwe koffiepot, dat kan toch iedereen overkomen? En Ronald komt ook wel weer terug.' Sanne klopte op mijn gipsarm. 'Ik denk dat je er beter actief mee om kunt gaan. Actief in plaats van reactief, als je snapt wat ik bedoel.' Ze schoof het schaaltje chocolade-koekjes met de klok mee over de tafel.

'En hoe zou Luna er in dit geval dan actief mee aan de slag moeten?' vroeg Anne-Joke. Ze klonk sceptisch.

'Hypnose bijvoorbeeld,' zei Sanne.

'Sorry, maar dan denk ik toch meteen aan Rasti Rostelli.'

'Nee, echte hypnose. Door een psycholoog. Je hebt er geen idee van hoeveel er in je onderbewuste ligt opgeslagen. Ook in het ge-val van Luna. Ze moet dingen hebben gehoord terwijl... dat alle-maal gebeurde. Het onderbewuste registreert altijd alles.'

'Ik wil geen hypnose. Ik wil alles niet nog een keer beleven. Dat heeft toch geen zin. Het is gewoon gebeurd. Klaar. Als een van jul-lie daar gewerkt had, hadden jullie nu een halve wenkbrauw gehad en een netje om je milt en kaken die niet goed scharnieren. Ik kan me niet voorstellen dat het beter met me gaat als ik tot in detail zou weten wat er gebeurd is. Echt niet. En het is niet mijn taak om te zorgen dat de daders gepakt worden. Daar is de politie voor.'

'En als ze dat niet doen?'

'Dikke pech. Ik wil niet denken: waarom ik? Het is eerder: waarom ik niet? Ik woon in een grote stad. Er zijn mensen die overvallen plegen. Ik stond toevallig in de winkel die ze daarvoor hadden uitgekozen. Het had niks met mij te maken.'

'Het klinkt mij allemaal net iets te redelijk, Luun.'

Op dat moment parkeerde er een vrachtauto op de stoep voor het huis. Hij reed zo dicht langs ons raam dat het binnen even donker werd. Als ik niet tegelijkertijd mijzelf had zien liggen ach-ter de toonbank, had ik misschien wel kunnen lachen.

*

Het liet hem niet los, dat beeld van zijn moeder. En dat beviel hem niks. Het maakte hem onrustig. En het maakte zijn gedachten ingewikkeld. Ze zaten elkaar in de weg. Spraken elkaar tegen. Zo veel lawaai in zijn hoofd. En waarvoor? Hij was zijn kaart vergeten. Nu moest hij bijbetalen. Hij zocht in zijn jas naar het zakje met kleingeld. Telde het bedrag uit voor de warme maaltijd en ging in de rij staan. Hij zag Dikke Magda aan een tafel zitten. Aan haar voeten tasjes met weer kleinere tasjes erin. Dirk, die geen tanden meer had. Barry de barman, omdat hij vroeger in een café had gewerkt. Iemand die door iedereen Opa werd genoemd, met snot in zijn baard. Midden in de zaal een paar vrouwen die hij nog nooit gezien had. Ze zagen eruit alsof ze geld hadden. Kwamen hier zeker aapjes kijken. Of het waren vrouwen van de gemeente. Om te kijken of je niet gek was of tbc had of zo. Hij rechtte zijn rug, pakte een blad. Groene soep, aardappelpuree met bruine saus met velletjes erin. Vla. Hij nam bestek en vier servetjes en schoof aan tafel. Tegenover de muur waar zijn rugzak stond. Omdat de soep nog te heet was, begon hij aan de vla, daarna at hij de aardappelen en ten slotte de soep. Koffie hoefde hij niet. Koffie kon je overal krijgen. Je kon er wel een koffievergiftiging van krijgen. Hij nam alleen een bekertje met suikerklontjes. Na twintig minuten stond hij weer buiten. Vanwege die vrouwen durfde hij niet lang te blijven zitten. Hij had geen zin in een gesprek met iemand van de opvang of de kerk. Of de straatpsychiater. Het ging goed met hem. Hij kon prima voor zichzelf zorgen.

Hij stak de Nassaukade over en liep de Westerstraat in. Het was nog te vroeg. Het was wel donker, maar het was nog te vroeg. Het beschermde hem nog niet. Je moest altijd zorgen dat je beschermd was. Door het donker, door drukte, door dingen om je heen. Licht beschermde niet, lawaai een beetje, net als kleuren. Water beschermde niet, lange gangen niet, stemmen niet. Aan het eind van de Westerstraat stak hij de Prinsengracht over. En daarna de andere grachten. Piet Koopt Heren Sokken. Prinsengracht, Keizersgracht, Herengracht, Singel. Op de Nieuwezijds Voorburgwal sloeg hij rechts af. Op het Spui ging hij op een bank zitten en keek een tijdje naar de mensen die zich door de koopavond haastten. Hij at de suikerklontjes op. Overwoog even in de kerk aan de overkant te gaan zitten vanwege de kou, maar besloot verder te lopen. Te laat merkte hij dat hij weer in de richting van de fotowinkel liep. Maar hij kon al niet meer stoppen. De fotowinkel was al dicht, het ijzeren rolluik neergelaten. Door de openingen in het hek kon hij zien dat het fototoestel er nog was. De handen van zijn moeder vouwden zich er meteen weer omheen. Boven een lange Indiase rok. Toen hij moest huilen, liep hij door, langs de etalage met de geslachtsdelen en de pizzeria, op zoek naar de bescherming van de nacht.

11

'Hoe gaat het met je?' vroeg rechercheur Froukje Dijk, die ons bij
de lift opwachtte. Ze had een laptop onder haar arm. 'Je ziet er veel
beter uit.' Glimlachend stak ze haar hand uit.

Zijzelf zag er ook veel beter uit. Ze was zwanger en gaf bijna
licht van geluk. Haar bloesje spande over haar buik. Met haar linkerhand controleerde ze onopvallend de knoopjes.

Ik had geen zin om terug te glimlachen. Ik was ooit op excursie
naar het Pieter Baan Centrum geweest, maar een politiebureau
kende ik niet van binnen. Nu we eenmaal boven waren, ging het
wel weer. Een saaie gang met een koffieautomaat. In de kamers
die we passeerden het gerinkel van een telefoon of het geluid van
stemmen. Maar het kleine stukje van de straat naar de balie met
agenten, en daarna door de hal naar de lift, had gevoeld alsof we
een onbekend energieveld moesten oversteken. De uniformen,
de koppelriemen met wapenstok, handboeien, pistool. De ruimte
die er om iedere agent hing, leek niet te betreden. Geschreeuw,
onrust, spanning. Overal zag ik misdaad, geweld, gevaar. Uit iedere deur zou een van de overvallers kunnen stappen. Elk moment zou er een bebloede vrouw of een kermende man naar binnen kunnen strompelen. De lift recht tegenover de ingang leek
een veilige ruimte, maar het sluiten van de liftdeuren duurde een
eeuwigheid, ondanks het geruststellende gebabbel van mijn huisgenoten.

Froukje had gelijk. Als je niet beter wist, dan zag je haast niets
meer. De bloeduitstortingen waren weg. Mijn pols was uit het
gips. Mijn ribben deden alleen nog pijn als ik op mijn verkeerde zij
ging liggen. Mijn zonnebril droeg ik nog steeds, want ik had nog
snel hoofdpijn. En natuurlijk was daar dat litteken op mijn sleutelbeen, dat roze was en een beetje glansde.

Froukje liet ons binnen in een kamer waar alleen een tafel met
stoelen stond. We gingen zitten.

Froukjes hand streek weer over haar buik. 'Ik kan me voorstellen dat je wilde weten hoe het onderzoek ervoor staat.'

Sanne en Anne-Joke knikten.

'Kort samengevat: wij hebben nog geen verdachten aangehouden. Maar we boeken toch steeds een beetje vooruitgang. Al zijn het kleine stapjes.'

'Zoals?' Anne-Joke haalde een blocnote uit haar tas.

'Hoe bedoelt u?'

'Wat voor stapjes?' Anne-Joke keek neutraal.

Froukje Dijk keek op haar beeldscherm. 'Er is uiteraard uitgebreid sporenonderzoek gedaan. De videobeelden zijn bekeken. Alle uitkomsten zijn gecheckt in de database.'

'Maar wat is de vooruitgang?'

'Daar kom ik zo op.'

'Met hoeveel mensen precies?' Sanne.

'Ik begrijp de vraag niet.' Even leken de rollen omgekeerd. Alsof Froukje ondervraagd werd door rechercheur Sanne.

'Met zijn hoevelen werken jullie aan deze zaak?'

'Dat wisselt. Maar...'

'Vijf man?'

'Nou, vijf. Dat is wel veel...'

'Drie dan?'

'In dit soort zaken... De eerste weken...'

'Je bedoelt: jij alleen? Jij werkt in je eentje nog aan deze zaak. Bedoel je dat?'

Bij Froukje gingen de luiken dicht. 'We moeten de mensuren nu eenmaal verdelen over een heleboel zaken. Sommige kosten meer tijd dan andere.'

'En straks ga jij met zwangerschapverlof en dan verdwijnt Luna in een la?'

'Sanne...' Anne-Joke.

'Ik ga nog lang niet met zwangerschapsverlof. En bovendien worden mijn zaken uiteraard overgedragen.'

'Volgens mij had dit allemaal net zo goed telefonisch gekund.' Sanne maakte aanstalten om op te staan. Zij had twee colleges overgeslagen om met mij mee te kunnen gaan. Anne-Joke had een nacht doorgewerkt voor een tentamen. Ikzelf had het gevoel dat ik doorzichtig was. Opgelost, op weg naar boven. Mijn angst nog beneden, mijn lichaam volstrekt overbodig en nutteloos tussen mijn strijdbare vriendinnen in.

'Mevrouw Dijk. Luna is mijn allerbeste vriendin. Ik ken haar goed. We wonen al sinds het begin van onze studie in hetzelfde huis. Ze is veranderd. Aan de buitenkant zie je misschien bijna niks meer aan haar, maar het leven is een hel voor haar. Wij maken dat dagelijks mee.'

Ik wilde protesteren, maar liet het moment voorbijgaan.

'Ze was altijd vrolijk. Positief en spontaan. Je kon ontzettend met haar lachen. Ze was altijd in voor een feestje. Het "feestbeest" werd ze genoemd. Tegenwoordig heeft ze gilaanvallen. Ze heeft nachtmerries. Ze is bang voor veel mensen bij elkaar. Voor mensen die onaangekondigd aanbellen. Ze vergeet dingen aan of juist uit te zetten. Gewone, dagelijkse handelingen, zoals een koffiekan van het plaatje halen als er geen koffie meer in zit. Ze raakt in paniek op straat, durft de trap niet af. Dat geeft allemaal niks, maar het zou enorm helpen als we wisten dat die psychopaten een tijdje opgeborgen zouden worden. En dan het liefst *for life*. Snapt u wat ik bedoel?'

Woedend keek ze naar Froukje Dijk, die geheel blanco terugkeek.

In de stilte die volgde, schoof Sanne haar stoel achteruit en keek toen opzij naar ons. Voor bijval? Niet van mij. Dit had toch allemaal geen zin. Kreeg ik daarmee mijn oude leven weer terug? Kon ik dan weer terug naar de winkel, waar een opgewekte Debbie haar lippen tien keer per dag stiftte omdat ze 'nu eenmaal een orale fixatie' had? Ik wilde alleen maar weg. Van hier, van mijn verleden, van mijn gedachten. Als ik niks dacht, kon ik ook nergens mee zitten.

'Ik had ook naar jou toe kunnen komen. Maar dan had ik je dit niet kunnen laten zien.' Froukje reikte naar iets naast zich op de grond en legde vervolgens een plastic zakje met een pistool op tafel.

'Het wapen is gevonden in een vuilnisbak, niet ver bij de EroticYou-winkel vandaan. Op het Rokin. Ballistisch onderzoek wijst uit dat dit wapen bij de overval gebruikt is.'

Ik staarde naar het wapen, wachtte om te zien of zich iets van herkenning in mijn geest zou aandienen. Maar er gebeurde niets.

Ik zag de gemaskerde mannen op de bewakingsvideo weer voor me. Schokkerig bewogen ze zich door de winkel. Ik projecteerde hun monden achter de maskers en hoorde het geschreeuw. Ik stelde me de toonbank voor zoals die geweest was met de massageolie en het rekje condooms, de speeltjes. Daarachter lagen Debbie en ik. In mijn verbeelding zag ik handen aan ons trekken, schoenen tegen ons trappen. Ik zag dingen omvallen, breken. Maar nergens zag ik een pistool, nergens zag ik twee gestrekte armen met een wapen erin.

'Hoe dan?'

Froukje haalde het pistool uit het plastic en legde het met de loop van ons afgekeerd voor me neer.

'Je herinnert je geen wapen?'

Koortsachtig probeerde ik de gedachtebeelden bij te stellen. Het pistool ergens in te tekenen. 'Nee. Ik heb ook geen... er is ook niet op mij geschoten.'

'Hoe weet u dat het gebruikt is bij de overval?' Anne-Joke.

'Het andere slachtoffer is ermee om het leven gebracht.'

'Is Debbie doodgeschoten? Waarom is er dan niet op mij geschoten?'

'Dat weten we niet zeker. Het wapen is gestolen, maar geen munitie. Dus misschien hadden ze gewoon niet genoeg patronen. Vaak zijn dingen heel erg simpel. Je herinnert je echt geen wapen?'

Mijn hoofd schudde van nee. Mijn gedachten schoven nog heen en weer met het pistool, als met een puzzelstukje op het gefiguurzaagde interieur van de winkel.

'Zitten er vingerafdrukken op het handvat?' vroeg Sanne.

'De greep. Ja. Er zaten meerdere vingerafdrukken op het wapen. Ook op de loop en op de slede.'

'Maar dan heeft u toch een aanknopingspunt?'

'Misschien.'

'Waar is het gestolen?'

'Bij een schietclub. In Amstelveen.'

'Amstelveen?' Dat was een bejaardendorp onder Amsterdam. Je had er de A9, Schiphol lag in de buurt. Wij kwamen er nooit. In ieder geval niet verder dan de Bosbaan. Of de hockeyvelden in het Amsterdamse Bos.

'Ja,' zei Froukje. 'Je kijkt zo verbaasd... zegt het je iets?'

'Nee, totaal niet.' Afrekeningen in het criminele circuit had je ook in Amstelveen gehad. Ik herinnerde me een overval. Nog niet zo lang geleden. Op een avondwinkel. Ook met een dode. Maar wat was het verband? Trouwens, dat zou de politie toch ook wel bedenken?

'Heeft die schietclub ook een naam?' vroeg Sanne.

'Dat lijkt me niet relevant voor dit gesprek.'

'We willen het toch graag weten.'

'Het lijkt me geen goed idee.'

'Was dit het dan?' Sanne.

'Ik heb nog een vraag.' Ik had net niet mijn vinger opgestoken, maar het voelde hetzelfde.

'Ja?' En Froukje was de juf.

'Had Debbie ook een litteken in haar hals? Was er gesneden in haar hals?'

Froukje keek me fronsend aan. 'Ze had allerlei verwondingen. Wat bedoel je?'

Ik trok mijn kraag los. 'Zoals dit.'

Froukje boog zich naar mij toe. Ze had sproeten op haar neus, ook in de winter. Ze pakte een pen en tekende de vorm van de omgekeerde y op een papiertje dat ze uit haar zak haalde.

'Is het iets?' vroeg Sanne.

'Wat zegt de dokter?'

'De huisarts dacht aan het litteken van een drain. Maar die heb ik daar niet gehad. En waar wel een drain zat, is bijna niets meer te zien, behalve dan een heel dun streepje. Dit is rafelig en het lijkt op een...'

'Een wat?'

'Ik dacht: misschien is het een teken. Een soort brandmerk.'

12

Hoeveel weken was ik nu thuis? Drie? Vier? Alle dagen leken hetzelfde en toch sloten ze niet goed op elkaar aan. Ze stapelden zich alleen maar op tot iets wat groter werd dan ikzelf. Iets wat tegen me aan leunde en me omver probeerde te duwen. De hele dag was ik bezig overeind te blijven. Soms wilde ik dat ik het kortetermijngeheugen van een goudvis had. Dat ik iedere ochtend de vorige dag vergeten was. Het wakker worden uit een slaap vol spoken, het moeizaam uit bed komen, oefeningen doen met mijn pols, iedere dag hetzelfde gesprekje met mijn moeder, mijn malende gedachten ontvluchten in de middagsoaps. Het ging vast steeds beter met me, maar ik merkte er weinig van.

Ik had me er eigenlijk al bij neergelegd dat er een deel van mijn leven weg was toen er toch opeens stukjes verloren gewaand geheugen terug begonnen te komen. Geen samenhangende delen, maar flarden. Een vrouwenarm die bleef zweven in de ruimte. Het woord 'focking' dat zich een hele dag in mijn hoofd bleef herhalen. Ik wist opeens hoe het rek met lingerie bewogen had, alsof eraan geschud werd. En op een avond was er een gevoel van groot gevaar opgestegen uit een pot met kaneelkussentjes die iemand had meegenomen.

Ik moest vaak aan Debbie denken. Gezond en stevig op haar hoge hakken. In mijn agenda stond aangetekend wanneer ik bij EroticYou was begonnen. Tot aan de overval was dat krap vijf maanden. Vanaf het begin van het studiejaar. Vijf maanden, maar ik had maar vier keer salaris ontvangen. Bij mijn weten had ik geen rouwkaart gekregen, maar ik meende me wel te herinneren dat ze samenwoonde met iemand. In de Hondecoeterstraat. In Amsterdam-Zuid.

'Wat bedoel je met "een soort brandmerk"? Hebben ze een sigaret op je uitgedrukt? Daar heb je niks over verteld.' Niels keek even opzij terwijl hij de auto losjes met één hand de hoek om stuurde.

'Nee, het is een tekentje, hier in mijn hals. Ik weet niet wat het is, maar ik wil weten of Debbie het ook had.'

'En als je dat weet, wat heb je daar dan aan?'

'Niks, ik wil het gewoon weten. Het is mijn lijf.' Waarom deed hij zo opgefokt?

'Kun je niet beter proberen er niet meer aan te denken? Het achter je te laten, doorgaan met waar je gebleven was?'

'Maar hoe dan, Niels? Vertel jij me dan eens hoe ik dat moet doen. Ik probeer het best wel hoor, maar hoe doe ik alsof ik geen nachtmerries heb? Geen irrationele angstaanvallen? Geen concentratieproblemen? Ik gooi mijn agenda van dit jaar weg, verf mijn kamer in een andere kleur, ga lekker shoppen met geld dat ik niet heb, boek een weekje Egypte en klaar?'

'Ja precies, zoiets.' Niels klonk serieus. 'Je geheugen wil niet meewerken. Misschien heeft het daar een reden voor, moet je dat accepteren. In plaats van je ertegen te verzetten en te proberen je dingen te herinneren zoals hoe je aan dat zogenaamde brandmerk komt. Je zou ook een beetje kunnen meewerken.'

We stopten voor een verkeerslicht bij het Concertgebouw. Er stak een groepje jongens over, met skateboards onder de arm op weg naar de *halfpipe* op het Museumplein. We zwegen. De bomen liepen al uit in frisgroen blad. In Amsterdam-Zuid was de bakfiets populair. De trottoirs stonden er vol mee.

Van Debbies huis waren de lamellen gesloten. Niels volgde mijn blik. 'Het ziet eruit alsof er niemand thuis is. Heb je gebeld dat je zou komen?'

Mijn handen trilden ineens zo erg dat ik ze tussen mijn knieën moest klemmen. Ik voelde de golf alweer aankomen. Zo direct zou hij de auto bereiken.

'Wat is er? Nee, niet weer hè, Maan.'

'Wat of er is? Wat denk je zelf? Lul!'

'Je hoeft niet te snauwen. Ik probeer te helpen. Als jij zo nodig achter de waarheid aan moet, stap dan uit en bel aan. Ik wacht wel.'

'Je hoeft niet te wachten.'

'O nee? Ik was alleen maar de taxi? Ook goed hoor.' Niels trok de handrem aan, stapte uit, liep om de auto heen.

Ik voelde de drift in de vingers waarmee hij mijn arm pakte. Ik zag zijn boosheid in hoe hij mij nadrukkelijk niet aankeek. Zakelijk, als was hij daadwerkelijk een taxichauffeur.

De deur zoemde meteen open alsof er op me gewacht werd. Achter de deur stond een bemodderde mountainbike, halverwege de trap een plastic tas met boodschappen. Op de eerste verdieping stond een deur open.

'Hallo? Mag ik binnenkomen?'

In plaats van een bevestiging verscheen er een grote zwarte schaduw in de deuropening.

'Hé, niet wie ik verwachtte,' zei de mooie donkere jongen zangerig. Dit was dus Debbies vriend. Een stuk jonger dan Debbie. Gemillimeterd kroeshaar. Iemand die dagelijks naar de sportschool ging. Strakke broek en T-shirt lieten niets te raden over. Stevige schouders. Smalle heupen. Een mooie bobbel onder in de driehoek van zijn buik. Debbies orale fixatie was vast niet beperkt gebleven tot haar lipstick.

Ik legde uit wie ik was. Hij zei dat hij Jeffrey heette. Ik mocht binnenkomen, kreeg een blikje cola en een stoel.

'Je bent aan het verhuizen.'

Jeffrey ging zitten op een van de dozen en keek om zich heen.

'Deze spullen zijn van mij, en die van Deb.' De kant van Debbie was aanzienlijk voller dan de zijne.

'Te veel herinneringen?'

'Nee, ze hebben het huis verkocht.'

'De familie?'

'Yep.'

'En waar is Debbie?'

'Die hebben ze meegenomen. Haar familie. Naar Ermelo. Nee, Nunspeet. Of was het Nijkerk? Ik weet het niet meer, ik ben niet op de begrafenis geweest. Ik dacht: laten we dat die gelovige mensen maar niet aandoen.' Zijn mond vertrok in een wrange grijns. 'Dus jij bent dat meisje.'

'Ja.'

'Had ze het weleens over me?' Er klonk een hunkering in zijn stem.

'Heel vaak,' loog ik. 'Vandaar dat ik even langs...'

59

'Aardig van je.' Hij keek van me weg naar de geluidloze voetbalwedstrijd op het enorme televisiescherm, dat nog aan de muur hing. Het glinsterde tussen zijn jaloersmakend natuurlijk gekrulde wimpers. 'Het was een mooie vrouw. Een lieve vrouw, maar ook een mooie vrouw. Moet je kijken.' Hij trok een doos open en haalde een pak foto's tevoorschijn. 'Samen waren wij ook mooi, vind je niet?'

Als een croupier in het casino waaierde hij de foto's uit, haalde er een paar uit, schoof ze weer tot een pak, nam er een paar af, die hij onderop legde. Te snel om iets meer te zien dan een diaserie van een gelukkige vrouw en haar trotse *toy boy*.

'Erg aardig van je dat je me komt opzoeken.'

Nú, Luna. Nu zeggen waar je voor komt. Dat je nog geld te goed hebt en dat je wilt weten of Debbie ook een omgekeerde y in haar hals had.

'Ik kan me niks meer herinneren van wat er gebeurd is.'

'Yeah, dat kan ik me voorstellen.' De foto's bleven door zijn handen gaan.

'Weet jij wat er met Debbie is gebeurd?'

'Ze hebben haar doodgeschoten, hè.' Zijn stem klonk bijna dromerig. 'Eerst helemaal verrot geschopt en toen hartstikke doodgeschoten. Ze bleef natuurlijk gaan, hè, zo was ze. Deb was een fel wijf, bleef zich verzetten, bleef proberen om bij die alarmknop te komen. Toen hebben ze haar door haar hoofd geschoten. Zo gaan die dingen, hè. Zo heb je een huis en een vrouw en wat je maar wilt, en zo heb je niks meer.' Hij hield een foto voor me met strand en palmen. 'Deze is ook mooi, vind je niet? Deze ga ik denk ik vergroten. Voor in mijn nieuwe huis.'

'Hopelijk vind je snel iets anders.'

'Ik heb al wat,' zei hij. 'Boven de sportschool waar ik train. Gratis. In ruil voor lessen.'

'Dat is mazzel. Leuk.'

De bel ging. Jeffrey schoot overeind. Hij kwam terug in het gezelschap van een jonge vrouw in sportkleding. Ze leek in niets op Debbie. Ze was klein, pezig, afgetraind. Een grote sporttas over haar schouder.

'O, je hebt bezoek.' Met een blik op de geopende doos. 'We zouden inpakken. Als jij alles er weer uit gaat halen...'

'Ik moest iets laten zien.'

De vrouw keek naar mij. En toen naar Jeffrey.

'Een collega van Debbie,' zei hij heel snel. Te snel.

'Ik moet wat te drinken hebben. Ik ben al de hele dag in touw. Niet eens tijd gehad om me te verkleden. Het lot van de zelfstandige ondernemer.' Ze verdween naar de keuken alsof ze de weg heel goed kende. Ik hoorde de deur van een koelkast dichtvallen.

Ik wist meteen dat zij de etage boven de sportschool was. Gratis. In ruil voor lessen. En dat Jeffrey die uitvergrote foto van hem en Debbie ergens op die etage zou ophangen, kon hij wel vergeten.

'Je moet door met het leven, dat zou Debbie ook gewild hebben,' zei Jeffrey.

Ik zag ervan af om over het salaris te beginnen. En over het teken. Bij iemand die door zijn hoofd is geschoten, ging je toch niet zitten zeuren over een krasje in een hals? Jeffrey belde een taxi.

Toen ik de deur achter me dichttrok hoorde ik de vrouw zeggen: 'Het wordt tijd dat je het achter je laat, Jef. Dit is niet gezond.'

'Waarnaartoe?' vroeg de taxichauffeur.

Ik dacht na. In elk geval niet naar Niels. Ik moest ergens alleen zijn en de hele shit achter me laten. Ik was toe aan een totale *reset*.

13

De gordijnen waren nog open. Ik zag ze zitten. Sanne, Anne-Joke, allebei met een theebeker voor zich. Samen met Niels. Hij had een glas rode wijn in zijn hand. Hij was zo te zien aan het woord. In een flits zag ik de Niels voor me zoals hij er over twintig jaar uit zou zien. Vlezige rode wangen, een beetje gezet, maatpak, iets te opzichtige das, sigaartje.

Toen hij zweeg, gaf Sanne een klopje op Niels' hand. Zo was Sanne. Altijd meelevend met iedereen. Maar hoezo, meeleven met Niels? Hij had me verdomme net uit de auto gegooid, op straat laten staan. Kwam híj hier nu zielig doen?

Anne-Joke had een blocnote voor zich. Ze keek ernstig. Afwezig roerde ze in haar thee, knikte instemmend, schudde haar hoofd. Meewarig, bezorgd.

Het was duidelijk, ze hadden een verbond gesloten. Zij waren de gewone mensen, de gezonde mensen, de redelijke mensen. Ik was de patiënt, de onaangepaste, de gestoorde. Er was nog een stoel vrij aan de tafel, maar die was niet voor mij, ik hoorde er niet meer bij. En dat hoefde ook niet. Zij hoorden ook niet meer bij mij, we begrepen elkaar niet meer, onze levens vorkten uiteen.

Ik vond mijn fietssleuteltje en rukte mijn fiets vrij uit de knoedel in het rek. Stapte op, slingerde even gevaarlijk dicht langs de geparkeerde auto's maar fietste toen de straat uit. Zonder plan. Het enige wat ik dacht was: weg. En: op mezelf, rust. Ik moest nadenken en mijn gedachten en energie verzamelen. Een manier vinden om mijn leven richting te geven. Kijken naar mezelf, in plaats van alleen maar door de ogen van de mensen om me heen. De adrenaline joeg me de stad door.

Buiten adem stopte ik voor de brug bij het Amstelhotel die openstond. Onder me voer een vrachtschip. De Neeltje Johanna. Uit Ouderkerk aan den IJssel. Ik kreeg visioenen van op een boot stappen naar Ierland, op een trein naar Zuid-Frankrijk, ergens helemaal opnieuw beginnen waar niemand me kende. Uit de serre van het Amstelhotel straalde een warm licht. Ondanks het harde fietsen voelde ik de kou optrekken onder mijn jas. Het miezerde. Voor een hotelkamer had ik geen geld, nu ik de laatste maand EroticYou niet uitbetaald had gekregen. Naar mijn ouders wilde ik niet. En het was niet helemaal het goede jaargetijde om een zwervend bestaan te beginnen met slapen in parken of op het strand. Ik staarde naar het water, dacht aan mijn droomeiland. En opeens wist ik waar ik naartoe moest.

De smeedijzeren poort van volkstuincomplex Amsteloever zat op slot. Ik kende een sluiproute, maar die was te krap om met fiets en al de bocht te kunnen maken. Met mijn fiets opgetild ging het net. Mijn schoenen sopten in de modder. Mijn mooiste paar. Tweehonderd euro. Alleen de gevellamp van het kantinegebouw was aan. Buiten die cirkel van licht was het aardedonker. Daarachter lag het complex onzichtbaar voor me uitgestrekt. Zwart. Diep als de oceaan. Het ledlampje aan een knoop van mijn jas gaf praktisch geen licht. Wat ik zag bevond zich op hooguit een meter afstand van mijn voorwiel, de rest registreerde ik met andere zintuigen.

De geur van rottend groen, van de uitgebaggerde sloot. Het geruis van naaldbomen. Geritsel van struiken. In de verte het onregelmatige gezoem van een snelweg. De wind in mijn haar, tegen mijn oorschelpen. Het leek wel alsof het hier kouder was dan in de stad. Donker en totaal verlaten. Als er al overwinteraars waren op de tuin, dan wist ik niet waar. Ze waren in elk geval niet zichtbaar. Ik was hier helemaal alleen. Nee, toch niet. Er klonken voetstappen op het grind. Ze kwamen naderbij, stopten. Opeens was er ook gesnuif, als van een hond die uit alle macht aan een halsband trekt. En meteen daarop het licht van een zaklantaarn. De bundel licht zat vast aan een hand die ik niet kon zien. Uit alle macht concentreerde ik me op mijn ademhaling. Kneep in de handgrepen van mijn fietsstuur. Niet gillen. Wel gillen. Niet gillen.

'Een goedenavond. Waar gaan wij heen, zo laat op de avond?' De man hield met één hand zijn herdershond in toom, met de andere scheen hij over mijn gezicht, mijn fiets, terug naar mijn gezicht. Ik rook een sterke geur van aftershave. Ik zag laarzen, een regenjas. Het blikkeren van een hondenpenning. 'Het is hier verboden toegang voor onbevoegden. Bordje niet gezien?'

Ik knikte. Perste woorden tussen mijn verkrampte kaken door. Samenhangende woorden, maar zinnen werden het niet.

'Huisje ouders. Bisschop. Texel. Iets laten liggen. Donker.'

De man kwam dichterbij.

'Mezenlaan. Ik houd de boel een beetje in de gaten. Wou je niet laten schrikken,' antwoordde hij. 'Hoekstra,' zei hij ook nog.

'Weet je de weg in het donker?'

'Luna. Nee.'

De tocht naar het huisje leek eindeloos te duren. Ik probeerde meneer Hoekstra zo goed mogelijk te volgen zonder van de weg af te raken of met mijn fiets tegen de hijgende hond of zijn gelaarsde benen te rijden. Bij de derde sloot hield hij stil, scheen met de lantaarn naar het bruggetje. De lichtstraal was niet krachtig genoeg om helemaal tot het huisje te reiken. Ik voelde me een drenkeling die op de wal werd afgezet. Ik bedankte de man en glibberde het bruggetje over. Liet mijn fiets vallen tegen het eerste het beste bosje van iets. Volgde zo goed en zo kwaad als het ging het pad, dat eindigde bij de terrasdeuren. Onder de pot met het stompje geranium lag de sleutel.

Ik deed het licht aan, sloot alle gordijnen en zette de elektrische kachel aan.

Er lag een plas water onder de eettafel, waar insecten in dreven. Bladeren uit de tuin waren naar binnen geblazen door een ventilatiegat waar het rooster al lang geleden vanaf gevallen was. Moddersporen en voetafdrukken op de houten vloer waren van mezelf.

Het duurde een half uur voordat het warm genoeg was om mijn jas uit te doen. De koelkast stond uit en open. In de kastjes vond ik een paar blikjes soep, een bolstaand pak rijst, een voorraaddoos met een restje pasta. Het water was afgesloten in de winter en ik had er niet aan gedacht om op mijn vlucht iets van water mee te nemen. Gelukkig vond ik wel een gasaansteker die het deed. Ik draaide de gasfles open, stak een pit aan en zette een pan met soep op waar ik een handje pasta bij gooide. In de tussentijd controleerde ik de sloten op de deuren en ramen. Schrok van mijn eigen gezicht in de donkere ruiten.

Na de soep met niet helemaal gare pastaschelpjes ging ik in bed liggen. Mijn kleren hield ik aan. Klaarwakker lag ik naar het plafond te staren onder een muf ruikend dekbed. Er zaten lekkageplekken in het zachtboard. Eentje had de vorm van een kabouter met een puntmuts. Een andere die van een wak.

Sinds ik uit het ziekenhuis kwam, was ik voor het eerst helemaal alleen.

*

*De jas is grauw maar
opgetuigd met gekleurd licht
en verwarmt het hart*

Hij twijfelde. De jas was *klam*? *Zwart*? Maar de nacht in een
grote stad is eigenlijk nooit zwart. Wel klam, maar dan had hij niet
de tegenstelling met *lichtende kleuren*. En dat wilde hij er per se in
houden. Zo had hij het gezien gisterenavond. Terwijl hij aan het
water van het Rokin zat. Autolichten, stoplichten. Etalagelichten.
Ze streken langs zijn jas, net zo lang tot hij weer rustig was. Daarna
was hij langs een paar eetadressen gelopen. In de winter moest je
veel koolhydraten eten. En vet. Tegen de kou. En er was genoeg
als je wist waar je moest zoeken. Bij de Febo natuurlijk. Daar zat
van alles in de afvalbak. Maar je wist nooit precies wat er tegenaan had gelegen. Dan liever bij de grote Albert Heijn. Daar lieten
mensen de bakjes en zakjes gewoon op de trappen liggen. Soms
ging hij ook bij McDonald's naar binnen, gewoon aan een tafeltje
zitten waar mensen net waren opgestaan en hun blad niet hadden
opgeruimd. In de zomer, als mensen buiten zaten te eten wist hij
ook een zaak in een van de stegen waar altijd half opgegeten pan-
nenkoeken op de tafeltjes achterbleven. Maar daar moest je snel
zijn, anders werd je weggejaagd. Daar hield hij niet van. Dan ging
hij terugschreeuwen en dat moest hij niet doen. Dan viel je op en
opvallen was het stomste wat je kon doen. Voordat je het wist zat
je op het politiebureau, maatschappelijk werkster erbij, straatpsychiater erbij. Vragen, vragen, vragen. Waar hij toch al duizend keer
antwoord op had gegeven.

Over het Damrak was hij naar zijn geheime slaapplek gelopen.
Bij c&a had hij nog een pizzapunt gevonden, gewoon, op een
bankje. Die at hij nu als ontbijt. Het aangegeten stukje had hij eraf
gescheurd. Vandaag was het vrijdag. Vrijdag douchedag. En nieuwe sokken vragen. Die waren er niet veel, niet die hij wilde, dus hij
kon beter op tijd zijn. Hij keek het lege kantoor rond of hij niets

66

vergeten was, klom uit het raam en begon te lopen in de richting van de Willemsstraat. Het was stralend weer, dus *De jas* kwam niet goed uit. Hij zocht in zijn geheugen naar een haiku met zon om op te lopen. Of blauwe lucht. En dan liefst wel met vrieskou, want anders klopte dat weer niet. Toen hij er een gevonden had, werden zijn voetstappen steviger. In zijn hoofd schoof de haiku de bek-vechtende stemmen opzij.

14

De volgende ochtend werd ik wakker met het gevoel dat er iets over mijn gezicht liep. Flarden van een droom schoten uit mijn hoofd. Iets over beestjes die ergens uit kropen. Dit keer uit het gezicht van een onbekende vrouw, aan de ene kant gaaf, maar toen ze haar hoofd draaide mismaakt, met etterende wonden waarin maden krioelden. Van onder het dekbed keek ik rond in het kleine slaapkamertje. Je kon alleen door de deuropening uit bed stappen omdat mijn moeder indertijd gestaan had op een romantisch Scandinavisch ledikant van één meter tachtig breed. Aan de ene kant van het bed stond een pot kleurloze crème, aan de andere kant een doos Kleenex en een wekker. Ik vroeg me af hoe vaak mijn ouders het nog deden. De muren waren lichtblauw. In de hoek had mijn vader een stukje Lundia-kast verknutseld, zodat er boeken, een cd-speler en een schaal met waxinelichtjes in pasten. Rond het raam met blauw-witgestreepte gordijnen hingen droogboeketten uit eigen tuin, bosjes lavendel (tegen de vliegen), salie (tegen negativiteit) en iets wat eruitzag als de roe van Zwarte Piet. Eigenlijk hadden mijn ouders hun zinnen gezet op een huisje elders op het park. Daar had Jan Wolkers ooit gezeten, zeiden ze. Maar omdat het huisje van Jan Wolkers niet vrijkwam en Het Nestje wel, hadden ze daarop ingeschreven. En het omgedoopt tot Texel.

Amsteloever was een groot volkstuinencomplex aan de rand van Amsterdam. Met brede lanen en oude bomen. Aan het einde van de Kastanjelaan lag een sloot. Het leek of het complex daar ophield, maar via een smal bruggetje liep het terrein nog even door en kwam je op een eilandje waarop twee huisjes stonden. Een daarvan was Texel.

In het zitkamertje annex keuken was het na een nacht stoken nog steeds niet erg warm. Met een restje opgewarmde soep van gisteravond ging ik aan tafel zitten en keek etend naar buiten. Een *cottage garden* noemde mijn moeder de woekerende bloemenzee voor het huis. In de winter stonden alleen de bamboestokken overeind, de rest lag rottend en bruin tegen de grond. Als ik niet zo'n dorst had gekregen van de soep, was ik misschien wel weer naar bed gegaan. Nu kleedde ik me aan en stapte op de fiets om boodschappen te doen. Ik haalde brood en pastasaus en yoghurt en bier. Daarna tapte ik een emmer water bij het hoofdgebouw, maar toen ik koffie wilde zetten, bleken er geen filters meer te zijn. Dus dronk ik een kop thee en fietste toen opnieuw naar de supermarkt voor koffiefilters en gelijk ook nog maar wat troost-eten. En terwijl ik in de rij stond om te betalen en naar de haveloze muren van de winkel keek, bedacht ik wat ik zou kunnen doen. Goed voor Texel en goed voor mezelf.

Twee dagen later kwam mijn vader. Buiten hing een doordringende putlucht van pas gebaggerde sloten. Binnen rook het naar natte latexverf.

'Doe maar wat je wilt, lieverd,' had mijn moeder gezegd toen ik haar belde. 'Het huisje is zo langzamerhand wel aan een facelift toe. Kies zelf maar wat voor kleuren. Waar jij vrolijk van wordt. Carte blanche wat ons betreft. Pappa komt een dezer dagen wel even afrekenen met je.' Haar royale therapeutische gebaar gaf aan hoe bezorgd ze waren, en kreeg vorm in azuurblauwe muren. Voor het keukentje lag er een Mexicaans pakket klaar, met namaak tegelsjablonen en rode en gele verf voor op de kastdeurtjes.

Eerst verzette mijn vader mijn fiets, die tegen een boompje in de voortuin stond. Een paar takken waren geknakt, zag ik nu. Hij had een doosje boodschappen bij zich, en een grote tas van Praxis. Terwijl hij omstandig zijn neus snoot, keek hij om zich heen en toen naar mij.

'Dat daar is een jonge appelboom. We zeggen niks tegen je moeder.'

'O, sorry.'

'Het is hartstikke lekker weer, meis.'

Hij bedoelde: het is niet goed dat je aldoor binnen zit.

'Je bent lekker bezig zie ik.'

Ik hoorde: de therapie werkt, Helen.

'Niet te koud hier 's nachts?'

'Nee hoor,' zei ik, hoewel ik de eerste nacht bijna was bevroren. Al was het waarschijnlijker dat de kou vooral in mij had gezeten.

'Het is een beetje een avontuur dit. Je moeder en ik hebben hier nooit in maart overnacht. Je hebt het hier gezellig gemaakt. Zullen we samen even koffiedrinken?' Hij groef in het doosje. 'Kijk, lekker. Spritsen. Daar heb ik nou net zin in.'

Ik schoof de koffie naar hem toe.

'Luna?'

'Wat?'

Als hij gezegd zou hebben: doe eens een beetje aardig, ik heb hier geen zin in, dan had ik daar best in kunnen komen. Als hij gezegd zou hebben: *life sucks*, iedereen maakt zijn eigen portie ellende mee, dan had ik hem groot gelijk kunnen geven. Tenslotte werd ik ook strontziek van mezelf. Bleef je niet net zolang een slachtoffer als je zelf wilde?

Maar hij zei: 'Rust is goed, maar je moet je niet te veel afzonderen.'

'Ik zit hier pas een paar dagen.'

'Als je bang bent, dan moet je hier niet in je eentje willen zitten.'

'Ik ben niet bang. Ik wil alleen een deur op slot kunnen doen. Dat is toch niet abnormaal?'

'Bij je studiegenootjes in de Gerard Dou zit je beter. Dat is mijn mening.'

Maar daar paste ik toch helemaal niet meer? Ik was iedereen tot last met mijn belachelijke angstaanvallen en gilpartijen en om de haverklap iets laten aanbranden, overkoken en dingen uit mijn vingers laten glippen. Voorlopig was dit beter.

'Mamma zou vast ook een slot op die deur willen hebben als ze hier alleen was.'

'Natuurlijk. Maar het hoeft nou ook weer niet op Fort Knox te lijken. Trouwens, Chris van hiernaast is ook op de tuin. Die kun je waarschuwen als er iets is.'

'Waarom zou ik?'

'Je weet maar nooit.'

'Je hebt toch niks gezegd, hè?'

'Nee, Chris heeft geloof ik genoeg aan zichzelf. Burn-out. En dat voor iemand van nog geen vijfendertig.'

Nog dezelfde middag kiepte ik de plastic zak van Praxis onderste-boven op tafel. Terwijl ik bezig was een extra grendel op de deur te zetten, zag ik Chris naar buiten lopen. Ze had een glas wijn in haar hand. Gakkend vlogen ganzen in een V over de tuin. Ze keek omhoog. Daarna begon ze de barbecue aan te steken. Rook dreef in de richting van de Kastanjelaan.

'Wil je ook wat eten?' Chris stond voor de deur, een bordje met spareribs in haar hand. Ze zag er moe uit, gelige kringen onder haar grijsblauwe ogen, lijnen om haar nauwelijks zichtbaar glimla-chende mond. De uitgroei van haar blonde haar verraadde een on-definieerbare kleur daaronder. Ze had een regenjas aangetrokken over een vale trainingsbroek met eronder modderbruine Crocs. Alles straalde vermoeidheid uit.

'Je moet wel een beetje voor jezelf zorgen.'

'Jij volgens mij ook.'

'Met een glaasje wijn?' Ze hief haar glas op.

'Waar is Bertine? Waarom ben je niet thuis?'

'Buitenland. Werk. Beweert men niet dat de natuur helend werkt?' Haar glimlach trok scheef. 'Wat denk jij? Worden we be-ter van deze bruine prut in de tuin en al die kale bomen? Of toch vooral van slapen en drinken en niet denken wat je denkt?'

'Dat laatste vooral,' zei ik. 'En chocola doet ook wonderen.'

15

'Is er bij jullie al gebaggerd?' De dikke vrouw, met een even dik Amsterdams accent, legde koeken in de vitrine. 'Wij zitten hier al dertig jaar. Je wil niet weten hoeveel stinkende prut wij al omhoog hebben gehaald.'

'Mijn vader heeft zijn baggerdag al gehad.'

'Jij bent zeker aan het klussen?'

'Zoiets.'

'Van welke tuin ben je?'

'Bisschop.'

'Van Het Nestje?'

'Van Texel.'

'Waar is dat?'

'Op een van de eilandjes.'

'Ja ja, Het Nestje. Een van die lesbische vrouwen is er ook, hè. Overspannen, schijnt het. Dat heb je ervan als je alleen maar met je hoofd werkt. Kan ze er nog zo fantastisch duur uitzien en nog zoveel verdienen, maar je moet ook zo nu en dan bezig zijn met gewone dingen hè.'

'Ze werkt toch ook in de tuin hier.'

'Nou, ik dacht meer dat dat die andere was. Die fietsenmaker. Die is natuurlijk al gewend om met haar handen te werken.'

Chris en ik aten nu om de dag samen. Ik omdat ik anders alleen maar spaghetti met tomatenpuree at, Chris omdat ze anders helemaal niet at. Bertine was bij hen meestal de kok. En geen fietsenmaker, zoals ze een keer voor de grap had gezegd, maar een succesvol importeur van vouwfietsen. Vouwracefietsen, vouwtandems, minivouwfietsen zo klein dat ze zelfs in je koffer pasten.

'Bert is van de onderdelen, ik meer van het grote geheel,' zei Chris. 'Behalve nu even. Nu zie ik alleen maar tegen alles op. Zelfs tegen eten.'

'Rood en geel.'

'Je vrolijkt de kastjes een beetje op, heel goed. Misschien kunnen we samen wat bijpassend serviesgoed kopen? In de Haarlemmerstraat is een winkel die dat heeft. Draag je trouwens wel die wegwerpoveralls die ik voor je gekocht heb? Want daar zijn ze voor.'

'Ja, mam. Liefs voor pappa.'

De rust in Texel deed me goed. Hoewel het wel steeds minder rustig werd. Het park begon vol te stromen, nu de opening van het tuinseizoen nabij was. Steeds vaker hoorde ik geluiden van motorzagen, hakselaars en boormachines. Er liepen bezoekers en aspirant-leden rond die naar te koop staande huisjes keken. Het enige voordeel was dat de kantine nu ook weer open was.

'Maar hoelang blijf je daar dan nog zitten? Het is echt zo saai zonder jou. En we worden helemaal simpel van Niels. Hij zegt dat je je mobiel niet opneemt.'

'Alleen niet voor hem.'

'Niet verpieteren hoor. Geen gekke dingen gaan denken. Beloof je? Hoe gaat het met je concentratie? Heb je last van stemmingswisselingen? Sombere gedachten?'

'De sloten zijn hier net uitgebaggerd, maar nog steeds heel erg ondiep hoor. En als ik aan het dak van het huisje ga hangen, komt het naar beneden. *Don't worry*, ik werk aan mezelf, het gaat echt beter. En als het helemaal best gaat ben ik er weer, oké? Ciao, ook voor Anne-Joke.'

En opeens was het daar. Het gevoel waardoor ik moest gaan zitten. Ik zag mezelf staan, de roller met rode verf in mijn hand, Madonna met 'Like a virgin' vanuit de slaapkamer en opeens dacht ik: dit gaat niet goed. Ik zei het een en deed het ander. Ik zei: ik werk aan mezelf, ik schilder een muur, maar ik maakte een nieuwe wereld voor mezelf, een decor om voor de echte te zetten. Ik zei: het was niet persoonlijk, het kon iedereen overkomen, maar het overkwam mij. En ik was niet gewond geraakt door een storm of een blikseminslag, maar door mensen met hersenen en een wil. Terwijl ik zei dat ik het achter me wilde laten, probeerde ik de beelden die ik had aan elkaar te knopen tot een geheel. Ik keek iedere dag naar het litteken in mijn hals omdat ik dacht dat het iets betekende. Ging met Sanne en Anne-Joke naar de politie. Niels zei dat ik mee moest geven, me niet moest verzetten. Maar ik vroeg me af waar ik me eigenlijk precies tegen verzette.

'Met Luna Bisschop. Is rechercheur Dijk aanwezig?'

Na de gebruikelijke samenvatting van mijn casus werd ik ten slotte doorverbonden met Froukje Dijk. Ze hijgde alsof ze een trap was opgerend. Ik wilde vragen hoe het met haar zwangerschap ging, maar ik zei: 'Hallo, ik dacht: ik bel maar weer eens.'

'Dat is prima. Hoe gaat het?'

'Beter. Goed zelfs.' Soepel stapte ik in mijn politiek correcte rol.

'Dat vind ik echt geweldig om te horen. Ik... een ogenblikje, mevrouw Bisschop.' Haar stem verdween uit de hoorn. Ik hoorde kantoorgeluiden en Froukje Dijk die tegen iemand zei: 'Barry, doe mij maar...' Ik werd in de wachtstand gezet.

'Daar ben ik weer. Zeg, het spijt me heel erg. Maar er komt even iets tussen. Mag ik je zo terugbellen?'

'Mevrouw Dijk zou mij terugbellen, maar dat is alweer eventjes geleden.'

'Als ze heeft gezegd dat ze u belt, dan doet ze dat beslist.' De stem aan de andere kant klonk getraind. Klaar om verbaal geweld meteen de kop in te drukken.

'Weet u dan misschien wanneer ze er ongeveer weer is,' hield ik vol.

'Dat is moeilijk te zeggen, mevrouw. Weet u wat? Ik schrijf in elk geval even uw telefoonnummer op.'

Ik drukte het gesprek weg.

Iedereen kreeg gelijk. Mijn dossier verdween helemaal niet binnenkort in een la. Het lag er al. Luna Bisschop was een cold case. Slachtoffer van een overval in Amsterdam-Centrum op een koude koopavond in februari. Een nummer in de statistieken. Er begon zich iets in mijn hoofd te vormen, een kracht, een vorm, een gewaarwording. Ik wist nog niet van wat, maar voelde het kloppen tegen mijn schedel. Als het snaveltje van een kuiken tegen de schaal van zijn ei. Het was tijd.

Rond zevenen klopte ik bij Chris tegen het raam. Het was al donker aan het worden. In het huisje brandde geen licht. Even dacht ik dat ze er niet was, maar toen bewoog er iets in de vormeloze massa op de bank en even later ging de deur open.

'Ik ben soms zo ongelooflijk moe, dan kan ik wel blíjven slapen.' Chris deed een paar lampen aan.

Sinds ze hier was had haar leven zich om haar heen opgehoopt. Over alle stoelen hingen jassen, handdoeken, broeken, truien. Op de bank lag een dekbed. Ik herkende de etensresten van twee dagen geleden op de borden op de aanrecht. Op tafel stonden glazen en koffiebekers. Een schaal met bruinende bananen. De ramen waren beslagen. Naast de deur stonden modderige kaplaarzen en een paraplu met een grote plas water eronder.

'Bert komt het weekend. Ze zal wel schrikken.' Ze schoof wat spullen opzij op de aanrecht om mijn pan met aardappelpreisoep neer te zetten. Waste twee glazen om en pakte een fles wijn uit de ijskast.

Ik maakte een hoekje op de tafel vrij en stak het beroete designolielampje aan.

'Wat is dat voor iets?' vroeg Chris.

'Wat?'

'Dat ding dat je aanhebt.'

'Een wergwerpoverall. Ik wil straks nog even doorgaan met verven.'

Chris schonk de wijn in.

'Het is dat er overal vrolijke blauwe en gele spetters op zitten, anders zou ik denken dat je net een moord had onderzocht.'

75

*

Hij had gezegd dat het niet hoefde. Hij had alleen maar om een pleister gevraagd. Hij had zelf zijn hand onder de kraan gehouden en schoongespoeld, en er had alleen maar een pleister op gehoeven. Hij had zich heel erg moeten inhouden om niet te gaan schreeuwen. Omdat ze hem vastpakten. Je kon het niet zien, maar ze pakten hem vast. Ze hadden hem vastgehouden en door de gang geduwd en alsmaar tegen hem gepraat van dat het beter was en zo en dat zij verantwoordelijk voor hem waren als hij bij hen binnen was. Voor vrouwen waren ze behoorlijk sterk geweest. Zeker van al die soepketels sjouwen en de bus rijden en dat knielen en weer opstaan honderd keer per dag. Ze hadden hem meegenomen naar de Wallen naar een dokter die daar toevallig spreekuur hield, en die had zijn hand gehecht en er een verband omheen gedaan. De dokter stonk. Naar sigaretten en zuur uit zijn mond. Hij wilde weten waaraan hij zijn hand had opengehaald. Vragen, vragen, vragen. Op elke vraag waren wel tien antwoorden. Soms wel twintig. Aan een fles. Aan een mes. Aan een gebroken bierglas. Aan een kapotte paraplu. Een blikje. Iets uit een afvalbak. Het werd heel lawaaierig in zijn hoofd. En licht. Waar was de uitgang? Hij had niet goed opgelet. Afgeleid door al die vrouwen die in de wachtkamer zaten. Blote borsten, grote blote borsten. Scheve lachjes, knipogen. Hun lippen getuit alsof ze hem wilden zoenen. Naar zijn kruis gekeken of ie wel wat te bieden had om op te zuigen, aan te likken. O, hij wist wel hoe dat ging, wat ze deden. Maar hem kregen ze niet. Hem konden ze niet besmetten. Met hun aids en hun... Ze hadden hun... Ze hadden... Er waren overal deuren, maar hij wist niet welke naar buiten ging. Dus moest hij wachten tot er een openging. Dat was pas nadat ze hem tabletten hadden gegeven. Voor als het pijn ging doen. En daarna moest hij mee terug om zijn rugzak op te halen. De vrouwen gaven hem een bakje eten mee, en een blikje Fanta. Hij had een hele tijd voor het station gezeten. Zijn mouw had hij over het verband getrokken. Mensen keken ernaar. Hij wiegde heen en weer, zijn kloppende hand als een babyhondje op zijn andere arm. Maar hij ging echt geen pillen slikken. Wie weet wat erin zat. Wie eraan had gezeten met zijn besmette handen.

Zon ligt over de

Hij trok onhandig het blikje open. Morste op zijn jas bij het drinken omdat hij heen en weer bleef gaan. De cadans probeerde vast te houden.

uitgewerkte stad bezweet

Het spitsuur walmde aan hem voorbij. Een tram schokte stil voor een kind.

De zon trekt weg uit... De lucht trekt weg uit

Opeens stond er iemand voor hem stil. Hij zei iets. Tegen hem. Een man. Hij zei het nog een keer.

'You're okay buddy?'

Net toen hij op wilde kijken voelde hij een hand op zijn schouder.

Toen was hij toch nog gaan schreeuwen.

16

'Hey, wat vind je, is dit een welkom-terugpicknick of niet?'

Sanne had uitgepakt. Op het gras van het Museumplein stonden twee flessen rosé, olijven, een stokbrood, Franse kaasjes, een bak kant en klare sla, bestek, aardbeien, plastic borden en wegwerpwijnglazen.

'Ik trakteer,' zei ze lachend. 'Ik ben zo blij dat je er weer bent.'

In haar krullen stond een nieuwe zonnebril. Ik had het iedere keer uitgesteld om naar de kapper te gaan. Zij droeg een bloesje dat ik niet kende. Bij mij zat de verf van Texel nog onder mijn nagels.

Het was prachtig voorjaarsweer. Eind van de middag. Overal lagen mensen in het gras te luieren. Op zulke dagen ontvluchtten we wel vaker de tuinloze Gerard Dou om ergens op het plein witte wijn te drinken.

Naast ons zat een moeder met een peuter. Ze volgde het kind, dat zich staande probeerde te houden op het grasveld. Zorgeloos liet ze de buggy bij ons staan. Ik probeerde mijn hoofd leeg te maken. Als ik nou maar nergens aan dacht, dan was het net als vroeger.

Sanne doopte een aardbei in haar wijn. 'Kijk, daar komt wat lekkers voorbij. Dat is wel een acht.' Ze lonkte naar een jongen op een racefiets. Hij negeerde haar. 'Een acht min.'

'Stukje kaas?'

We klonken.

'Blij dat je weer terug bent van die suffe tuin,' zei Sanne nogmaals.

'Alleen dit weekend. Omdat mijn ouders er dan een keertje willen zitten. Ik mocht op de slaapbank, maar dat zag ik niet zo zitten.'

'Een negen, daar komt absoluut een negen aan. O ja...'

De jongen met krulletjes grijnsde naar ons. De moeder zette de peuter in de buggy en gaf hem zijn speen.

'Hij is bekaf. Die slaapt zo,' zei ze terwijl ze in haar tas begon te rommelen. 'Zouden jullie misschien even op hem willen passen?' Ze haalde een fototoestel onder uit haar tas tevoorschijn.

Sanne keek me veelbetekenend aan. Ik kende die blik. Die betekende: no way.

'Ik ga niet ver. Ik wil alleen maar even een paar foto's maken van de *skatewall* daar. Hij slaapt. Je hoeft niks te doen, ik ben zo terug.' Ze liep weg en verdween achter de reusachtige halfpipe waarin de skaters heen en weer zoefden.

We keken naar het slapende kind.

'Moet je kijken.' Sanne trok aan de speen. Het leek of de mond van het kind op slot ging. Het ding bleef muurvast in het mondje zitten. 'Zuigen op die manier, dat kunnen alleen baby's. Gaandeweg verleert een mens dat. Vind je dat niet grappig?'

Ze deed het opnieuw en grinnikte toen de baby met zijn handjes begon te zwaaien.

'Doe nou maar niet.'

'Niels heeft er hartstikke veel spijt van.' Ze scheurde een homp van het stokbrood.

'Ik heb even geen zin in Niels.'

De peuter werd wakker en begon te piepen. Sanne keek naar hem alsof er een *alien* in de wandelwagen zat. 'Dat gaan we niet doen hoor,' zei ze streng tegen hem. 'Bek houden tot je mamma terugkomt.'

Zijn lip begon te trillen.

'Ja,' zei Sanne glimlachend, 'je moeder is ervandoor. Echt waar. Dat is zwaar kut, hè? Ja. Wat een rotmamma heb jij. Geen eten vandaag, denk ik. Net een jaar, en nu al helemaal alleen op de wereld. Tja.'

'Doe nou niet, San.'

'Ach joh, een kind van die leeftijd reageert alleen op toonhoogte. Je kan zeggen wat je wil. Weet zo'n baby veel.' Ze prikte met haar wijsvinger in zijn buik, het kind begon te huilen. Onhandig, met wandelwagen en haastig ingepakte picknickresten, liepen we naar de halfpipe.

'Je moet maar niks met kinderen gaan doen na je studie,' zei ik.

'Doe ik ook niet. Ik wil geld verdienen.'

79

'In de psychologie?

'Een arbeids- en organisatiepsycholoog verdient bakken. Ik ga niet vier jaar zitten ploeteren voor een cao-salaris in de zorg.' Ze schoof de zonnebril weer op haar voorhoofd. De zon begon te zakken.

'Het is een makkelijk kind, hè?' zei de moeder. 'Wat aardig dat jullie hem komen brengen.' Ze reed haar als bij toverslag gekalmeerde kind naar een bankje en ging zitten.

Sanne hield haar het doosje aardbeien voor.

'Wat fotografeer je?' vroeg ik om ook wat te zeggen.

Met volle mond zei ze: 'Pieces. Graffiti.'

'Ik weet niet wat dat zijn, pieces.'

'Wil je wat zien?' Ze veegde haar vingers aan haar broek af. Met haar hand schermde ze het display van het fototoestel tegen de zon af. Er flitsten een paar opnames voorbij.

Mijn mond viel ineens droog. 'Mag ik die nog eens zien?'

'Welke? Deze?'

'Nee, die daarvoor.' Ademloos bekeek ik het beeldje.

'Dit is niet echt het mooiste wat erbij zit,' zei de fotografe. 'Eigenlijk is-ie bedorven.'

Op het *piece* lette ik ook niet. Het waren de letters die erbij geschreven stonden. Zwart. Schreeuwend. Alsof ze beschuldigden. Toy. Met de y ondersteboven.

'Heb je dit hier gefotografeerd?' vroeg ik.

Ze knikte.

'Zonet?'

'Ja. Daar. Het staat op de skatewall daar.'

'Wat betekent dat woord?'

'Geen idee. Het piece zelf is van ene Waf. Die *tagt* hier regelmatig. Je moet er snel bij zijn, want de gemeente laat ze weghalen.'

'Ken je hem?'

'Waf?'

Ik keek naar de skatewall. Het was er druk met jongeren en skateboards. 'Is-ie er nu? Ik moet hem spreken.'

17

'Hoelang wil je hier nog blijven wachten op die Waf?' vroeg Sanne. Het grasveld raakte verlaten toen de zon verdween. 'Waf. Wij hadden vroeger thuis een kerstsingle. Met zingende honden. "Jingle Bells" blaften die. Luun, kom op. Laten we nou gaan.' Ze propte de Albert Heijn-tas in de afvalemmer.

'Nog heel even, oké?'

Sanne ging zitten. 'Jezus, wat is het koud.'

Ik werd driftig. Van ongeduld. Van de gedachten die me bestormden. Van de maanden onzekerheid. Van angst. 'Sodemieter dan op naar huis.'

'Je hoeft niet tegen me te snauwen. Ik laat je toch niet alleen. Wat ga je doen?' vroeg ze argwanend toen ik opstond.

'Iets. Ik ga iets doen.' Ik liep naar de skatewall.

'Hoi,' zei ik tegen een jongen die aan de wieltjes van zijn skateboard stond te prutsen. Hij gaf geen antwoord. Geen idee of-ie me gehoord had.

'Mag ik je iets vragen?'

'Jawel.' Hij leek me eerder verlegen dan ongeïnteresseerd. Hooguit dertien leek-ie.

'Ken jij iemand die Waf heet?'

'Misschien.'

'Je kent hem of je kent hem niet,' zei Sanne, die naast me was komen staan. 'Geef gewoon antwoord, ja? Dan kunnen wij ook naar huis.'

Ik wilde zeggen: hou je kop Sanne, maar op de jongen leek haar directe aanpak onverwacht goed te werken. Met een gezicht waarop geschreven stond: waar heeft zij last van, zei hij: 'Ik zie hem hier wel eens. Hij is meestal met iemand.'

'Laat me raden. Met Woef.' Sanne begon te lachen. 'Waf en Woef samen op avontuur.'

'*Right*.' De jongen keek meewarig naar de aangeschoten Sanne en stapte de halfpipe weer op.

'Hoe oud? Zo oud als ik?' Ik liep achter hem aan.

'Hoe oud ben jij dan?'

'Eenentwintig.'

'Ouder,' riep hij en hij zette af op zijn skateboard.

'Ben je hier elke dag?' gilde ik hem na.

De jongen reed weer naar de kant waar ik stond en stopte.

'Na school.'

'Weet jij of die... tag er gisteren al zat?'

' "Toy" is geen tag. "Toy" is een scheldwoord. Voor beginners. Van anonieme knoeiers moeten de echte artists niks hebben. Je moet zijn grote werk eens zien. Dat is echt coole shit.'

'Dat scheldwoord. Stond dat er gisteren ook al op?'

'Geen idee.' Hij nam een spurtje en sprong weer op zijn plank.

'Ken je nog iemand hier die hem kent? Die weet waar hij woont?' De woorden gingen verloren in het schrapende geluid van wieltjes op staalplaat.

'Iemand die Waf kent? Is er iemand die godverdomme even met me kan praten?'

Nee. Niemand. De jongens zoefden heen en weer, de cadans werkte bijna hypnotiserend. Deed ik nog een stap verder de baan op? Of was het zijn onhandigheid? Ik voelde het board rakelings langs mijn schoenen gaan, zijn schouder en heup met een klap tegen mijn zij aan komen. In één keer lag ik op mijn rug. Mijn hoofd sloeg tegen de bodem van de baan. Mijn elleboog kennelijk ook want ik voelde een tintelende pijn. Ik had een paar seconden om te beseffen dat ik verder niks had, en nog paar seconden voordat er een kring jongens om me heen stond. Het was te kort om een gedachte te hebben. Om een gevoel te analyseren. Ik had een overweldigend gevoel van in het nauw gedreven zijn. Ze waren in de meerderheid. Ze waren groter, sterker dan ik. Als ik niets deed, als ik niets deed. Ik moest iets doen, alsjeblieft doe iets, durf iets. De jongen die me zijn hand toestak om me overeind te trekken, was de klos. Ik focuste op de eerste kop die zich uit de muur losmaakte. Ik greep zijn haar en trok het uit alle macht naar me toe. Hij kon geen kant meer op. Ik kneep mijn nagels in mijn handpalmen en hield vast.

De rest hoorde ik later van Sanne, die ons uiteindelijk uit elkaar had gekregen. Dat ik had geschopt en gebeten en aldoor maar 'klootzak, klootzak, klootzak' had geschreeuwd. Dat die jongen me alleen maar had willen helpen. Hoe ik hele plukken haar in mijn handen had toen ik eenmaal had losgelaten. Pisnijdig liet ze me de blauwe plek zien waar ik haar ook had geschopt toen ze me probeerde te helpen. Ze was zo boos en geschokt geweest dat ze op slag nuchter was. Toen we een half uur later naar huis liepen, trilde ik over mijn hele lijf. Mijn vingers deden pijn van het knijpen, mijn hartslag wilde niet naar beneden. Mijn hart pompte nog steeds als een razende adrenaline rond. Sanne liep zwijgend naast me. Ze had geen medelijden met me. Ik denk eigenlijk dat ze zich vooral voor me schaamde. Maar ik wist één ding zeker: het zou me nooit meer overkomen. Ik wilde nooit meer hulpeloos op de grond liggen, overgeleverd aan vreemde mannen of jongens. De aanval werd mijn verdediging. Mijn angst zou ik in energie omzetten. Ik kon mezelf overwinnen als het moest. Met mijn zoektocht naar mijn brandmerk was ik dan misschien weinig opgeschoten, maar dit had ik in ieder geval bereikt. Om angst te overwinnen moet je angst worden.

18

De moeder van de jongen had aangifte gedaan van mishandeling. Haar zoon had dagen zijn haar niet kunnen kammen, beweerde ze. Op het politiebureau hadden ze er een beetje lacherig over gedaan, wat in mijn voordeel was geweest. Plus mijn dunne dossier dat na enig zoeken bij de aangifte was gevoegd. Alles in der minne geschikt, het zou helpen als ik mijn excuses maakte. Dat had ik gedaan. Kaart gestuurd met een skater erop. Over mijn onderzoek naar de omgekeerde y had ik niets gezegd. Froukje Dijk was ziek. Ik hoopte dat het niet betekende dat er iets mis was gegaan met haar zwangerschap, maar ik vroeg niets.

Nu zat ik weer op de tuin. Het voelde minder als vluchten dan de vorige keer. Meer als mezelf terugtrekken. Van Sannes gekwetste blik, van Anne-Jokes bezorgdheid. Mijn ouders wisten van niets.

Chris was met Bertine mee naar huis gegaan. Ze had een briefje onder de deur door geschoven dat Bert een paar dagen vrij had en die liever in hun comfortabele huis op IJburg doorbracht. Ze had de barbecue bij mij in de tuin gezet. Een vuilniszak met houtskool ernaast.

Het was nog stil in de supermarkt. Ook het winkelaanbod was een beetje mager. Het gaf niet. Ik legde spaghetti in het mandje, haalde die er weer uit, legde er snelkookcouscous voor in de plaats, een ratatouillepakket, een doos eieren, gegrilde sojareepjes, een pak donuts en een zak appelen. Ik hoopte dat mijn ouders de koffie niet hadden opgemaakt, en in de kantine verkochten ze voor noodgevallen brood uit de diepvries. Bij de ingang stond de dakloze, die mij op donderdag al een fijn weekend wenste, de straatkrant uit te venten. Pas toen ik weer over het bruggetje naar Texel liep, realiseerde ik me dat ik niks van al mijn ingekochte eten op de barbecue kon klaarmaken.

De avonden waren lang nu ik weer alleen at, maar niet onaangenaam. Na het eten ging ik met een deken over mijn benen op het terras zitten om na te denken, terwijl ik keek hoe de dag wegzakte achter de bomen. De onrust en de angst van de laatste weken maakten langzaam maar zeker plaats voor een gevoel van onthechting. Van nergens bij horen, behalve bij mezelf. Wie dat dan ook was. Ik had steeds gezegd dat ik mijn leven terug wilde, maar dat was natuurlijk onmogelijk als ik het niet leefde. Het was een fantasie over een wonder, dat alles weer goed kwam, de dingen weer hun oude vorm zouden aannemen. Dat ik op een dag wakker zou worden en weer in mijn oude zelf paste, zoals je na een flinke griep opeens weer in een broek van vorig jaar past. Hé meiden, hé lieve Niels. Nee hoor, ik ben eroverheen, helemaal genezen, alleen nog een klein streepje in mijn hals. Zullen we gaan? Het feestbeest is er weer helemaal klaar voor.

Maar dat ging niet meer gebeuren. Zolang ik me niet precies herinnerde wat er gebeurd was, zou ik altijd bang blijven verrast te worden. Door de ware toedracht. Door onbekende jongens. Door onbekende emoties en impulsen, zoals laatst bij de halfpipe. Ik zou ieder moment overvallen kunnen worden door iets wat me inhaalde uit het verleden, en daar moest ik me op instellen, aan overgeven. Er was geen keuze, er was geen weg terug, er was weinig te verliezen.

Op een ochtend stond er een doos voor de deur. Met een briefje van mijn moeder. Een heleboel prettig eenvoudig eten, een beautypakket omdat de douches in het toiletgebouw weer gebruikt konden worden, een paar flessen wijn om 'samen met de buurtjes' op te drinken. En een schrift om 'misschien eens wat in op te schrijven'. Mijn ouders waren eigenlijk erg aardig. Ik sms'te 'dank dank dank' en nam me voor ook wat aan de tuin te doen.

Diezelfde avond kwam de man met de herder langs toen ik nog buiten zat. De hond accepteerde een stukje worst, de man een kop koffie. Zestiger, dik grijs haar, rode wangen van de gesprongen adertjes. Hij vertelde over zijn vrouw, die een paar jaar geleden was overleden. De nieuwe blokhut die ze net op de tuin hadden laten zetten. Over de papagaai die ze hadden gehad, die altijd door zijn vrouw werd gewassen, maar zich na haar dood door hem niet liet pakken.

'Ik heb 'm weggedaan. Ik stond iedere keer te janken aan de gootsteen. Daarna was het zo stil in huis. Ik ging me dingen in mijn hoofd halen, hoorde geluiden die er niet waren, kon me niet meer concentreren. Toen ben ik gaan darten. Iemand zei dat dat hielp om te focussen. Iedere keer weer dat pijltje in zo'n vakje zien te krijgen. En ik had gelijk aanspraak. Zo heb ik die hond ook gekregen, want in zo'n café is er altijd wel iemand die ergens aan of van af wil komen. Nu gaat het een stuk beter met me. Jij zit hier zeker om te studeren?'

Ik knikte, nam me voor om de volgende morgen meteen te beginnen.

De volgende dag legde ik mijn laptop op tafel, syllabus bestuursrecht ernaast. Maar eerst moest er nog iets anders gebeuren.

In het schrift schreef ik alles op wat ik me herinnerde. De echte herinneringen en de stukjes uit mijn dromen, met het gevoel erbij. Ik beschreef de foto's die ik gezien had, en het pistool. De omgekeerde y tekende ik naast een onhandige schets van de skatewall met het piece van Waf. Voor de volledigheid beschreef ik ook maar de beelden die ik een paar keer had gehad van het droomeiland omdat ik niet zeker wist of het misschien ergens mee te maken had. En de woorden en geuren die een paar keer een onrustig gevoel hadden veroorzaakt. Op een andere bladzij schreef ik: 'Hypnose? Trance? Droomuitlegger? Onderzoek naar Waf. Terug naar de winkel?'

Dat laatste had ik genoteerd zonder erbij na te denken. Toen het op papier stond bracht het onmiddellijk een gevoel van onrust teweeg. Het woord 'winkel' veroorzaakte een reeks beelden die heen en weer schoten tussen ervoor en tijdens. Maar eigenlijk was het ook wel vreemd dat ik er nog niet eerder aan had gedacht. En Sanne en Anne-Joke met hun adviezen over proactief aanpakken evenmin. Het was in ieder geval simpeler en goedkoper dan een hypnose. Ik moest misschien alleen wat voorzorgsmaatregelen treffen.

Toen ik de verfspullen opruimde, zag ik dat er nog een heel pak wegwerpoveralls over was. Ook vond ik een doos latex handschoenen, die ik best goed had kunnen gebruiken bij het verven. Als ik geweten had dat ze er waren. Buiten brak de zon door. Het was april, mijn tweeëntwintigste lente.

19

Het voelde een beetje alsof ik een uitstapje ging maken. Wel een heel vreemd uitstapje. Naast mijn rugzak stonden de pilletjes van dokter Pieter, een flesje water, een paar plastic tasjes om in te blazen of in te kotsen. Mijn schrift plus twee pennen. Een rol koekjes. Mijn telefoon. De mengeling van angst en opwinding maakte dat ik twee keer naar de wc moest, maar eigenlijk voelde ik me verder goed. Zou ik nu meteen al een pilletje nemen? 'Zo nodig 1x daags 1 tablet' stond erop. En dat het mijn reactievermogen kon verminderen als ik autoreed, machines bediende of op straat speelde. Op straat speelde? Gaven ze dit aan kinderen? Ik besloot toch maar nog even niks te slikken.

De rugzak bewoog heen en weer op mijn rug terwijl ik fietste, zo licht was hij. De lucht was egaal grijs en er viel zo nu en dan een lichte motregen. Alles zag er saai en oninteressant uit, ondanks de groene puntjes aan struiken, de bloesem aan bomen. Zo'n dag dat iedereen naar beneden keek, zo snel mogelijk van a naar b wilde. De ramen van de metro waar ik met mijn fiets in stapte waren beslagen. Een enkeling had een rondje drooggewreven om de bordjes op de haltes te kunnen lezen, maar de rest las een krant of luisterde naar zijn mp3. Ik haalde de pilletjes uit mijn rugzak en deed ze in mijn zak. Bij het Weesperplein stapte ik uit en reed over de Sarphatistraat naar de Vijzelgracht, om vandaar de route op te pikken die ik altijd nam naar de winkel.

De Vijzelgracht was nog steeds hier en daar afgesloten voor verkeer vanwege de aanleg van de Noord/Zuidlijn. Ik reed een stuk over de stoep, over ijzeren platen in het zand, tot ik bij de Munt was. Niet denken, dacht ik steeds, niet denken: ik ben bang, ik was het slachtoffer van een overval, ik ben mijn geheugen kwijt en over een paar minuten gebeurt er misschien iets vreselijks met me. We gaan gewoon even kijken. Verder niks. En daarna even shoppen bij de Hema. Wat kan je nou helemaal gebeuren?

Ik zette mijn fiets vast in een van de volle rekken op het Singel en liep langzaam verder. Mijn benen voelden slap, mijn mond droog, maar eigenlijk was alles heel vertrouwd.

De fotoshop had een andere etalage. Bij de Argentijnse grill stonden kratten met afval op de stoep. De constante stroom mensen was ook nog hetzelfde. Net als de winkel. De deur stond open, het licht was aan.

Wat had ik dan verwacht? Dat de winkel gesloten zou zijn? Dichtgetimmerd? Te koop gezet? Het beeld van de geopende deur, ook in de winter mogelijk dankzij een warmeluchtinstallatie in de vloer, was van een zo verbijsterende alledaagsheid dat het leek alsof ik daardoor opeens mijn plaats in het heden terugkreeg. Niet alleen door de coma, maar ook doordat mijn geheugen was blijven stilstaan was er een deel van mij achtergebleven in de winkel, die avond, die dag. Een deel waarmee ik dacht geen contact te kunnen maken. Maar hier stond ik, en ik was weer degene die hier werkte. Niemand had ooit gevraagd: 'Wanneer ga je weer werken in de winkel?' Iedereen was ervan uitgegaan dat ik niet meer terug zou keren. Maar waarom eigenlijk? Mocht het niet meer? Was ik definitief verslagen? Patiënt? Beroepsslachtoffer? Al die gedachten gingen niet zo uitgesproken door mijn hoofd als ik ze later in mijn schrift noteerde, maar genoeg om me de straat te laten oversteken. Om mijn zonnebril op te zetten en over te steken.

'Hallo, mag ik even rondkijken?'

De kleine donkere vrouw die vrolijk gekleurde dildo's aan het uitpakken was, leek in niets op Debbie. Behalve dat ze goed gevuld was en een soort sexy uitstraling had. Ze zag er Zuid-Amerikaans uit, hoge laarzen over de stevige kuiten. Ze glimlachte uitnodigend.

'Natuurlijk. Als je wat wilt weten, hoor ik het wel.'

De toonbank was veranderd. Geen transparant glazen geheel, maar een stevige witte kunststof doos. Het leek alsof je erin moest stappen, een soort hoog bad. Erboven hing, goed zichtbaar, een monitor met daarop de beelden van de bewakingscamera's. Het rek van de lingerie was verplaatst. Er lag een andere kleur laminaat op de vloer. Ik wachtte tot er iets met me zou gebeuren. Keek naar de flesjes en potjes, het trapje naar de sm-afdeling, de pashokjes. Het leek allemaal zo vertrouwd, gisteren stond ik hier nog en maakte leuke stillevens van de vibrators. Het was geruststellend dat ik niet van alle kanten besprongen werd door monsters, verontrustend omdat er hier iets ergs was gebeurd wat niet meer te zien was, wat niet terugkwam bij degene die het was overkomen.

'Kun je het een beetje vinden?' De vrouw stond inmiddels achter de kassa.

'Nee, niet echt.'

'Wat zoek je dan?'

'Herinneringen. Mijn herinneringen. Ik heb hier vroeger gewerkt, maar er zijn bepaalde dingen die ik me niet kan herinneren.'

'Misschien is de winkel een beetje veranderd in de tussentijd? Hoelang geleden is het?'

'Bijna drie maanden. Tot de overval.'

De glimlach verdween van haar gezicht. Ze fronste haar wenkbrauwen en keek me aan.

'Ik werkte hier toen.'

'Waarom kom je terug?'

'Ik hoopte dat mijn geheugen zou terugkomen. Maar er gebeurt niets. Mag ik even mijn flesje water vullen?'

'Natuurlijk. Wil je misschien ook een kopje koffie?' De vrouw liep naar de deur van het keukentje. En toen gebeurde het. Het licht vanuit het keukentje. Op de aanrecht stond nog hetzelfde espressoapparaat. Op het plankje erboven glazen en kopjes. En opeens was het daar, het moment. Ik zag de glazen witte wijn staan. De tas van Debbie. Ik hoorde Debbies stem, haar verontwaardigde stem. Ik draaide me om en zag iemand op me afkomen. Spijkerbroek, zwart kort jasje. Zag hoe Debbie achterwaarts de winkel door werd geduwd tot achter de toonbank. De deur ging op slot. Het licht uit. Ik hoorde een stem vanuit het donker die zei 'Focking whores'. Een andere stem die zei: 'Check. Check this out, man.'

Hij had geslist, alsof zijn tong te lang was.

'Ik ben Manuela. Melk, suiker?'

De keuken kreeg weer kleur, de winkel werd weer licht. Ik zag dat er ook in de keuken een monitor hing. En een tweede alarmknop bij het espressoapparaat. Als ik hier nu had gewerkt had ik misschien alles kunnen voorkomen.

'Zwart graag. Heb je misschien nog een parttimehulp nodig?'

Op dat moment ging mijn telefoon.

*

Op de kruising van het Haarlemmerplein en de Marnixstraat stond een ambulance. Van verre zag hij het zwaailicht al. Het wenkte hem. Hij versnelde zijn pas tot hij achter de mensen stond die zich verzameld hadden bij de auto. Hij stootte tegen mensen aan, duwde hen weg. Hij merkte niet eens dat hij het deed, wist alleen dat hij moest kijken. Kijken of hij het weer kon zien, het licht. Tussen de benen door zag hij de fiets al op de grond liggen. Vooraan gekomen hurkte hij neer. Zo dicht mogelijk bij het meisje dat met een krijtwit gezicht en gesloten ogen op het asfalt lag. Er was niets aan haar te zien. Alleen dat ze doodstil lag. Hij kon niet zien of ze nog ademde, waarschijnlijk wel want hij zag nog niets. Er zat een ambulancebroeder naast haar geknield met allerlei spullen uit een koffertje. Hij hield een zakje omhoog dat met een slangetje in haar arm stak. De brancard stond al klaar, maar ze werd niet opgetild. Hij staarde naar de neus, de mond, de oren. Daar zou de ziel zich een weg banen naar de vrijheid. Naar een ander bestaan. Naar het Grote Wachten tot hij een nieuw lichaam had gekozen.

Er was veel dood in de stad. Als je veel buiten was, kon je de dood zomaar tegenkomen. Hij had hem vaak gezien. Niet alleen maar in dode mensen. Ook in dode duiven, meeuwen, katten, honden. Kippen, een keer een dood schaap bij de kinderboerderij. Zelfs een keer een dood reptiel in de etalage van een dierenwinkel. Voordat de eigenaar wist dat het dier dood was, had hij het blauwe licht al gezien dat heel even om het dier hing. Als energie die losliet van de huid.

In uiterste concentratie staarde hij naar de mond van het meisje. Was het daar? Nee, toch niet. Naast hem begon een mevrouw te huilen. Tranen liepen van onder haar bril over haar rimpelige wangen. Sommige mensen hielden een telefoon aan hun oor, iemand hield de telefoon voor zich uit om een foto te maken. Er ging een gemompel door de menigte toen het kind werd opgetild en op de brancard werd gelegd. Ze hadden hoop, deze mensen. Mensen keken niet goed, ze hoopten alleen maar, dachten dat het hielp als ze zeiden: 'Het zal best goed komen', 'Ze is jong en sterk' of 'De dokters kunnen zo veel tegenwoordig'. De brancard werd omhooggezet en naar de auto gereden. En net op het moment dat hij de auto in geschoven werd, zag hij het. Een heel dun blauw wolkje. Het hing vlak achter het haar met de gekleurde speldjes erin. Als een adem op een koude dag die heel even blijft hangen als je snel een stap opzij doet. Hij stond op, strekte zijn knieën, die even kraakten, en liep verder in de richting van de Jordaan.

'Is dat wel verstandig? Weer in die winkel gaan werken? Hoe kun je dat nou doen?'

'Nou gewoon, gevraagd. Ik heb besloten dat ik niks meer uit de weg wil gaan. Laat de beelden maar komen. Als ze er zijn, zie ik wel wat ik ermee kan.'

Anne-Joke had gekookt. Dat kon ze goed. De tafel was feestelijk gedekt met een tafelkleed en waxinelichtjes en kunstig gevouwen servetten naast de borden. Maar sinds ik binnen was, smiespelden ze samen. Wisselden blikken. Hielden mij in de gaten. Lachten te vaak, te hard.

'Ik hoop dat je jezelf niet overschat,' zei Sanne. Met iets te veel vaart zette ze twee flessen rode wijn op tafel.

Het raam stond open. Een avondbries streek langs mijn blote armen en hals. 'Wat vieren we eigenlijk?' vroeg ik.

'Dat we al zo lang goede vrienden zijn.' Anne-Joke legde even haar hand op mijn schouder.

'Dat de hond van de buren jongen heeft,' zei Sanne.

'Is dat zo?' Anne-Joke keek verbaasd. 'Sinds wanneer hebben Mohammed en Samira een hond. Die zijn toch moslim?'

'Dat was een grapje.' Sanne ontkurkte een van de flessen en schonk in.

'Op de vriendschap.'

'Dat we er altijd voor elkaar zullen zijn,' zei Anne-Joke. 'Jullie zijn mijn allerbeste vriendinnetjes.'

'Dito.' Ik vroeg me af waar deze liefdesverklaring vandaan kwam.

De gesmolten kaas geurde de oven uit. De wijn was dieprood en lekker. Ik had best zin in deze avond. Maar dit was niet wat het leek. Alleen wat was het dan? Anne-Joke had vlekken in haar gezicht. Dat had ze alleen als ze voor een tentamen zat.

'Eten, jongens.' Anne-Joke zette de bordjes met gevulde avocado neer. 'Hè, gezellig. Weer net als vroeger.'

Dus hadden we het net als vroeger over dates en ouders en studentenergernissen. Over vakantieplannen, tassen, schoenen. Maar we vermeden ziektes, skaters, volkstuinen, bijbaantjes, Niels, Ronald, Daniël. Ook het onderwerp films werd vreemd genoeg abrupt afgekapt.

'Oké,' zei ik na de chocolademousse. 'Misschien moeten jullie het me nu maar vertellen. Wat heb ik nou weer voor stoms gedaan?' Ik grijnsde erbij. Even hoopte ik nog dat ze zouden zeggen: Waar heb je het over?, of: Doe niet zo gek. En dan zouden beginnen over een huurverhoging. Of dat ik zo langzamerhand weer wat meer moest doen in het huishouden. Maar Anne-Joke schraapte haar keel als een slechte acteur.

'Is het zo erg?'

Anne-Joke vouwde haar servet op. 'Er is geen goede manier om dit te zeggen. Het is gewoon heel erg.'

Even dacht ik dat ze zou gaan huilen. Werd ik het huis uit gezet? Ging een van hen weg omdat ik onmogelijk was? Was er iemand zwanger? Had er iemand een dodelijke ziekte?

'Is dit soms een afscheidsetentje? Kom op zeg.' Ik voelde dat mijn ongerustheid begon om te slaan in irritatie.

Sanne haalde diep adem. Buiten in een van de tuinen schreeuwde een krolse kat moord en brand. 'Je gaat dit niet leuk vinden,' zei ze. Ze stond op en kwam even later terug met haar laptop.

Het was niet het stukje dat ik me nog diezelfde middag bij EroticYou herinnerd had. Niet Debbie die op moest staan en haar schoenen niet aan mocht doen. Wel een deel van de winkel. Het beeld ging langs het lingerierek, langs de schappen met vibrators, zoemde in op de kunstdildo's en daarna op een van de bewakingscamera's. Het beeld versprong naar de toonbank, kwam dichterbij, ging eroverheen en opeens was ik daar. Ik lag met mijn hoofd tussen het prullenbakje en een poot van de toonbank. Mijn bloesje stond open. Ik hield mijn armen voor mijn borst. Mijn mond bewoog, het leek alsof ik wilde schreeuwen. Totdat er een schoen tegenaan kwam. De gil was van mij. Mijn hoofd gleed opzij en viel op de grond. Even wipte het beeld omhoog naar degene die me had geschopt, maar meer dan een masker en een afwerende donkere hand zag ik niet.

95

'Gaat het?' Anne-Joke zette het filmpje stop.

Ik wist niet of ik kon praten. Of mijn lippen van elkaar wilden. Mijn tong lag als verlamd tegen mijn gehemelte. Mijn keel was gortdroog. 'Wat is dit?'

'YouTube.'

'Hoe komen jullie hieraan?' Verkeerde vraag. 'Hoe kwamen jullie erachter?'

'Via via. We hebben al geprobeerd om het ervanaf te krijgen,' antwoordde Sanne.

'Maar dat kost tijd.' Anne-Joke zette glazen water neer.

'Hoelang staat het er al op?'

'Een paar dagen. Geen idee hoelang precies. Iedereen kan het gedaan hebben.'

'Wie zegt dat?'

'De politie.'

'Hebben die dit ook gezien?'

'Ik heb Froukje Dijk gebeld. Kreeg haar vervanger, die Najib Elhafet. Ze gaan erachteraan zei hij.'

'Kijk niet zo naar me!' riep ik ineens.

Anne-Joke deinsde achteruit. 'Dat doe ik niet. Hoe kijk ik dan?'

Sanne raakte mijn schouder aan.

'Zoals jullie nu doen.' Ik stond op en liep door de kamer, ging zitten, weer staan, terwijl mijn vriendinnen op me in praatten. Om de beurt zeiden ze iets. Het klonk als bezweringen, als rituele spreuken om een kwaad te bestrijden, om de boze geest te verjagen, uit de kamer, uit ons huis, uit hun eigen hoofden.

'Trek het je niet aan.'

'Het zijn zieke geesten.'

'Niemand weet wie je bent.'

'Het zegt meer over hen dan over jou.'

'Je kunt er toch niks aan doen.'

'Het komt allemaal goed.'

'Het gaat voorbij. Nog even en het is voorbij en vergeten.'

Maar dat zagen ze toch verkeerd. Dit ging niet voorbij. Het begon pas. Ik sloot me op in de wc en probeerde te bedenken wat ik moest doen.

Terwijl ik op de wc zat, hoorde ik Sanne en Anne-Joke in de keuken praten. Het geluid van borden die werden opgestapeld. Soms ving ik een woord op.

'labiel... afsluiten... gevaarlijk.'

'dokter... hier blijven... vermoorden...'

'moeder... dat is toch niet onze... kut, kut, kut.'

De keukendeur werd dichtgedaan.

Toen ik terugkwam, keken Sanne en Anne-Joke tegelijkertijd op.

'Het eten was heerlijk,' zei ik tegen Anne-Joke. 'Dank je wel.'

'Gaat het?' Sanne sloeg haar arm om me heen. Ik liet het maar. Negeerde de vraag. 'Moeten we de dokter bellen? Wil je nog wat drinken?'

'Ik ga naar bed.'

'Luun, luister. Hadden we het je dan niet moeten laten zien?'

Nee, ik had mezelf inderdaad liever niet gezien. En die andere dingen ook niet.

'Dit leek ons eerlijker.' Sanne kwam achter me aan.

Liever niet gezien en niet gehoord en niet meegemaakt. Liever op vakantie naar mijn droomeiland en terugkomen met een gewist geheugen. Definitief gewist dan. Ik nam de trap met twee treden tegelijk.

'Stel dat je er later achter gekomen was...'

Mijn moeder zei altijd: 'Wat niet weet wat niet deert.' Maar nu ik het had gezien, moest ik er iets mee gaan doen.

'En je had gehoord dat wij het al lang wisten. Hoe had je dat gevonden?'

Ik moest al deze rotzooi omzetten in actie. Afval verbranden om warm bij te blijven. Koken op het gas van je eigen stront.

Bij mijn kamerdeur greep Sanne mijn pols. 'Ik weet dat het nu even heel kut voor je is.'

'Dat weet je helemaal niet. Het gaat namelijk niet over jou.'

'Wij vinden dit ook waardeloos. Echt heel erg erg. Ik bedoel heel erg vreselijk.'

'Ik geloof je. Nu ga ik naar bed.'

'Goed, maar mag ik je nog een advies geven? Laat het los, probeer afstand te nemen.'

'Afstand nemen? Toen ik uit het ziekenhuis kwam, zei je iets heel anders. Toen vond je dat ik er actief mee om moest gaan. Je gaf me zelfs het gevoel dat ik laf was als ik niets deed.'

'Dat was toen. Luun, dit is echt niet goed. Praat erover. Met ons.'

'Laat los, Sanne.'

'Ik heb een idee. Laten we jouw matras naar mijn kamer slepen. Dan kletsen we een beetje. Morgen ziet alles er heel anders uit. We drinken lekker de rest van de wijn op.'

'Ga weg, Sanne. Ik wil alleen zijn. Ik moet nadenken.'

Het kattengekrijs buiten stopte abrupt.

Met krampachtige vingers typte ik het webadres van YouTube in.

Koos het filmpje: *Is this for real?*

Het filmpje dat de wereld in moest duurde één minuut en veertig seconden. Ruim voldoende om te laten zien hoeveel je met een snelle actie op koopavond kapot kon maken.

Het maakte niet uit hoe vaak ik het filmpje afspeelde, het bleef een vreemde naar wie ik keek, ook al was het mijn eigen gezicht. Dat van Debbie was daarentegen heel dichtbij, voelbaar bijna. Er zat iets op haar gezicht. Bloed? Of misschien was het uitgesmeerde lippenstift. Haar mond bewoog. Schold en vloekte ze? Smeekte ze? Het was niet te verstaan. Het geluid was niet meer dan een ruis met een enkele uitschieter van een mannenstem. 'Focking whores.' Met een schok herkende ik het woord dat me sinds het ziekenhuis achtervolgde. Focking. Ik wist waar het vandaan kwam. Ik herinnerde het me. Ik probeerde beter te luisteren. Zette het geluid op maximaal. Met moeite ving ik nog iets op wat klonk als puta en dan nog iets. Dit was geen Nederlands. Wat dan? Engels? Maar puta klonk niet als Engels. Spaans?

Er was een close-up van een mes. Het hing even boven mijn opengetrokken bloesje, sneed toen aan de voorzijde mijn bh doormidden. Trok cirkels rond mijn tepels. Kerfde iets in mijn hals. Je kon zien dat ik me niet verzette. Dat ik er niet meer bij was geweest op dat moment.

Het beeld begon te dansen. Even was het zwart. Toen zwaaide het cameraatje weer naar Debbie. Ze lag op de drempel van de keuken. Haar benen uit elkaar, haar hoofd in een vreemde hoek. Een grote donkere vlek onder haar linker oor. Ik stak de usb-stick in de zijkant van mijn computer.

Opnieuw klikte ik op het driehoekje.

22

Nooit geweten dat er zo veel schietverenigingen waren. Zelfs midden in de stad. Ik fietste erlangs, zag alleen een massieve ijzeren deur met een bel ernaast. Ik surfte over internet. Van de ene 'gezellige vereniging' naar de andere. Langs *gunshops*, wapensites, geweermakerijen.

Op Marktplaats zocht ik naar wapens die te koop werden aangeboden. Ik dacht niet na in die dagen. Of natuurlijk dacht ik wel, want zonder denken kun je niet leven, maar alleen aan en niet over. Er zat geen reliëf in mijn gedachten, geen diepte. Alles was plat en eendimensionaal. Het enige wat ik steeds weer dacht, was: ik wil niet meer kwetsbaar zijn. Niet meegeven als iemand tegen me duwt, niet zacht en levend zijn als iemand me aanraakt. Ik wil gevoelloos worden. Mijn huid een schild waarop alles afketst. In zekere zin voelde ik me ook al onkwetsbaar. Na wat ik gezien had op YouTube had ik niets meer te verliezen, zelfs geen angst, geen schaamte.

Ik stond voor de toonbank van een winkel die in *security*-artikelen deed. Van state-of-the-artbeveiliging, afluisterapparatuur tot minicamera's zo groot als een punaise. Geen vuurwapens helaas. De man, die eruitzag als een betrouwbare stofzuigerverkoper, legde me uit wat ik allemaal nodig had voordat ik legaal een wapen kon kopen. Vergunning, bewijs van goed gedrag, nagelvast kluisje thuis, lidmaatschap KNSA. En schietervaring. Op mijn beurt legde ik hem uit dat ik daar allemaal niet op kon wachten. Dat ik iets moest hebben om mijzelf mee te beschermen.

'Beschermen waartegen?' vroeg hij.

Dat wist ik niet precies. Iets. Iemand. Op alles bedacht zijn. In iedere situatie. Alle ruimte om me heen was onveilig. Elke man die ik tegenkwam. Zelfs de mannen die ik op televisie zag, waren bedreigend. Als een gevaar. Als iets wat mij elk moment kon aanvallen. Met een wapen of met een camera. Iedereen kon kennelijk met me doen wat hij wilde. Daar moest een einde aan komen. Ik had het recht om mezelf te beschermen.

'Ik weet zeker dat u weet hoe ik aan een wapen kan komen zonder die hele rimram.'

De aardige verkoper had gelachen, mij vaderlijk aangekeken en mij aangeraden om een *personal alarm* of een busje pepperspray te kopen, zoals de meeste vrouwen.

Een half uur later belde hij me op, net toen ik bij Albert Heijn een prijsstickertje op drie bananen plakte. Hij had toch misschien een adresje voor me. Ik kon meteen langsgaan als ik tijd had. Eindelijk iemand die er iets van snapte.

Het adresje bevond zich op de Orteliuskade. Het huizenblok lag in de zon en keek uit over het Rembrandtpark. In de hal hingen brievenbussen. Onder aan de trap stond een tafeltje met een kunstplant erop. Het rook naar een zwembad dat net flink was schoongemaakt. Ik liep naar boven en belde aan. Een jongen deed open. Hij was op zijn sokken. Met zijn leren broek, openstaand overhemd en gel in zijn haar zou hij zo in een boyband passen.

'Robbie?'

'Ja?'

'Sjon heeft me gestuurd.'

'O ja. Eén tel.'

De deur bleef op een kier staan. Binnen hoorde ik hem zeggen: 'We gaan even weg. Iets voor ome Sjonnie doen.' Toen hij terugkwam, had hij een jack aan en een draagzak met een baby op zijn buik hangen.

'Vandaag is het pappadag,' zei hij niet zonder trots en hij gunde me een blik op het gezicht van een zuigeling met de hik. Hij klopte het kind op de rug.

Wat past er niet in dit plaatje, schoot het door me heen toen we de trap af liepen. Beneden vroeg ik: 'Waar gaan we eigenlijk naartoe?'

'Naar de kelder. Ik heb daar een opslagruimte.' Hij drukte een intervalschakelaar in. Het licht ging niet aan. 'Ben je bang in het donker?' Hij grijnsde.

Ik ging er niet op in. Ik was vastbesloten om een wapen te kopen. Hij had me in de val kunnen lokken, maar ik vertrouwde op de baby als een natuurlijke buffer. De deur van zijn kelderbox had behalve een penslot ook nog twee hangsloten. In de kleine betonnen ruimte deed hij de tl-lamp aan en sloot de deur achter ons. 'Geen pottenkijkers,' zei hij. Tegen de muur stond een oude boekenkast met verfspullen, dozen, twee paar skischoenen. Ernaast stond een matras met vlekken, twee kampeerstoelen, een kartonnen doos met een kunstkerstboom. Hij reikte boven op de kast en haalde een verfemmer met lappen erin naar zich toe. Met zijn armen gestrekt om het achterhoofd van de baby niet te raken rolde hij voorzichtig de verschoten handdoek uit.

'Kijk, ik heb iets moois voor je.'

Het wapen dat tevoorschijn kwam was niet zo groot, wel zwaar. Er moest .357-munitie in, zei Robbie, maar dan had je ook wat. Loepzuiver. Geen rotzooi. Werd ook door de politie gebruikt. Ik probeerde het wapen voor me uit te houden, me voor te stellen dat ik de trekker zou overhalen.

Hij duwde de loop opzij. 'Nooit zomaar op iemand richten.'

'Is het geladen dan?' vroeg ik geschrokken.

'Nee, natuurlijk niet. Dat weet ik. Maar wist jij dat ook?'

Ik gaf het ding terug.

'Heb je problemen met iemand?' vroeg hij.

Ja, wat denk jezelf, dacht ik. 'Het is iets persoonlijks. Oké?'

'Waar ken je Sjon van?'

De baby pruttelde.

'Ik was in zijn winkel. Ik dacht dat hij misschien wapens verkocht. Geen idee dat het zo ingewikkeld was.'

'Ik snap wat je bedoelt.'

Ik keek naar Robbie. 'Is hij echt je oom?'

'Eigenlijk is het de oom van Bianca, mijn vrouw. Lang verhaal. Ik ben een keer in elkaar geslagen. Zomaar. Na een avondje stappen. Schedelbasisfractuur. Het had maar weinig gescheeld of dit hier was er niet geweest.' Hij aaide de rossige haartjes van het kind. Zijn trouwring glansde in het licht van de tl. 'Toen ik pas uit het ziekenhuis kwam, durfde ik de straat niet meer op. Overal was ik bang die gasten tegen het lijf te lopen. Ik schrok van geluiden, van iedereen die zijn hand in zijn jaszak stak, als ik een groepje jongens zag lopen.'

Hij haalde diep adem alsof de herinnering hem nog steeds in de weg zat.

'Ja, dat heb ik ook.'

'Het duurt even, maar het gaat over.' Hij klonk alsof hij me wilde troosten.

Ik had de neiging om net als de baby mijn hoofd tegen zijn borst te vlijen en mijn haar te laten aaien.

'Ome Sjon heeft mij destijds geholpen.'

'Wat heeft-ie voor je gedaan?'

'Een mannetje ingeschakeld. Als tegenprestatie pas ik soms op de winkel. Hij heeft dat nooit met zoveel woorden gevraagd, maar het kwam er zo van. Het is een interessante business. Wat wil je hiermee precies doen?'

'Me verdedigen.'

Hij knikte. 'Weet je wat er gebeurt als je met zoiets op iemand schiet?' Hij reikte me opnieuw het pistool aan.

'Er komt een gaatje in zo iemand?' Mijn stem trilde een beetje.

'Zo'n gat.' Hij wees iets aan ter grootte van een tennisbal.

'Prima.'

'Je bent erg kwaad.'

Ik zei niks. Vertrouwde mijn stem niet. Knikte alleen.

Hij wees op zijn keel waar een vaag litteken te zien was. 'Kunstmatige beademing. En ik ruik sindsdien niks meer. Maar dat is altijd nog beter dan blind worden. Dat komt ook voor. En jij?'

Robbie keek geïnteresseerd naar mijn omgekeerde y. Net als bij mijn milt in een netje, mijn gerepareerde kaak en oogkas knikte hij ernstig. Het viel me op dat hij lekker rook.

We zwegen. De baby was in slaap gevallen.

'Ik denk eigenlijk dat deze niet geschikt voor je is. Te zwaar.'

'Heb je niks anders?'

'Op dit moment niet. Zal ik ernaar uitkijken voor je?'

'Oké.' Ik gaf hem mijn nulzes. 'Duurt dat lang?'

'Dat valt nooit te voorspellen. Heb je weleens geschoten?'

'Nee. Maar dat lijkt me niet zo moeilijk.'

'Weet je bijvoorbeeld wat terugslag is?'

'Nee.'

Hij wees aan. 'Dit is de slede. Als je de trekker overhaalt, dan schuift dit met een rotvaart naar achter. Als je dat niet weet, dan kan je dat je hand kosten. Een goede raad. Leer eerst een beetje schieten.'

'Hoe dan? Ik heb geen wapen.'

'Ga naar een schietclub. Doe in ieder geval een paar proeflessen. Die zijn meestal gratis. Dan weet je in elk geval hoe het voelt.'

Hij rolde het wapen weer in de handdoek en deed het terug in de verfemmer. We liepen naar buiten.

'Wat kost dat nou, zo'n mannetje?' vroeg ik terwijl ik mijn fietssleuteltje pakte en in het slot stak. Ik dacht dat hij zou grinniken.

Maar Robbie zei: 'Heb je een naam?'

*

Het pontje naar Noord was bijna leeg. Iedereen ging de andere
kant op zo vroeg op de dag. Op de kade aan de achterkant van
het Centraal Station krioelde het van de fietsers en de voetgan-
gers die zich naar hun werk haastten. Hij keek naar de schepen die
over het IJ voeren. Dacht aan de schilderijen in het Rijksmuseum
die hij als kind gezien had. Met grote zeilboten in ditzelfde water.
Toen was het station er natuurlijk nog niet. Maar hij moest nu niet
aan vroeger denken. Hij moest vooruitkijken, goed nadenken en
problemen oplossen voordat ze hem in de war brachten. Dat had
hij wel geleerd inmiddels. Niet gaan zeuren en klagen zoals sommigen dat deden, maar gewoon nadenken en oplossen. Daarom
stond hij nu op de pont. Hij probeerde zijn vingers te bewegen die
uit het smoezelige verband staken. Het deed pijn en hij zag niet
eens verschil. Ze hadden tegen hem gezegd dat hij het verband regelmatig moest laten vervangen, maar hij had gedacht dat het voor
die tijd wel over zou zijn. En na een paar dagen was hij eraan gewend geraakt en was hij het vergeten. Totdat hij merkte dat hij zijn
vingers niet meer kon bewegen. Dus nu was hij op weg naar Doc
Martens. Die heette natuurlijk niet echt zo, dat wist hij ook wel,
maar zo werd hij genoemd en hij was wel dokter. Ze zeiden dat hij
ooit een groot huis had gehad, en een Thaise vrouw en een sport-
auto, maar dat was lang geleden. Nu woonde hij op een bootje aan
de overkant van het IJ en hielp mensen zoals hij. Je hoefde geen
geld mee te nemen, alleen tijd. Hij stapte van de pont en liep de
Buiksloterweg op, zijn hand als Napoleon in zijn opengeritste jas.

Doc Martens droeg zijn haar in een dun staartje. In de zomer
liep hij soms in een soort rok, maar nu had hij gewoon een spijkerbroek aan. Hij schonk thee in. Daar dronk hij altijd een paar
slokken van om beleefd te zijn, maar het was een vreemde bittere
thee, die rook naar zeep. Daarna wikkelde de dokter voorzichtig
het verband van zijn hand af en goot de rest van het theewater
in een teiltje. Daar moest hij zijn hand in leggen en zo een tijdje

blijven zitten. Toen moest hij proberen zijn vingers te bewegen. Na een half uurtje oefenen deed Doc Martens er een schoon verbandje omheen en gingen ze naar het dek. Het schaakbord stond al klaar. Toen hij het eerste stuk met zijn linkerhand wilde verschuiven, zei Doc Martens dat hij gewoon zijn rechterhand moest gebruiken. Dat had hij gedaan. Hij had toen gemerkt dat zijn hele arm een beetje stijf was. Na een uur stond de dokter op en zei dat hij weg moest gaan. Toen hij door het gras naar de weg liep, zag hij tussen de bomen een Afrikaanse man en vrouw staan. Ze hadden een wandelwagen bij zich met een veel te groot kind erin, dat op zijn zij lag met opgetrokken knieën. Hij vroeg zich af of een van tweeën zou kunnen schaken, maar anders zou de dokter het bord gewoon omkeren. Dammen kon iedereen.

23

Robbies vraag bleef als een splinter in mijn gedachten steken. Nee, ik had geen naam. Geen gezicht. Alleen een stem. Het 'focking whores' bleef me achtervolgen. Op de momenten dat ik bijna in slaap viel, sloop het naar mijn bed toe. Als ik naar muziek probeerde te luisteren, rukte het aan de koptelefoon.

Een naam. Een naam. Het was oorverdovend. Het was uitputtend. Ik zou er wat voor geven om een naam te hebben. Om te kunnen zeggen: regel het. Hij woont daar en daar. De worm. Het hersenloze weekdier. Het uitschot, de *low life*. Grijp hem. Sla hem verrot zodat-ie de rest van zijn leven door een rietje moet eten. Los het voor me op. Alsjeblieft.

Ik was jaloers op Robbie. Zijn probleem was vakkundig de wereld uit geholpen, terwijl ik maar steeds bleef aanspoelen op een strand. En steeds weer met een grote golf opnieuw onder water getrokken werd.

Robbie belde me twee dagen later al op. Hij had iets voor me. Een Glock.

'Compact model. Ligt lekker in de hand. Niet te zwaar,' zei hij. En in één adem: 'Dus. Wanneer kom je? Ben je al ergens wezen schieten?'

'Nou... ik... nee...'

'Waarom doe je dat dan niet?'

Ja, waarom niet? Omdat ik dacht dat het toch geen zin had? Omdat ik bij zinnen was gekomen? Wat gebeurde er met woede die nergens naartoe kon?

'De dichtstbijzijnde schietclub zit...'

'Midden in de stad.' Ik dacht aan de gesloten deur met de bel.

'Die ken ik niet, maar zo mag ik het horen. Je hebt dus wel je huiswerk gedaan. Ik heb goede dingen gehoord over Amstelveen. Waarom probeer je die niet?'

Ik raakte even ademloos. Ineens zat ik weer met Sanne en Anne-Joke bij Froukje Dijk op het politiebureau. Het wapen op het bureau in een plastic zak. 'Afkomstig van een schietclub in Amstelveen,' hoorde ik haar weer zeggen.

'Wat gek dit. Weet je dat het pistool waarmee Debbie doodgeschoten is daarvandaan komt? Van die schietclub in Amstelveen! Ik heb er geen moment meer aan gedacht. Vind je dat niet ontzettend stom? Ik... Wat zou jij doen?' Ik kwam bijna in ademnood door de opwinding die me vastpakte en door elkaar rammelde.

'Doen? Ernaartoe gaan natuurlijk.'

'Ja? En dan?'

'Erachter proberen te komen wie er verantwoordelijk voor was. Wat was het voor een pistool?'

'Dat weet ik niet. Zwart.'

'Die clubs registreren wie een wapen wanneer gebruikt heeft. Als je daar achter kan komen...'

Was het zo simpel?

'Dat houden ze volgens mij bij.'

'Zou de politie dat niet al gedaan hebben?'

'Hebben ze je daar dan van op de hoogte gesteld?'

'Nee. Ik wil ze natuurlijk niet voor de voeten lopen.'

'Het staat iemand toch vrij om schietlessen te nemen?' We begonnen allebei te grinniken.

'Robbie?'

Op de achtergrond hoorde ik de baby. Ik wilde vragen: wil je met me meegaan? Ik zie er geloof ik een beetje tegenop. Alsjeblieft. Maar ik zei: 'Jij bent heel erg oké.'

Het was even stil. Had ik iets verkeerds gezegd? Ik voelde dat ik een kleur kreeg. Misschien was zijn vrouw in de buurt.

'Is wel goed. Laat me weten wanneer je geleerd hebt een wapen vast te houden. Deze houd ik voor je apart.'

'Dank je.'

'Enne...' Zijn stem daalde. 'Pas goed op jezelf.'

Na een telefoontje met de secretaris van de schietclub in Amstelveen mocht ik langskomen. Voor een oriënterend gesprek, zei hij er nadrukkelijk bij. Het gebouw van de schietvereniging lag op de rand van de gemeentegrens, op een bedrijventerrein onder een aanvliegroute van Schiphol. Het gebouw zag er onopvallend uit. Langgerekt. Rode baksteen. Geen naambord. Geen ramen. Ik zette mijn fiets in het rek naast de ingang en belde aan. Ik was al voorbereid op een stem die zou vragen wat ik kwam doen, maar in plaats daarvan drukte ergens binnen een onzichtbare vinger op een knop.

Het was schemerig binnen. Geen ramen, geen daglicht. Her en der zaten mannen aan tafeltjes. Behalve achter de bar zag ik nergens een vrouw. Ik bleef staan in de deuropening, niet in staat om verder te lopen. Hier kwam het pistool vandaan. Gestolen door iemand van deze schietclub. Of door de overvallers zelf. De mannen die ik zag waren allemaal blank. Als ik een donkere man zag zou ik weggaan. Mijn hart zat in mijn keel. Ik deed mijn jas uit en bestelde een cola aan de bar.

Rechts van me ging het gesprek over eendenjacht in Ierland, links van me over iemand die een tweedehandstelefooncentrale te koop had.

'Ik kom voor meneer Honcoop,' zei ik tegen de barvrouw. Ik had de neiging om te fluisteren, maar niemand scheen op me te letten.

'Johan is er nog niet. Iedereen wacht op hem. Hij doet vanavond de munitie.'

Ze had het nog niet gezegd of er kwam een man gehaast binnen. Lopend deed hij zijn jas uit en gooide die op een stoel.

'Sorry allemaal. Mijn vrouw was laat thuis van het werk en de kinderen moesten nog naar bed.'

'Johan. Er is iemand voor je.'

Hij gebaarde dat hij er zo aan kwam en hielp eerst de mannen, die in de rij gingen staan. Toen hij klaar was, kwam hij bij mij aan het tafeltje onder de prijzenkast zitten.

'Johan Honcoop,' stelde hij zich voor. Hij hijgde een beetje en zette zijn bril af om de glazen schoon te wrijven aan zijn t-shirt. 'Dus wij hebben gisteren over de telefoon gesproken?'

Ik knikte en nam een slokje van mijn cola.

Hij vroeg wat ik deed en hoe ik bij hen terechtgekomen was. 'Waar komt je belangstelling voor de schietsport vandaan?' Hij keek me vriendelijk aan. Ik schatte hem iets ouder dan mijn vader.

Begin vijftig. Gladgeschoren. Groene ogen. Hij droeg een trouw-ring.

'Mijn vader jaagt wel eens, op eenden. Het lijkt me gewoon leuk om ook eens te doen. En ze zeggen dat het ontspannend is, goed is voor je concentratievermogen. Dat zou ik wel kunnen gebruiken. Ik studeer.' Ik probeerde zo betrouwbaar mogelijk te kijken. Het leek erop dat ik voor de selectie aan de poort was geslaagd.

'Goed voor je concentratie. Dat is zo.' Hij ging ervoor zitten. Met zijn speculaasje roerde hij door zijn koffie en hij stak van wal.

De prijs van het lidmaatschap viel me mee. Een sportabonnement bij de universiteit kostte bijna evenveel.

'Ik heb zelf geen wapen,' begon ik.

'Dat hoeft ook niet. Je krijgt wapens van de vereniging in bruikleen.'

'Wapens? Meer dan één?'

'Om te zien wat je het best ligt. De een kiest uiteindelijk een geweer, de ander zweert bij een handvuurwapen. Licht kaliber, zwaar kaliber. Je gaat alles uitproberen.'

'En moet je die dan ook mee naar huis nemen?'

'Nee, alle wapens van de vereniging blijven hier. In de kluis. Dat kan niet anders, hè.'

Nou, toch wel, dacht ik. Er was hier toch echt iemand die niet kon tellen. Iemand die een oogje had dichtgedaan of zich had laten bedonderen.

'Gebeurt het weleens dat iemand...' Ik speurde naar een reactie in zijn gezicht.

'Wat?'

'Nee, stomme vraag.'

'Stomme vragen bestaan niet.'

Nou, echt wel hoor. Er zijn heus heel erg stomme vragen. Zoals: Hebben jullie ook buitenlandse leden. Zwarte, bruine, gewelddadige, criminele.

'Hoeveel leden hebben jullie?'

'Ongeveer tweehonderd.'

Ik keek om me heen. Niks geen stoere jongens. Allemaal gewone mannen. Dertigers, veertigers. Onopvallend. Type boekhouder, tapijtverkoper, rij-instructeur.

'Drie soorten banen: twaalf, vijfentwintig en vijftig meter.' Hij wees naar onopvallende deuren aan drie zijden van de kantine. Als ik niet wist dat ik op een schietclub was zou je denken de plaatselijke klaverjasclub. Tafeltjes met Perzische kleedjes. Schemerlampjes. Een prijzenkast. Een prikbord met foto's. Iets van de Kerst. Een groepsfoto met op de voorgrond twee jongens languit op de grond die in de lens keken. Er klonk een muziekje. Het rook er naar bitterballen.

'Al deze mensen zijn een keer begonnen zoals jij. De een schiet natuurlijk beter dan de ander, maar iedereen kan het in principe leren. Het is een kwestie van concentratie en de instructies goed in praktijk brengen.'

En die instructies zijn: hier gaat de kogel in. Hier gaat je wijsvinger omheen. Richten. Trekker overhalen. Boem. Zomaar iemand dood.

'Je leert ook het wapen schoonmaken, laden, en wat je er wel en niet mee mag doen.'

Zoals ontvreemden en voor een paar honderd euro doorverkopen? Wie van deze keurige saaie mannen kwam in de verkeerde cafés of op de foute internetsites? Wie had gevaarlijke vriendjes?

Het was drukker geworden in de kantine. Er kwamen twee oudere dames binnen. Een van hen had een langwerpig foedraal bij zich.

'Johan? Heb je even?' De mevrouw met het foedraal keek naar ons.

'Een ogenblik. Klanten.' Johan stond op. 'Dag Tinie. Alles goed? Heb je munitie nodig?' Hij kwam weer zitten. 'Mevrouw Van Staveren heeft in de verpleging gewerkt. Waar waren we ook al weer gebleven? We hebben ook jeugd,' zei hij alsof ik daarnaar had gevraagd. 'De jeugd schiet tot hun zestiende met luchtdruk. Nou, ik heb geloof ik nu alles wel verteld. Als je nog vragen hebt, shoot.' Hij lachte om zijn eigen grap. 'Denk er anders rustig nog even over na.'

'Dat hoeft niet. Dit lijkt me een superleuke club. Kan ik me nu meteen aanmelden?'

'Heb je een geldig identiteitsbewijs bij je?'
Ik knikte, graaide naar mijn jas.
'Kom maar mee.'

Bij de inschrijving hoorden twee gratis proeflessen. Tien minuten later stond ik met een instructeur die net een jeugdles had gedaan op de twaalfmeterbaan. We waren de enigen, maar de gehoorbeschermers, die ik in de kantine al op had moeten doen, bleven op. Voor ons op het plankje lag een revolver.

'Wat ik nu ga zeggen, is allemaal voor je eigen veiligheid. Die staat altijd voorop.' De stem van mijn instructeur klonk dof. Hij drukte op een knop. Er kwamen twee haakjes naar ons toe geschoven, waaraan hij een kaart hing. Wit met een zwart rondje, net als op de kermis. Hij drukte weer op de knop en de kaart schoof van ons weg. Heel ver van ons weg.

'Dit is een pistool. We gebruiken .22-munitie voor dit wapen. Ik doe er eentje in het magazijn. Dan leg ik het wapen voor je klaar. Als ik het zeg, mag je het oppakken. Maar je doet nog niks. Houd je vinger van de trekker af. Is er iets onduidelijk aan wat ik gezegd heb?'

Ik schudde van nee.

'Goed. Nu jij. Pak het pistool maar op. Denk erom: de trekker nog niet aanraken.'

Mijn hand ging langzaam naar het wapen. Het leek in niets op het speelgoedpistool van mijn broertje Mick dat hij ooit van zijn eigen zakgeld had gekocht. Toen was hij trouwens nog niet bezig met 'structuur en houvast'. Hij wilde alleen maar dat ik op de grond viel. Tien keer per dag.

Vallen.

Liggen.

De onderkant van de toonbank.

De schoenen van Debbie.

Ik slikte. Zweet prikte in mijn haarwortels. Er kwam een ruis in mijn oren. Of was dat van de gehoorbeschermers?

'Je mag het pistool nu oppakken. Toe maar. Ik ben erbij. Er gebeurt niks.'

Mijn hand bleef boven het pistool zweven alsof die aan een onzichtbare draad hing en werd tegengehouden.

De instructeur pakte het op en legde het voorzichtig in mijn hand. Hij vouwde mijn vingers in positie rond de kolf. Ik voelde mijn hand verkrampen. Mijn arm begon eerst te trillen en toen te zwaaien.

'Goed zo. Voorzichtig. Leg maar weer even neer,' zei mijn aardige instructeur.

24

'Ik heb nog niet zo lang geleden een ongeluk gehad,' zei ik tegen Johan ter verklaring van mijn black-out. Alles aan mijn lijf leek te trillen. Zelfs mijn gezicht. Mijn kaken kreeg ik nauwelijks onder controle, zo bleven ze klapperen. Net als na zwemles vroeger. En ik had het minstens zo koud.

'Ik weet niet wat er gebeurde. Ik heb dit nog nooit eerder gehad.' Ik voelde me misselijk, maar daarbij ook een beetje opgelucht dat ik het in ieder geval niet op een gillen had gezet.

Ik kon me niet herinneren wat er gebeurd was. Het ene moment stond ik met dat pistool in mijn hand, het andere moment zat ik trillend en bevend op een stoel in de kantine met een natte theedoek in mijn nek. Iedereen keek naar me. Ik baalde.

'Ik moet zo naar huis, Johan,' zei de instructeur.

'Ik ook.' Ik wilde opstaan, maar ging meteen weer zitten.

'Blijf nog maar even tot het helemaal over is. Hoe ben je hier?'

'Fiets.'

'Ik heb al veel reacties op wapens gezien,' zei Johan op een toon alsof hij dit nog nooit had meegemaakt. Hij zette een glas cola voor me neer. 'In één keer opdrinken. Suiker stopt het trillen.'

Gehoorzaam deed ik wat hij zei.

'Wat was het voor een ongeluk, als ik vragen mag?'

'Ik praat er liever niet over.'

Er volgde een kleine stilte alsof hij mijn afwijzing moest incasseren.

'Natuurlijk. De eerste keer op de baan is voor iedereen spannend. Zelfs grote stoere mannen heb ik heel nerveus zien worden.'

Het was aardig van hem om het zo te formuleren. 'Nou weet ik nog niet of ik aanleg heb,' zei ik bij wijze van grap. Het klaarde de lucht. Maar misschien waren ze vooral opgelucht dat ik overeind bleef.

De instructeur legde de kaart waarop ik had mogen schieten voor me neer. 'Je hebt je kogel wel afgevuurd.'

'Echt?'

'En voor een eerste keer niet slecht.'

Ik volgde zijn vinger die de inslag in de papieren schietschijf aanwees.

Hij schoof de kaart naar me toe. 'Hier, voor je plakboek. Of zeggen we: tot de volgende keer?' vroeg de instructeur.

'Allebei. Ik wil het graag nog een keer proberen.'

Johan stak zijn hand op naar iemand die binnenkwam. Ik volgde zijn blik. Ik zag een jongen met kort donker haar en hoekige schouders naar ons toe lopen.

'Oom Johan,' zei de jongen, die bij ons tafeltje kwam staan. Zijn donkere ogen namen mij geïnteresseerd op.

'Mijn neefje Timo,' zei Johan.

Ik herkende hem als een van de jongens van de kerstfoto.

'Hoi. Voor het eerst hier?'

Ik knikte, mijn handen nog steeds om de cola geklemd.

'Alles goed?' Dat was tegen zijn oom.

'Druk. De verbouwing is nu wel klaar. Alleen nog toestanden met de aannemer.'

'Gezeik.'

'Kun jij deze jongedame misschien straks naar huis brengen? Ze voelt zich niet lekker.'

Timo leek te aarzelen. Keek naar mij.

'Als je geschoten hebt natuurlijk,' zei Johan. 'Of had je andere plannen?'

'Het hoeft niet hoor,' zei ik. 'Ik red me best.'

'Waar woon je?' vroeg Timo.

In een tuinhuisje, wilde ik zeggen, maar misschien was het beter als ik vanavond maar naar de Gerard Dou ging.

'Amsterdam. De Pijp.'

'Oké. Ik houd het kort. Kwartiertje. Hooguit. Tot zo.'

Met een soort cd-koffertje verdween hij naar de oefenbaan.

'Hij schiet aardig. Hij heeft aanleg.'

'Ik kan best alleen naar huis. Voor uw neefje is het waarschijnlijk een omweg.'

'Dat valt wel mee. Hij woont nog bij zijn moeder, mijn schoonzuster. In Amsterdam.'

Ik knikte. Nou ja, in dat geval...

'Ik zie haar niet meer zo vaak nu ik in Amstelveen woon. Na de scheiding ben ik opnieuw begonnen. Leuk huis. Moest wel wat aan gebeuren. Fijne buurt voor de kinderen. Meisjes...'

Ik zou durven zweren dat ik 'meisjes gelukkig' verstond. Ik vroeg me af wat hij daarmee zou kunnen bedoelen.

'Nou,' zei Timo een half uurtje later, 'let's go.' Hij verscheurde de oefenschijf waarop hij een jaloersmakende score bij elkaar had geschoten. We stapten samen de nacht in. Onze fietsen stonden naast elkaar. Hij had zelfs per ongeluk zijn kettingslot aan dat van mij vastgemaakt. Ik lachte. Hij ook. Aanstekelijk.

Het was uitgestorven op het bedrijventerrein. Ik was blij dat er iemand was om me naar de bebouwde kom te loodsen.

'Even een afstekertje,' zei hij. We fietsten zwijgend naast elkaar over een modderig en hobbelig pad. 'Gaat het?'

'Best. Heeft je oom gezegd wat er gebeurd is?' polste ik.

'Nee.'

'Zal wel.'

'Nee, echt niet. Wat is er dan gebeurd?'

'Black-out. Net of het licht uitging.'

'Balen. Hoe kwam dat?'

'Weet niet. Of, eigenlijk, jij mag het eigenlijk wel weten. Ik heb een paar maanden geleden een ongeluk gehad,' loog ik de helft van de waarheid. 'Met ziekenhuis erbij en zo.'

'Zo. Dat is niet leuk.'

'Ik heb er een streep onder gezet. Maar soms, ik weet niet wat het is, maar dan... Je moet het zeggen als je het gezeik vindt.'

'Helemaal niet. Ik wil het graag horen.'

'Je oom is erg aardig.'

'Ja, best wel. Ik ken hem eigenlijk niet zo goed. Hij woont pas weer een paar jaar hier. Fantastisch huis hadden ze. Met een zwembad erbij. We zouden er net naartoe gaan op vakantie toen ze gingen scheiden. En daarna kwam hij terug.'

'Balen. Waar...'

'Zijn nieuwe vrouw is wel oké. Ik heb nog twee nichtjes gekregen. Een tweeling. Ik pas weleens op ze.' Hij grinnikte.

'Echt? Wat leuk.' Vanuit mijn ooghoeken keek ik naar Timo. Alles aan hem was gelukt. Zijn lijf, zijn gezicht. Zijn lippen stonden een beetje van elkaar. Hoe zou hij zoenen? Voelen in bed? Hoelang was het geleden dat ik met Niels... Of misschien had ik het wel voor de laatste keer met iemand anders gedaan. Met die geheimzinnige Daniël. Ik keek weer naar Timo, naar zijn billen die bewogen op het ritme van zijn benen, naar zijn dijen, zijn schouders. Voor het eerst in maanden voelde ik het tintelen in mijn liezen. Fladderde er iets uit mijn buik omhoog.

Ik veegde met mijn mouw langs mijn neus. 'Best fris, hè?'

'Ja. Wat doe jij?'

'Ik studeer. Rechten. Maar door het ziekenhuis ben ik een beetje achterop geraakt. En ik heb weleens bijbaantjes.' EroticYou een bijbaantje noemen? Het was het enige houvast dat ik in mijn leven over leek te hebben. Nou ja, dat was iets voor een andere keer.

'Vriendje?'

'Nee, op dit moment niet.' Ik vond dat ik gelijk had. Niels was een scharrel. En zelfs dat nu even niet.

'Vanaf hier red je het zelf?' vroeg hij toen we voor een stoplicht op het Olympiaplein stonden.

'Ja, ja. Tuurlijk.' Ik had gedacht dat hij mee zou fietsen naar de Gerard Dou, maar mijn hoofd was weer opgeklaard in de frisse avondlucht en de cola had zijn werk gedaan.

'Bedankt voor het meefietsen.'

'Graag gedaan.' Hij negeerde mijn uitgestoken hand, boog voorover, en drukte zijn lippen op de mijne. 'Ik vind je echt leuk. Maar ik moet nu iets anders doen. Volgende keer meer?'

'Oké.'

'Ik ben op woensdagavond altijd op de schietclub te vinden.'

25

De week daarop was een slechte week. Het was alsof alles bleef haken. Mijn handen achter voorwerpen die daardoor omvielen of uitschoten. Mijn stem in ongeduldige antwoorden op aardige vragen van Sanne en Anne-Joke. Gedachten over hoe ik mijn leven moest inrichten, wat ik moest doen, bleven steken in dagelijkse sleur of achter donkere emoties waarvan ik niet wist waar ze vandaan kwamen of hoe ik ervan afkwam. Ik deed ook dingen die ik eigenlijk niet kon verklaren. Zoals op mijn kamer alle meubels tegen de wanden zetten en opstapelen, zodat ik heen en weer kon lopen en languit op de grond kon liggen. 's Avonds deed ik de ramen open en keek omhoog naar de hemel terwijl ik op de stoffige vloerbedekking lag. Er waren door het schietincident kennelijk ook dingen losgeschoten in mijn onderbewustzijn, want ik had iedere nacht nachtmerries die mij soms in mijn halfslaap nog uren achtervolgden als glibberige grijphanden waaraan ik steeds maar ternauwernood ontsnapte. Iedere keer opnieuw vroeg ik me af waarom ik onderuit was gegaan toen ik het pistool vasthield. Wat was er die avond in de winkel precies gebeurd? Ik had toch niet iemand doodgeschoten? Geen pistool vastgehouden? Ik zag niets dan de beelden van YouTube, die zich voor de eeuwigheid in mijn geheugen hadden vastgezet.

Sanne en Anne-Joke waren blij verrast geweest dat ik naar huis was gekomen. Ze hadden voor me gekookt, glaasjes wijn aangedragen, chocola, leuke verhalen. Niets hielp. Het leek alsof ik gevoelloos was geworden. Ik zat op mijn kamer en draaide muziek. Keihard op de koptelefoon. Tegen mijn moeder zei ik dat alles goed ging, dat ik lekker uitrustte en over een paar dagen weer naar de tuin zou gaan om de laatste dingen af te maken. Ik vertelde niets over het schieten. Niet over Robbie, niet over Timo. Aan niemand.

De enige plek waar ik me normaal voelde, was in de winkel. Zodra ik over het Spui liep of de hoek van het Rokin omsloeg en in de verte het uithangbord zag, was het alsof er rust in me neerdaalde. Alsof ik heel was, in plaats van een verzameling elkaar bevechtende, irriterende delen. Waardoor ik gewoon kon praten met mensen. Over het weer, over de laatste mode, berichtjes in de krant, programma's op televisie. Hoewel ik daarin een enorme achterstand had. Die ik ook niet inhaalde. De enkele keer dat ik naar de televisie keek, vond ik alles even dom en onbenullig, en als ik iets wel interessant vond kon ik me na vijf minuten niet meer concentreren. Maar Manuela praatte me bij over *As the World Turns* en de praatshow van Oprah Winfrey van wie zij al jaren een toegewijde fan was. We lazen samen de roddeltijdschriften waar Manuela ook verslaafd aan was. Ik praatte ontspannen met de klanten, die niets wisten van de overval en wat er met mij was gebeurd. En soms leek het alsof ik was wie ik vroeger moest zijn geweest.

'Waarom stel je van die rare vragen?' vroeg Timo. Het was woensdag en we stonden weer bij het fietsenrek. Windvlagen sloegen om het rode gebouw van de schietclub heen en voerden een geur van mest mee.

'Is dat soms verboden, vragen stellen?'

'Nee, maar je komt hier pas voor de tweede keer. Het is niet zo slim om zulke dingen zo op de man af te vragen. Er wordt heel goed op gelet wat je zegt en doet de eerste tijd. Ze willen verkeerde types buiten de deur houden. Dat snap je toch wel? Ze hebben een reputatie op te houden.'

'Daar zijn ze dan toch niet helemaal in geslaagd.'

'Oom Johan is er niet trots op dat hier een gun gejat is hoor.' Op de een of andere manier paste het woord 'gun' niet bij hem. 'Hij gaat over de kluizen en de munitie. Maar hij had geen schuld. De politie heeft de hele boel hier uitgekamd en alles was in orde. Het was gewoon een inbraak.'

Ik deed mijn fiets van het slot en wilde opstappen. 'Ik ga maar.'

Timo pakte mijn stuur vast. 'Niet zo snel.'

'Ik heb de boodschap begrepen. Doei.'

'Maar ik misschien niet. Waarom interesseer je je zo voor die diefstal? Het is maanden geleden gebeurd.'

Ik keek naar Timo's hand aan mijn stuur. 'Er is iemand met dat wapen vermoord. Lees je geen kranten?'

'Wie ben jij?'

'Hoe bedoel je? Gewoon, Luna Bisschop.' Ik grinnikte omdat ik zijn vraag niet snapte.

Hij negeerde mijn antwoord. Zijn handen verdwenen in zijn zakken. Zijn hoofd hield hij scheef, toen hij vroeg: 'Ben je soms van de krant, of van de televisie? Van de politie? Een soort undercover?'

'Zie ik eruit als iemand die bij de politie werkt? Hoe oud denk je dat ik ben? Toch niet ouder dan jij?'

'De vrouw die hier het onderzoek leidde was ook jong. Iets ouder dan wij misschien.'

Froukje Dijk. Ik liet niet blijken dat ik haar kende. 'Ik ben echt niet van de politie, hoor. Maar ik studeer rechten, dit soort dingen interesseert me.'

Timo haalde zijn schouders weer op. 'Ik vind het ingewikkeld. Ik vind je geloof ik leuk.'

Ik jou ook.

'Maar ik heb toch het idee dat je me iets niet vertelt. Iets belangrijks.'

Timo had gelijk. Er was van alles wat ik hem niet had verteld. En ook niet van plan was om te vertellen. Maar voor sommige dingen had je ook niet veel woorden nodig. Die werkten via oog- en mondcontact, via stroomstoten en tintelingen en geursignalen.

Seks met Timo was onontkoombaar. We gingen naar het tuinhuis omdat ik geen zin had in uitleg aan het ontbijt in de Gerard Dou. Het voelde heel anders dan met Niels. Misschien omdat het zich vanwege de klamme avondkilte in het kleine slaapkamertje bijna allemaal onder het dekbed afspeelde. Maar ook omdat Timo heel anders was. Met Niels was het altijd nogal impulsief. En ongeremd. Niels was een minnaar, een gulzige minnaar. Van mij op dat moment, maar ook in het algemeen. Hij hield van vrouwen, van seks, van vrijen. Hij was er goed in en hij maakte mij daardoor goed. Zoals je opeens beter kunt dansen als je met een goede partner de vloer op gaat. Timo ging anders te werk. Bij alles wat hij deed, vroeg hij of het goed was, of ik het fijn vond. Een enkele keer hield hij zelfs op als ik niet snel genoeg antwoordde. Maar ook daar konden we het ten slotte af zonder woorden. Zijn lijf paste goed op het mijne, zijn vingers vonden vanzelf de weg in het donker. We ademden elkaars adem, bewogen op elkaars beweging. Samen op een deinend vlot, van de ene stroomversnelling naar de volgende. Ik dacht helemaal nergens meer aan, behalve: verder, verder, meer, meer.

Het was al elf uur geweest toen we wakker schrokken van geklop op de deur. En een stem. Van Chris. Timo draaide zich nog even om, terwijl ik iets aanschoot. Ik deed de deur open.

'Hoi,' zei Chris. En met een blik naar binnen. 'Ik stoor, geloof ik.'

Ik knipperde met mijn ogen tegen het felle licht. 'Ik kan je nu niet binnen vragen.'

'Ik ben zo weer weg.'

'Is er iets?'

'Heb je misschien paracetamol in huis?'

Ik gaf haar het hele doosje. 'Hou maar. Ik heb nog meer.'

'Hoe heet-ie?'

'Timo.'

Chris knikte en draaide zich om. Met onzekere voetstappen liep ze naar het buurhuisje.

'Is dit van je ongeluk?' vroeg Timo. Zijn wijsvinger raakte de omgekeerde y in mijn hals aan. Het voelde niet prettig. De huid rond het litteken reageerde eigenaardig, had ik gemerkt. Het was gevoelig en toch ook weer niet. Het was net of dat stukje huid niet meer meedeed. Niet meer bij mijn lichaam hoorde. Ik huiverde.

'Je vindt het lekker,' grijnsde Timo.

'Nee, juist niet. Het is gevoelig.'

'Er is niks meer van te zien.'

'Van wat niet?'

'Je doet het weer.'

'Wat?'

'Iets niet zeggen.'

Wat had ik anders moeten doen? Het zou onze zo leuk begonnen relatie hebben verziekt. Steeds weer: er is iets, nee echt niet, ik zie het toch, nee hoor je verbeeldt het je. Er zijn vast mensen die heel goed de openheid van het bed kunnen combineren met een geslotenheid van het hart. Die zich helemaal kunnen overgeven aan zoenen en vrijen, kunnen kreunen en zuchten en schreeuwen als ze klaarkomen en tegelijkertijd hun kaken op elkaar kunnen houden over wat hun gedachten die andere drieëntwintig uur per dag bezighoudt. Maar ik dacht: als ik hem genoeg vertrouw om mee te slapen, waarom zou ik hem dan niet iets meer vertellen over mezelf? Misschien voelt het beter, lucht het op, is het een begin voor het nieuwe leven van Luna Bisschop. Dat ik er later spijt van kreeg, kon ik toen niet voorzien. En dat had ook eigenlijk niets te maken met dat moment.

We zaten aan tafel, dronken koffie, aten ontbijtkoek en ik vertelde waar ik het litteken van over had gehouden. En waarom ik zo'n beetje niet en toch wel studeerde. En zo nu en dan naar een tuinhuisje vluchtte. Ik vertelde over de coma en mijn geheugenverlies. Over het filmpje op YouTube.

'Is het nog te zien?'

'Als het goed is niet. De politie zou het eraf laten halen. Het staat op mijn usb-stick. Als bewijs, je weet maar nooit. Nou, dat was het zo'n beetje.' Doodmoe voelde ik me opeens. Ergens op het park werd een elektrische grasmaaier aangezet. Aan de overkant van de sloot zag ik een groepje mannen voorbijlopen met harken en een kruiwagen. Bij Chris waren de gordijnen nog dicht, maar de terrasdeur stond open. Ik ging zitten en keek naar Timo. Ik voelde de tocht langs mijn blote benen strijken. En een ander soort kilte, die van stilte als je woorden verwacht, armen om je heen, een mond die lieve dingen zegt in je haar. Ik kreeg toch niet nu al spijt?

'Wat zou je willen doen?'

Timo was opgestaan, handen in de zakken van zijn spijkerbroek.

Verder had hij nog niets aan. Zijn blote bovenlijf was erg wit en onbehaard, maar zijn schouders waren gespierd. Zijn kleine lichtbruine tepels ontroerden me.

'Wat bedoel je, wat ik wil doen?'

'Nee, laat maar, stomme vraag. Ik denk dat ik een ander verhaal had verwacht.'

'Wil je weg?'

'Nee, ik wil niet weg. Integendeel. Zullen we de gordijnen weer dichtdoen?'

En ik zuchtte en kreunde en Timo vroeg al minder vaak of het goed was wat hij deed. Daarna dronken we nog meer koffie en aten oude toastjes met jam. En zo nu en dan dacht ik aan de vraag van Timo, wat ik zou willen doen. En mijn geheime ik antwoordde: ik zou ze hartstikke dood willen schieten. Alle drie.

*

Hij had ooit een man gekend die op Schiphol woonde. Nou ja, bijna woonde. Hij moest alleen 's nachts een paar uur weg. De rest van de tijd bracht hij in de hal door, las de kranten die hij vond, schoor en waste zich in de toiletruimte, wees zo nu en dan iemand de weg. Hijzelf zou dat niet willen. Hij had behoefte aan een eigen plek. Alleen een paar nachten per maand ging hij naar een nachtopvang. Voor de douche en om te laten zien dat het goed met hem ging. Want ze hielden je in de gaten en als ze je een tijdje niet gezien hadden, stuurden ze iemand op pad om je te zoeken. Stel je voor dat ze hem hier naar zijn geheime plek zouden volgen. Hij klom door het raam naar binnen, stapte snel opzij en luisterde naar het ademen van de ruimte. Daarna sloot hij het raam en liep verder de kantoorruimte in. Hij zette de rugzak in de hoek naast de deur op zo'n manier dat hij niet te zien zou zijn als iemand van buitenaf de deur open zou doen. Daarna opende hij de deur naar de gang, stapte door de opening, sloot de deur weer achter zich en luisterde opnieuw. Dit was het enige moment van de dag dat hij geen haiku's kon gebruiken. Dat het stil moest zijn in zijn hoofd om goed te horen en de geluiden te ordenen. Er waren geluiden die bij de gang hoorden, zoals het piepen van zijn zolen op het linoleum, de luchtventilatie die altijd aanstond en ruiste, die soms, als het hard waaide, klapperde. Als hij de gang door was, moesten de geluiden passen in 'Trap en Overloop'. De kantoren besloegen maar een halve etage. De tussenverdieping eindigde op een soort balkon, maar dan binnen. Over de balustrade keek je uit op de hal beneden. De geluiden waren van zijn stappen op de trap; als het regende waren ze van druppels tegen de gevelhoge ramen. In de verte het verkeer van de ringweg. Hij stond een tijdje boven aan de trap. Eigenlijk leek de vloer van de hal ook wel een beetje op een schaakbord. In de hoeken en achter de pilaren zwart, daartussen witte vlakken, glanzend van het maanlicht dat vandaag mooi helder naar binnen viel. Langzaam liep hij de trap af totdat hij de hele hal kon overzien, ook onder de verdieping waar hij net gelopen had. Alsof zijn ogen de vloer dweilden, ging zijn blik net zo lang van links naar rechts totdat hij de hele hal in zich opgenomen had. Er was maar één geluid 'Hal' vanavond, het ritselen van een oude reclamekrant die opwaaide in de tochtstroom die onder de achterdeur door kwam. Op de terugweg naar boven ging hij op de trap zitten.

De nacht een schaakbord
in het donker, ik spring en vind
het licht in scherven

Hij wist niet precies wat hij met dat laatste bedoelde, maar het klonk goed. Hij dacht even aan Doc Martens. Daarna liep hij naar boven op het ritme van zijn nieuwe haiku.

26

Chris liet zich door Bertine naar binnen sturen. Ze was bleek, er stond zweet op haar neus. Het huisje was opgeruimd. Op het gasstel stond iets te pruttelen. Het rook lekker. Ik ging naast haar zitten op de bank. Samen keken we naar buiten, waar Bert bezig was met snoeien. Ze stond op een trap en zaagde aan een grote tak van een prunus.

'Doodziek word ik van mezelf. Ik word al moe van het vasthouden van een ladder.'

Toch zag ze er beter uit. Ze was naar de kapper geweest. Haar haar was weer egaal van kleur, kortgeknipt, ze droeg een nieuwe spijkerbroek, een lichtblauwe trui en lipgloss. Het maakte haar jonger.

'Er zijn dagen dat het net is of ik door stroop loop. Heb je weleens wadgelopen? Nou zo, maar dan zonder wad. En dan ook in je hoofd, want denken kan ik dan ook niet. Voor Bert ben ik ook om op te schieten. Ach, ik wou dat ik mezelf in één klap kon terugmeppen naar mijn vorige ik. Die was best leuk, de vroegere Chris.'

'Ja, dat gevoel ken ik. Hoewel ik de vroegere Luna... Ik zou wel anders willen zijn dan nu, maar niet precies wie ik was, geloof ik.'

'Dat klinkt filosofisch. Zullen we er een wijntje bij nemen?'

Op dat moment klonk er gekraak uit de tuin.

'Denk je dat Bert dat wel alleen kan? Het ziet er griezelig uit zoals ze daar staat.'

'Zal ik helpen?'

'Och, zou je dat willen doen? Pak ik vast de glazen.'

'Kan ik iets doen,' vroeg ik hoog boven me aan de rubberzolen van Bertine.

'Chris bang dat ik eraf donder?'

'Nee hoor,' loog ik.

'Ik hou wel op. Ben toch bijna klaar.' Ze hijgde, haalde lachend haar neus op en reikte me de grote boomzaag aan. Weer op de grond klopte ze het zaagsel van haar broek en keek goedkeurend naar de gesnoeide boom. 'Hoe vind jij dat het met haar gaat?' Ze plukte blaadjes uit haar piekerige bruine haar.

Even dacht ik dat ze het over de boom had. 'Beter, volgens mij,' zei ik. 'Het gaat misschien niet hard, maar ze ziet er echt al beter uit, energieker.' Nou ja, beter, eigenlijk alleen anders, schoner. Ik dacht aan vorige week, de paracetamol, gordijnen dicht overdag.

'Echt? Ze heeft zichzelf over de kop gewerkt. Kon nergens nee tegen zeggen, de ene opdracht na de andere. En toen opeens kon ze geen stap meer verzetten. Lag alleen nog met hoofdpijn op de bank. Wilde helemaal niets meer. Nu zegt ze dat alles wel goed komt als ze maar weer een doel heeft, een uitdaging.'

'Ja, ik ken het gevoel,' hoorde ik mezelf voor de tweede keer die middag zeggen. 'Je moet iets ondernemen anders slaat de energie naar binnen. Dat gaat aan je vreten.'

'Misschien moet je het daar eens over hebben met Chris. Wat denk je, hebben we een glaasje verdiend?'

Bert keek op haar horloge. Het leek me duur. Zoals alles aan haar. Een trui die eruitzag alsof hij in Ierland met de hand was gebreid. Een donkergroene ribfluwelen broek met daaronder half-hoge Franse kaplaarzen. 'Kom, ik heb ook op je gerekend met het eten.'

En dus dronk ik een glas wijn en at gestoofd lam dat smolt op de tong. Chris kwam niet meer terug op het onderwerp 'worden wie je was'. En Bert niet op naar binnen geslagen energie. Wel op Timo.

'Die Timo,' zei Chris. 'Vertel eens, is het echte liefde?'

'Nou dat weet ik nog niet, maar hij is wel erg leuk. Lief, attent, gevoelig.'

'Daar drinken we op.' Bert hield de fles omhoog.

'Voor mij niet meer. Ik moet nog schieten.' Helder blijven wilde ik. Om te schieten, om Timo te zien. Om te weten wat wat was, wat gevoel en wat gedachte, wat een reflex en wat een rationele reactie. Ik wilde scherp blijven, nu ik wist wat ik wilde doen.

'Schieten?' Bert en Chris keken mij vragend verrast aan.

'Een hobby. Ik heb Timo daar leren kennen. Dat kwam omdat ik...'

'Is dit de uitdaging waar we het buiten over hadden?' Bert keek opeens serieus. 'Dat je iets moet doen omdat anders de depressie toeslaat?'

'Depressie?' vroeg Chris nu, terwijl ze van Bert naar mij keek en terug. 'Heb jij ook een depressie?'

Van gezellig gebabbel, woorden die langs het oppervlak gleden, behendig uitwijkend voor kuilen, spleten en tussen rotsen verdwijnende paadjes, waren we opeens beland op een echt onderwerp. Er waren twee mogelijkheden. Of ik grapte me een uitweg en vertrok. Of ik gaf een serieus antwoord. Misschien kwam het door de wijn. De ondergaande zon, de geur van het voorjaar die door de open terrasdeur naar binnen dreef. Door Timo, die me een nieuw gevoel van zekerheid had gegeven. Ik weet het niet, het maakte ook niet uit. Ik deed wat ik deed en vertelde het verhaal voor de tweede keer binnen een week. Over de avond in de winkel, over Debbie. Hoe we gevonden waren. Zij leeggebloed, ik meer dood dan levend. Dat we gefilmd waren. Dat ik geprobeerd had een pistool te kopen en nu schietles had op de schietclub waar het wapen was gestolen. Ik vertelde ook allemaal dingen die er eigenlijk niet toe deden. Zoals dat de vriend van Debbie alweer een ander had, dat mijn rechercheur op zwangerschapsverlof was en dat ik de vriend van Sanne weggestuurd had. En ten slotte dat ik nu probeerde zelf achter de feiten te komen omdat ik anders gek zou worden van woede en frustratie.

Chris en Bert zwegen, knikten. Bert nam een biertje, gaf Chris en mij een flesje bronwater.

Chris stond op en sloeg een arm om me heen. 'Als ik dat had geweten... Dus daarom zat je hier steeds in je eentje?'

Ik knikte.

'Ben je niet bang?'

'In het begin was ik dat wel. Ik was blij dat jij er was.'

'Je zou niet veel aan me gehad hebben.'

'Als ik geschreeuwd had, zou je vast wel iets gedaan hebben. In ieder geval dacht ik dat en daar ging het om.'

'En nu?'

Het was schemerig geworden in de kamer. Als een geheim genootschap zaten we om de kaars op tafel, schaduwen op onze gezichten en tegen de muren achter ons.

'Nu heb ik Timo. En schietles. Het spijt me, ik moet weg.' Opeens had ik haast. Het gevoel dat ik iets gewoons moest doen, zoals fietsen, omdat ik anders dingen zou zeggen of denken waar ik later spijt van zou krijgen. Het gevoel dat er iets op me loerde van achter de dingen die ik had gezegd.

Ik liep terug naar Texel voor mijn fiets. Op het bruggetje keek ik achterom. Chris en Bert stonden op het terras met de armen om elkaar heen. Ze wuifden naar me.

Ondanks het harde fietsen was ik aan de late kant. Terwijl ik naar de ingang liep fatsoeneerde ik mijn haar. Timo zat niet aan de bar. Johan zat aan de balie van de munitie-uitgifte.

Ik bestelde een cola light en controleerde mijn mobiel. 'Waar ben je?' sms'te ik toen maar zelf. Geen reactie. Nee, niet meteen het ergste denken. Niet dat hij misschien toch second thoughts had over wat ik hem gisteravond had verteld. Waarom zou hij? We hadden toch lekker gevreeën? Hij had in mijn oor gefluisterd dat ik me geen zorgen hoefde te maken, dat hij er voor me was.

Toen Johan klaar was, kwam hij naar mij toe. Het schijfje citroen in mijn glas was inmiddels tot prut gestampt. 'Zal ik je op de lijst zetten voor tien uur?'

'Ik wacht op Timo.'

'Misschien dat Scott weet waar Timo is. Scott is mijn zoon, ze schieten soms samen.' Hij maakte een vaag gebaar naar het eind van de bar. Het was druk, ik zag niet wie hij bedoelde.

Op dat moment kwam Timo binnen. Opgelucht liet ik me van mijn kruk af glijden.

'Ben je al lang hier?' Hij ontweek mijn blik. Zijn ogen gleden langs mijn gezicht en zochten toen door de ruimte.

'Valt wel mee.'

'Sorry.'

'Geeft niet.'

'Is er iets?' Hij zei iets. Ik verstond hem niet omdat iemand het geluid van de televisie ineens harder zette.

'Wat zei je?'

'Ik heb het gezien. Op YouTube.'

Mijn eerste reactie was opluchting dat het niet iets anders was. Meteen daarop kreeg ik opnieuw een ongemakkelijk gevoel. 'Ik wist niet dat het er nog op stond.'

'Het stond er ook niet meer op. Ik heb je usb-stick geleend.'

'Geleend?'

'Nou ja, even meegenomen. Ik moest het zien. Ik vond het gruwelijk.'

Uit de vijftigmeterbaan kwam een groep mannen. Ze zetten de lange foedralen in de houder onder de prijzenkast. Op de bar stond al een rij glazen met bier klaar.

'Denk je dat die vrouw...' Timo zag bleek.

'Debbie heette ze.'

'Nou ja. Dat ze echt op dat moment vermoord is? Terwijl er gefilmd werd?'

'Denk jij iets anders dan?' Ik was verbaasd dat hij daaraan twijfelde. 'De politie heeft het filmpje beeld voor beeld bekeken. Maar ik wil er nu niet over praten, oké? Je hebt het nu gezien. Maar misschien moeten we het er niet meer over hebben. In ieder geval niet hier. Oké? En ik wil de stick terug.'

'Ja, natuurlijk. Zullen we gaan?'

'Moet je niet schieten?'

'Vanavond niet.'

'Hé Timo, of je even komt.' De barman wees. Naast het grote plasmascherm zat een jongen die strak naar ons keek.

'Wie is dat?'

'Mijn neefje. Scott.'

'O, is hij dat. Je oom zei dat jullie soms samen schieten.'

De jongen maakte aanstalten om op te staan, nog steeds met zijn blik op ons gericht. Hij had wel wat weg van Timo. Ook donker haar, maar lichte ogen. Alleen was zijn gezicht wat zachter, wat minder scherp dan dat van Timo. Jonger, opener.

'Sorry, Scott.' Timo zei het zo zacht dat Scott het met geen mogelijkheid had kunnen horen. 'Iets tussen gekomen.' Timo maakte een 'we bellen'-beweging, legde zijn hand onder in mijn rug en duwde me naar de uitgang.

'Stel je je neefje niet aan me voor?'

'Ander keertje.' Hij sloeg zijn arm om me heen en trok me naar zich toe. Zijn tong was warm. Zijn handen gretig. Het was duidelijk wat we gingen doen, en mijn lijf gaf aan alle kanten groen licht, opende de slagbomen, geen snelheidslimiet, komt u maar. Maar ergens in de verte ging een alarm af. Dit keer was het Timo die iets niet zei. Ik wist zeker dat er iets mis was.

27

Het was een kwestie van de knop omdraaien. Gedachten uit. Lol aan. Sanne en Anne-Joke hadden me overgehaald om mee te gaan shoppen. Net als vroeger. Ik kreeg algauw de smaak te pakken en gaf meer geld uit aan kleren en een paar hakken dan ik van plan was. Maar ik was net betaald door Manuela, dus het kon lijden.

We dronken verse muntthee bij Walem aan de Keizersgracht, shopten ons doorgezakte voeten in de 9 straatjes, aten uitgebreid bij Brix in de Wolvenstraat en verdwenen een voor een in de wc om onze nieuwe kleren aan te doen. Vervolgens vertrokken we op de fiets naar Odeon om te gaan dansen. We zongen nummers van Coldplay en Marco Borsato met veel lalala erin. Het was nog niet zo druk bij Odeon. Sanne bestelde voor ons allemaal wodka-gin-gerale. We hingen tegen de bar en keken om ons heen tot het wat voller werd. Sanne trok me mee naar de dansvloer net op het moment dat de muziek weer begon. En opeens was ik terug in mijn vorige leven. Ik werd ondergedompeld in de warmte, de luchtjes, de dekmantel van het donker, de elektriserende lichtbundels die over de dansers en vloer schoven. Weg met de wereld, ik was het universum zelf. Wat had ik dit gemist. Dance, Trance. Of zoals vanavond live-muziek gemixt met elektronisch, dat vond ik helemaal super.

De jongen die om me heen kwam dansen, stond al een tijdje op de dansvloer. Ik vond hem een beetje een aansteller. Niet mijn type, maar vooruit, ik hoefde niet met hem naar bed. Dansen kon hij wel. Mijn vintage cocktailjurk met een lage hals voelde sexy. De schoenen waren nieuw. Drie keer zo duur als de jurk. Donkerrood suède met leren stukjes op neus en hakken. Net niet hoerig, vond Sanne.

'Weet jij op wie je lijkt?' blies hij in mijn oor.

'Amy Winehouse?' probeerde ik. Zonder tattoos weliswaar, maar mijn haar wel een beetje omhoog in jarenzestigstijl.

'Nah, wijvenmuziek.'

'Wie dan?'

'Wil je ook wat?' Zijn vraag leek hij al vergeten. In de palm van zijn hand lagen pilletjes. 'Een lekkere *body high*. Kunnen we lekker lang op doorgaan.'

Ik was er nooit vies van geweest, maar snoepjes en drankjes van onbekenden liet ik staan.

'Snel zijn,' riep hij. Een voor een gooide hij ze in zijn keel en slikte ze triomfantelijk door. Zijn tong gleed langs zijn lippen. 'Te laat.' Hij lachte. 'Je bent goed. Hoe heet je?' schreeuwde hij, zijn hoofd naar mij toe gebogen.

'Luna,' hijgde ik. Eigenlijk was ik moe. Het liefst zou ik even gaan zitten. Nog wat drinken met Sanne en Anne-Joke. Maar ik zag hen geen van beiden.

'Oké, Lucia, ben je zover?' Ik had geen idee wat hij bedoelde, maar hij trok me onverhoeds nogal ruw naar zich toe. Hij zweette. Zijn overhemd kleefde tegen zijn borst. Ik vond hem niet lekker ruiken toen hij zo dichtbij kwam. Hij maakte een halve draai, sloeg zijn armen opnieuw om me heen, maar nu van achter. Hij begon stotende heupbewegingen te maken, waarbij ik duidelijk zijn geslacht tegen mijn billen voelde beuken.

'Hé,' riep ik. 'Laat los. Sodemieter op, man.'

'Yeahhh,' riep hij. Hij leek me niet te horen. Zijn armen bleven stevig om mij heen geklemd.

Het benam me de adem. Ik wilde los. Los. Los. Kreeg het benauwd. 'Godver.' Ik trapte naar achteren, raakte zijn scheenbeen.

Met een schreeuw liet hij me los en gaf me woedend een zet in mijn rug. 'Banga!'

Het woord haalde een trekker over in mijn hoofd. Ik dacht totaal niet na. Draaide me om en haalde uit naar zijn gezicht. Ik denk dat ik hem raakte. Hij gaf mij een klap terug tegen mijn hoofd. Hij raakte me op mijn oor. Mijn oorbel sloeg pijnlijk tegen mijn schedel en viel op de grond.

'Rustig aan met dat meisje, man,' hoorde ik iemand zeggen. Inmiddels waren er zo veel mensen op de dansvloer dat ik afzag van het zoeken naar de oorbel. Waar waren Anne-Joke en Sanne nou?

Misschien kwam het door de warmte of de tik tegen mijn hoofd. Ik voelde me duizelig. Vond ik de aan en uit flitsende spots eerst gezellig, nu leek het alsof ze me probeerden te hypnotiseren. Mijn hoofd leek te tollen. De muziek leek steeds harder te dreunen. Er botsten mensen tegen me aan, die dingen tegen me zeiden die ik niet verstond. Ik probeerde naar de kant te komen, voelde me zo moe. Iemand trok aan mijn arm. Duwde tegen mijn rug. Wanneer was ik gaan zitten? *Fuck off.* Op handen en voeten begon ik tussen de honderden benen heen te kruipen.

Anne-Joke redde me. Ze maakte ruimte om me heen, trok me omhoog en loodste me naar de toiletten, waar ik buiten adem tegen de muur leunde. Ik keek in de spiegel. Mijn witte voorhoofd glom van het zweet. Het litteken in mijn hals gloeide rood op. Mijn lippen zagen paars. Ik haalde diep adem. Langzaam kwam de kleur in mijn gezicht terug. Ik snapte niet waarom ik me zo beroerd had gevoeld ineens. Zo veel had ik toch niet gedronken? Twee glazen wijn bij het eten, een halve wodka-ginger-ale hier in Odeon. Vroeger dronk ik het driedubbele, met gemak. En dan had ik het nog niet eens over het nadrinken in De Kleine Cooldown of de Bubbels. Waar had ik dat toen allemaal gelaten?

'Wat gebeurde er? Je was zo lekker aan het dansen.' Anne-Joke vroeg wat ik zelf dacht.

'Die jongen begon ineens aan me te zitten. Hij haalde hem nog net niet uit zijn broek. Toen ik daar wat van zei, kon ik een klap krijgen.'

'Hoe voel je je?'

'Wel weer oké, geloof ik. Maar dansen moest ik maar niet meer doen vanavond. Ik voel me gesloopt.'

'Wil je naar huis?'

'Hoe laat is het dan?'

'Eén uur.'

'Nee, ik wil nog even blijven. Mijn haar is ingezakt.'

Anne-Joke sloeg haar armen om me heen. 'Je hoeft je niet groot te houden.'

'O, jullie zijn hier.' Sanne zag er verhit uit. Terwijl ze haar lippen stiftte, zei ze: 'Ik heb het hier wel gezien. Ik heb waanzinnige trek. In een broodje shoarma. Of nee, een pita kaas. Jullie ook?'

De frisse lucht deed me goed. Sannes fiets bleek gejat te zijn. We speurden alle fietsrekken af. Sanne wilde er een terugstelen, maar de enige fiets die te kraken bleek, was een herenfiets. Dus verdeelden we ons over twee fietsen, ik achterop bij Anne-Joke, wat nog helemaal niet makkelijk was met een jurk met zo'n strakke rok.

Het was een heldere nacht. Het water in de gracht weerspiegelde de huizen. We stopten bij onze vaste shoarmatent in de Leidsedwarsstraat. Het was er druk, zoals altijd. De geur van vlees walmde je tegemoet.

'Lekker dit,' zei Sanne met volle mond. Ze likte saus van haar vingers. 'Echt niemand een hap?'

Anne-Joke ging overstag. Ik nam nog een slokje van mijn water. Er stond nu een rij. Veel gelach, harde stemmen. Iemand botste tegen Sannes arm. Haar broodje viel uit de zilverfolie op de grond.

'Kun je niet uitkijken?' zei ze pissig.

De jongen grijnsde lodderig. 'Sorry, sorry, sorry.' Hij pakte het broodje op en probeerde het weer in het zilverpapier te duwen.

'Ja, dag, dat hoef ik dus niet meer. Kom op. We gaan.' Met de mouw van haar jas veegde Sanne haar mond schoon. 'Lul.' En tegen ons: 'Kom op, naar buiten.'

We worstelden ons door de deuropening.

De jongen kwam enigszins onvast achter ons aan. 'Je hoeft niet te schelden, hoor,' zei hij terwijl hij Sanne aan haar jas trok. 'Daar hou ik niet van. Ik heb een bloed... pesthekel aan van die bitches die meteen beginnen te zeiken. Het ging per ongeluk. Kutwijf. Vuile tyfus teringkut.' Hij gaf een schop tegen het voorwiel van mijn fiets, waarvan Anne-Joke het stuur vasthad.

'Oké, rustig maar.' Sanne zag er opeens ontnuchterd uit. 'Sorry. Oké?'

'Ja, dat is makkelijk, "sorry". Kutwijf'. De lodderaar had versterking gekregen.

'Niet in discussie gaan, San. Die gozers zijn dronken,' fluisterde Anne-Joke.

'Waar bemoei jij je mee, suffe muts? Had ik het tegen jou soms?'

'Laten we gaan,' zei Sanne. Maar voor we konden opstappen, greep een van hen haar bagagedrager vast en begon te trekken.

'Wel godver...' Sanne begon kwaad te worden. Anne-Joke leek

klaar om weg te rennen. Ik kon niet bedenken wat ik moest doen. Alles wat ik wilde, was naar huis en naar bed en deze dag vanaf ongeveer middernacht vergeten. Plotseling stapte er iemand uit de rij voor de shoarmatoonbank.

'Zo is het wel genoeg.' De man droeg een elegant pak met een stropdas. Het type *clubber* die bij Jimmy Woo te vinden was.

Het meisje achter hem, duidelijk zijn vriendin, greep zijn mouw. 'Niet doen, Ries. Je hebt er niks mee te maken.'

'Ik doe toch niks. Kakker!' Sannes belager liet de fiets los en deed een paar stappen in de richting van de man in het pak.

'Je valt die meisjes een beetje lastig,' zei Ries wat voorzichtiger.

'Zij vallen mij lastig. Míj. En jij moet je niet bemoeien met zaken waar je niks mee te maken hebt. Homo.' Met onverwachte kracht haalde hij uit en raakte met zijn vuist Ries in het gezicht. Hij struikelde achteruit, zijn handen tegen zijn gezicht. Ik hoorde iemand in een telefoon praten. Verder deed niemand wat. Ook niet toen een van de jongens tegen hem aan begon te trappen. De vriendin van Ries stond te gillen en om hulp te roepen. Weer werd Ries geschopt. In zijn rug. Tegen zijn hoofd.

Het werd zwart voor mijn ogen. Schoenen is het laatste wat ik me herinner, trappende schoenen en een stekende pijn in mijn hoofd.

Sanne vertelde later dat ik weer volkomen door het lint was gegaan. Net als die keer op het Museumplein. Dat ik boven op de rug van die eikel was gesprongen, met mijn schoen tegen zijn hoofd had geslagen. Dat ik me aan hem had vastgeklauwd als een rodeocowboy op een stier. Ik had gegild, gebeten, gekrabd, aan zijn haren getrokken.

'Als er niet was ingegrepen, dan had je hem vermoord,' zei ze beslist.

Zelf had ik totaal geen herinnering aan wat ik had gedaan. Met een gekneusde vinger, een bloedende tong en een kloppend gevoel in mijn slapen zat ik trillend achter op de fiets bij Anne-Joke, een zakdoek tegen mijn mond. Zonder iets te zeggen reden we naar de Gerard Dou.

Toen we met een kop thee aan tafel zaten, ging mijn mobiel. Met stijve vingers klikte ik de sms open.

'Zwijgen is goud,' stond er. Afzender: 'Een goede vriend.'

*

Bij de Ten Katemarkt stond een politieauto. Ernaast stond een wit scherm. Hij hoorde iemand zeggen dat er een Surinamer was neergestoken. Hij had even willen kijken of hij het blauwe licht kon zien, maar een vrouw-agent had hem tegengehouden. Ze had hem zelfs een zetje gegeven om door te lopen. Daar hield hij niet van. Het was nergens voor nodig om aan hem te zitten. Als ze het vroegen deed hij het heus wel. Dus hij had zich omgedraaid en was langs de andere kant van de auto weer naar het scherm gelopen. Dat had hij niet moeten doen. Plotseling was er iemand van achter het scherm tevoorschijn gestapt. Iemand in een witte overall, tot helemaal over zijn hoofd, die voor hem was gaan staan en heel hard iets tegen hem had gezegd. Daar was hij erg van geschrokken. Mannen in het wit deden hem verkeerde dingen denken. Gedachten van toen hij nog niet vrij was.

Dus was hij weggelopen van het scherm, maar hij had zijn voeten niet goed kunnen neerzetten. Van de haast, van het moeten. Hij was gestruikeld. De rugzak had hem uit zijn evenwicht gebracht, naar de straat getrokken. Niet meer tegen te houden.

Net als vroeger, wanneer ze hem vastpakten en door de gang duwden, door een deur en dan een zet gaven of op de grond lieten vallen en weggingen. Mannen met witte pakken. En waar hij lag, was het ook wit. Alles wit en glad en nergens warmte of letters of iemand die zacht tegen hem praatte of over zijn haar streek. Er was geen geluid, geen enkel geluid behalve van hemzelf. Maar als hij huilde of schreeuwde, kwamen ze terug en duwden zijn gezicht onder hun arm en staken hem net zo lang tot hij sliep. Soms sliep hij langer dan de nacht. Zo lang dat zijn onderbroek nat was als hij wakker werd, en stonk en zijn tong vastzat op zijn kiezen en zijn armen en benen stijf waren alsof hij bevroren was.

Maar nu was hij niet bevroren. Zijn hoofd had net niet de stoeptegels geraakt. Hij had hondendrol geroken vlak bij zijn gezicht. Iedereen in hem had geschreeuwd en hij had teruggeschreeuwd

138

en toen zijn oren weer auto's hoorden en de tram en muziek die uit een winkel kwam, had hij op een paaltje gezeten, met zijn rugzak tussen zijn benen. De schermen stonden een eind verderop. Hij kon zich niet herinneren dat hij gelopen had. Zijn broek was kapotgescheurd bij zijn knie, die schrijnde. In zijn hand leek iets verschoven te zijn, maar dat was alleen een gevoel, want hij zag er heel gewoon uit. Alleen een beetje rood en vies. Het liefst was hij naar huis gelopen om zich op te rollen op het tapijt en te slapen, maar het was nog dag en licht en dus was hij naar de Bilderdijkstraat gelopen en had in het inloophuis drie koppen thee met veel suiker gedronken. Daar was hij blijven zitten tot hij kon gaan eten, ook al mocht hij eigenlijk omdat het druk was maar anderhalf uur binnen zijn.

28

Dokter Pieter betastte mijn wijsvinger. 'Doet dit pijn?'

'Nee... gaat wel.'

Hij bewoog de vinger omhoog.

'Aauww, dat wel.' Mijn tong was ook pijnlijk. Had ik zeker op een of ander moment op gebeten.

'Niet gebroken. Probeer hem maar een beetje te ontzien, de komende dagen. Ben je gevallen?'

Ik knikte een beetje vaag. Tenslotte had ik op de grond gelegen. Gegooid of gevallen, wat maakte het uit?

'Hoe gaat het verder met je?'

'Goed. Meestal. Ik moet je iets vragen. Komt het weleens voor dat mensen die zoiets hebben meegemaakt als ik, veranderen?'

'Wat bedoel je precies met veranderen?'

'Hun reacties, hun gedrag.'

'Jawel, dat kan.' Dokter Pieter klonk wat aarzelend, alsof hij niet helemaal zeker was van zichzelf.

'Dat ze bijvoorbeeld niet altijd, soms, niet weten wat ze doen?'

'Black-outs? Vergeetachtigheid? Dat is wel een normaal verschijnsel.'

'Het is meer een soort vergeten dat je er bent. Of hoe je zou moeten zijn. Een beetje abnormaal. Het zijn een soort aanvallen. Zelf weet ik later niks meer, maar ik schijn dan op mensen af te gaan en ze te.... slaan en zo. Een beetje eng, zeggen mijn huisgenoten.'

'Is dat gisteravond ook gebeurd?'

'Ja. En eerder ook een keer.'

'Sla je hard?' Dokter Pieter keek geïnteresseerd naar mijn handen. 'Het lijkt me in principe niet ondenkbeeldig dat iemand na zo'n ingrijpende ervaring in bepaalde situaties een beetje agressief reageert.' Besluiteloos schoof hij zijn receptenblok heen en weer. 'Wat zullen we doen?' vroeg hij toen. 'Zal ik je doorsturen naar iemand om erover te praten? Of zal ik je wat voorschrijven?'

Moest ik nu zelf mijn eigen behandeling kiezen? Goed, dan bedacht ik zelf wel wat.

'Schrijf maar wat voor. Als het erger wordt, kom ik wel terug.'

Dokter Pieter schreef.

Terwijl ik mijn jas aantrok, zei hij: 'Probeer wat afleiding te zoeken.'

Bijna was ik in de lach geschoten. Daar was het nou juist mee
begonnen gisteren, met afleiding zoeken.

Mijn moeder lag op een matje voor de televisie toen ik binnenkwam. Ze deed yogaoefeningen. Ik ging naar de keuken om koffie
te zetten en wachtte tot ze klaar was. Ze droeg een trainingsbroek
en een T-shirt, haar haar in een slordige paardenstaart. Ze zag er
jonger uit dan ik me voelde, dacht ik. Ze legde haar handen om
mijn gezicht en zoende me op mijn voorhoofd. Daarna keek ze me
onderzoekend aan, haar ogen rustten even op de snee in mijn lip.
Maar toen glimlachte ze en ze zei: 'Wat heerlijk dat je even langs-
komt, lieverd. Pappa is niet thuis. Ik ben even kwijt wat hij ging
doen. Ik heb alleen moddervette boterkoek in huis, is dat goed?'

Bij de koffie vertelde ze over van alles en nog wat, niks belangrijks, behalve dat ze overwogen om een huisje in Zweden te
kopen. Dat zou nu goed kunnen omdat ze de poes, die het al
jaren aan haar nieren had, hadden laten inslapen. Haar energie
werkte aanstekelijk. Ik ontspande. Overwoog wat ik wel en niet
zou vertellen. Wilde ik mijn moeder in vertrouwen nemen? Het
hoefde niet. Mijn moeder zei altijd dat ze niets hoefde te weten
om te zien hoe het met ons ging. Ik vroeg me af wat ze nu zag.
Zelf had ik het gevoel dat Luna Bisschop inmiddels een geheime
bergplaats in zich had. Een plek waar een andere Luna huisde
dan degene die iedereen kende. Een Luna die zich schuilhield en
wachtte op een goed moment om tevoorschijn te komen. Terwijl
mijn moeder praatte over haar werk op het adviesbureau en een
daklozenproject waar zij sinds kort bij betrokken was, besloot ik
om maar niets te vertellen. Niks liet zich isoleren, alles zat aan
elkaar vast. Timo aan de schietclub, de schietclub aan de overval,
de overval aan de winkel, de winkel aan mijn vroegere ik, waar ik
niet meer op leek met mijn gekteaanvallen. Ik had niet gemerkt

dat mijn moeder zweeg. Ze keek naar me.

'Het komt allemaal goed. Niet zoals het was, maar wel goed. Niet huilen, mijn schat.' Ze reikte me een servetje aan met een paashaas erop.

Na een week op de tuin, waar ik had geholpen met het opknappen van het speelveldje en een hele stapel tweedehandsboekjes uit de Bouquetreeks had gelezen die voor twintig cent per stuk in de kantine te koop lagen, dacht ik dat ik het contact met de buitenwereld wel weer aankon. Ik had alleen Timo een keer gezien, met wie het een beetje stroef was gegaan omdat ik hem eigenlijk kwalijk nam dat hij mijn geheugenstick ongevraagd had meegenomen, maar het tegelijkertijd ook weer kinderachtig vond om er iets van te zeggen. Tenslotte had hij mij met zijn 'zwijgen is goud'-sms'je indirect laten weten dat hij er verder niets over zou zeggen.

Sanne en Anne-Joke sms'ten me beterschap en sterkte alsof ik ziek was, en het recept van dokter Pieter zat nog in mijn tas.

Het meest nog had ik Chris gemist, die zoals ze zelf had gezegd 'op proefverlof' was naar huis en daarna een paar dagen met Bertine naar een huisje op Schiermonnikoog ging. Dus als ik niet helemaal wilde vervreemden van de wereld, dan moest ik maar weer eens iets ondernemen.

De schietvereniging hield ieder jaar op de eerste zondag van mei een barbecue. De parkeerplaats was versierd met vlaggetjes, die de weg wezen naar een stuk weiland achter het gebouw. Met strobalen was het feestterrein afgebakend. Er was een bar met een biertap en een enorme ijzeren trog die bij nadere beschouwing de barbecue bleek te zijn, waarop worst en ander vlees lagen te roken. Op een schraagtafel stonden plastic bordjes, flessen met saus en heel veel witte kadetjes. Muziek kwam van een laptop die was aangesloten op een stel speakers. Door de lucht dwarrelden de zaadjes van de iep, die ook de grachten in Amsterdam het aanzien gaven alsof het had gesneeuwd.

Timo was er nog niet. Wel zijn oom Johan, die met een vrouw en twee kleine meisjes op een strobaal zat. De meisjes leken me nog heel jong. Een jaar of vijf. Johan stak zijn hand op. Niet naar mij, zag ik net te laat, maar naar Scott, die op hen toeliep en zijn halfzusjes lachend een voor een hoog optilde.

In een constante stroom kwamen mensen het terrein op lopen. Timo zag ik niet.

'Bier? Of bier?' vroeg Scott. Hij had twee glazen in zijn handen.

'Timo komt niet.'

'Hoezo niet? Ik weet van niks.'

'Er kwam iets tussen. Een familiekwestie. Hij heeft mij gevraagd om je vanmiddag gezelschap te houden.'

Familiekwestie? Iemand ziek? Overleden? Ik bedacht me ineens dat ik niet zo veel van Timo wist. Hij woonde ergens in Amsterdam bij zijn moeder. Ik had zijn mobiele nummer. En ook een huisadres, maar daar was ik nog nooit geweest.

'Moet ik hem bellen?'

'Doe maar niet. Zijn moeder heeft migraineaanvallen. Hij blijft dan altijd thuis. Ieder geluid maakt het erger.'

Het zat me niet helemaal lekker dat Timo mij niet zelf had gebeld, maar ik wist niets van het verzorgen van migrainepatiënten. Mijn moeder had nooit wat.

'O, oké. Nou, kom maar op met dat bier dan.'

Na het tweede glas zette ik me over Timo heen en begon het zowaar leuk te vinden met neef Scott. Hij kende iedereen, haalde bier en broodjes met aangebrande worst en maakte geen dubbelzinnige opmerkingen. Gewoon gezellig, zonder bijbedoelingen. Ik realiseerde me dat Timo altijd iets gespannens had als we samen waren. Overgeconcentreerd op mij en op attent-zijn. Ik was me ook voortdurend bewust van zijn aanwezigheid. Natuurlijk ook omdat ik hem aantrekkelijk vond. Bij Scott voelde ik die spanning niet. Praten hoefde ook niet steeds. Er waren toespraken, er werd iets verloot, prijzen uitgereikt voor wedstrijden die ik had gemist. Op een gegeven moment marcheerde zelfs de plaatselijke drumband het terrein op, en dat maakte ieder gesprek onmogelijk. Na drie nummers draaide de band met enige moeite een rondje op het terrein en liep weer naar de uitgang. Kwam het doordat het te druk was? Door het oneffen terrein? Doordat de tamboer-majoor overmoedig werd van het succes? In ieder geval gooide hij zijn baton zo hoog in de lucht dat die uit de koers raakte, even boven de toeschouwers zweefde en toen Scott, die juist de andere kant op keek, vlak boven zijn wenkbrauw raakte. Ik hoorde de stok vibreren voordat hij voor onze voeten op de grond viel.

Scott voelde aan zijn hoofd, keek snel naar zijn vingers om te zien of er bloed op zat.

'Doet het pijn?' vroeg ik.

'Valt erg mee.'

'Scott, Scott!' Johan kwam naar ons toe gelopen. 'Ik zag het gebeuren. Jongen, gaat het?'

'Zal wel een bult worden. Niks aan de hand.'

'Heb je iets bij je?'

Scott leek de aandacht van zijn vader niet prettig te vinden. 'Ja, natuurlijk.' Het klonk verongelijkt en snauwerig. 'Sorry', tegen mij, wat minder kortaf. Terwijl het geluid van de drumband wegstierf, liep Scott weg in de richting van het clubgebouw.

'IJsklontje erop, niks aan de hand,' zei ik tegen Johan, die hem nakeek.

'Bij mijn zoon ligt dat iets ingewikkelder vrees ik. Hij heeft een bepaalde aandoening. Daardoor krijgt hij snel bloedingen. Hij moet altijd wat voorzichtiger zijn dan andere mensen.'

'Heeft hij dat altijd gehad? Die aandoening?'

'Het is erfelijk en alleen overdraagbaar aan jongens. Daarom ben ik zo blij dat de tweeling meisjes zijn.'

'Hebt u het zelf ook?'

'Nee. Mij heeft het overgeslagen om de een of andere reden. Dat gebeurt soms.'

'Wat is Scott nu aan het doen?'

'Hij moet even prikken. Voor alle zekerheid.'

Scott ging weer naast me zitten en dronk de rest van zijn bier op.

'Timo lacht zich rot als hij dit hoort. Wie overkomt nou zoiets? Er zijn hier minstens tweehonderd mensen en uitgerekend ik krijg die stok op mijn kop. Mijn vader heeft het zeker verteld?'

Ik hield me van de domme.

'Wat verteld?'

'Ik ken mijn pa. Hij kan het niet laten. Ik blijf altijd het kwetsbare jongetje. Ja, dat had je niet gedacht, hè, maar eigenlijk ben ik heel erg zielig!' Hij lachte. 'Ik ben iemand met wie je heel voorzichtig moet omgaan. Als je dat maar onthoudt.'

'Je vader zei helemaal niet dat hij je "zielig" vond.'

'Nee, maar wel dat hij blij is dat hij nu meisjes heeft. Toch? Ben jij bang voor naalden?'

'Nee, dat niet, maar ik ben ook geen liefhebber, zal ik maar zeggen.'

'Ja, dat snap ik. Met wat jou is overkomen. Timo heeft me het een en ander verteld. Er is trouwens niets meer van te zien.'

In mijn broekzak trilde het. Meteen verlost van dit gespreksonderwerp. Hoewel, misschien was het Timo wel. Godver, ik snapte het niet. Hoe kon dat nou, zo'n leuke jongen en dan eerst mijn stick jatten en dan ook nog tegen jan en alleman over me kletsen. Maar het was Timo niet die een berichtje stuurde, maar Sanne. Dat ze mijn ski's hadden verpatst op de vrijmarkt.

Had ik gezegd dat die verkocht mochten worden?

Nogmaals bericht van Sanne: dat het een grapje was van die ski's. Vrijmarkt was gezellig. Ze dronken cocktails. Had ik geen zin om even langs te komen.

Derde bericht. 'I watch you.' Afzender anoniem.

Het bericht bleef zweven zonder betekenis te krijgen. Als een refrein uit een liedje dat je niet thuis kunt brengen. 'I watch you. I watch you.'

29

Het regende pijpenstelen die avond. Achter de druipende ramen van de etalage stond onze fleurige 'verwendoos' voor Moederdag. Crèmepjes, de nieuwste vibrator, massageballetjes, een albasten tantra-ei, alles in een bedje van roodkanten lingerie samen met de streelpluimen die op secretaressedag niet erg waren aangeslagen. Terwijl Manuela haar rug naar de straat keerde om het rolluik te laten zakken, lette ik op. Een bezemwagen van de gemeentereiniging. Carlos van de Argentijnse grill die vuilnis op straat zette. De bedrijfsleider van de Australische chocoladewinkel met zijn vouwfiets. Hij had ooit geprobeerd een afspraakje met me te maken. Een paar weken lang was ik thuisgekomen met fantastische hoeveelheden bonbons, toen had ik toch maar gezegd dat het niks ging worden. Te oud. Dertig. Geweest. Maar dat had ik niet gezegd.

Ik zette mijn capuchon op.

'Muchacha. Tot zaterdag dan,' zei Manuela toen ze klaar was. Ze stak haar doorzichtige paraplu op, naar haar zeggen dezelfde als van prinses Máxima, en haalde haar ov-pasje tevoorschijn.

Op dat moment draaide er een politieauto met zwaailicht en sirene de Kalverstraat in.

'Moet ik gaan kijken wat er aan de hand is?' vroeg ik. Het klonk als: ik hoop van niet. Stel je voor dat ik weer in een vechtpartij betrokken raakte. Ik vertrouwde mezelf niet meer.

'Van mij niet. Ik ga in elk geval nu naar huis.'

Ik keerde me om, liep naar mijn fiets, die voor het Maagdenhuis op het Spui stond, en fietste zo snel mogelijk naar de Gerard Dou. Daar was het stil. Sanne en Anne-Joke waren niet thuis. De zitkamer was donker, op tafel lagen reisgidsen met afgescheurde stukjes papier tussen de bladzijden. Had Anne-Joke het niet gehad over China? Of was het Sanne? Weer iets niet goed onthouden. Ik sloeg de bovenste gids open bij de Malediven. Het tweede papiertje lag bij Bali. Leek me meer iets voor Sanne. De keuken was opgeruimd, het aanrechtblad glimmend schoon. Het werk van

Anne-Joke. Er hing een vage geur van gebakken spekjes en koffie. Op de deur hingen twee briefjes voor me. 'Als je nog honger hebt: bakje stamp in ijskast. S.' En: 'Niels bellen. Pliezzzz!!'

'Wat doe je?' vroeg Timo mobiel terwijl ik het stomende bakje op tafel zette.

'Ik ga nog wat eten. Ik heb gewerkt vanavond.'

'Ga je dit weekend naar de tuin?'

'Ik werk zaterdag. En zondag ga ik brunchen bij mijn ouders. Moederdag.' Bord. Vork, mes.

'En daarna?'

'Dat weet ik nog niet.' Glas water.

'Kunnen we afspreken? Ik mis je.'

'Is je moeder weer beter?'

'Mijn moeder?' Hij klonk opeens op zijn hoede.

'Barbecue? Schietclub?' Ik keerde het bakje om op het bord en begon te eten.

'Ze is weer helemaal in orde. Was het... was het gezellig?'

Ik had me voorgenomen om er verder niet moeilijk over te doen dat hij me zonder overleg aan Scott had doorgegeven.

'Gezellig. Ja, heel gezellig eigenlijk. Dankzij Scott.'

'Scott?'

'Jemig, Timo, hallo, heb je net staan bieren of zo.'

'Helemaal niet.'

'Heeft Scott niets verteld, wat er is gebeurd?'

'Nee.'

'Het was eigenlijk behoorlijk grappig.' Ik probeerde verstaanbaar te blijven praten terwijl ik doorat. 'Hoewel voor hemzelf misschien wat minder.' Ik beschreef de drumband, de iets te hoog opgegooide baton, het hoofd van Scott. Ik grinnikte.

Timo moest niet lachen. 'Loser.'

'Hoezo dat dan? Ik vond het wel lullig voor hem.'

'Over Scott hoef je niet in te zitten,' zei Timo. 'Die heeft een harde kop. Nou, genoeg over mijn charmante neefje, de grote versierder.'

'Ik zei niet dat hij mij versierd had, alleen dat we het leuk hadden gehad.'

'Zondag dus?'

'Oké, maar ik weet nog niet of ik op de tuin zit. En verder, Tiem, die stick. Je bedoelde het vast goed. We hebben het er niet meer over.'

'O, goed. Fijn.'

'Bedankt trouwens voor je sms'jes. Net een soort quiz. Vraag: wat is "Zwijgen is goud"? Antwoord: "Een gezegde".'

Timo humde iets onduidelijks en zei dat hij mij nog zou bellen.

Ik zette mijn bord en het bakje in de gootsteen, liet er water in lopen en ging naar bed.

Zaterdagochtend hagelde het. Alsof het niet al bijna zomer was. Glibberend bereikte ik EroticYou, waar Manuela al in het keukentje stond. Ondanks het frisse weer met een trui die een van haar schouders bloot liet. Op het moment dat ze mij zag drukte ze de knop van het espressoapparaat in. Daarna deed ze een zakje paaseitjes in een glazen pot.

'Hola, muchacha. Neem, al is Pasen voorbij. Ze waren voor de helft van de prijs.' Haar parelmoer gelakte nagels wipten geroutineerd het zilverpapier eraf.

Ik wilde net over Timo beginnen toen de deurzoemer ging. De buurman van de fotowinkel had een sjaal om zijn nek. Zijn schoenen lieten stukjes ijs op de vloer achter toen hij door de winkel naar ons toe liep.

'Het is spekglad ineens. Zo, aan de koffie, dames? Nee, voor mij geen chocolade, ik kom voor zaken.'

Manuela keek afkeurend. Ze hield niet van de rechttoe-rechtaanmanier van Nederlanders.

'Ik kom als eerste bij jou, Manuela. Het zit zo. Ik wil een spoedoverleg met de winkeliersvereniging. Vandaar dat ik bij iedereen persoonlijk langsga. Kun jij aanstaande woensdag? En er is een rekeningnummer geopend voor een boeket. Doe je mee?' Manuela knikte. 'Mooi. Want dit kan natuurlijk niet zo doorgaan.' Hij vinkte Manuela af op het lijstje dat hij uit zijn binnenzak haalde en vertrok weer.

'Wat kan niet zo doorgaan?' Ik zag de buurman oversteken naar de Australische chocoladewinkel.

'Ik pak even de mop. We zullen wel de hele dag aan het dweilen zijn.'

'Wat kan niet zo doorgaan?'

Manuela knipperde met haar ogen. Een van haar valse wimpers zat een beetje scheef, zag ik. 'Dat wil je niet weten. Geloof me. Dat kun jij beter niet weten.'

Ik begreep meteen wat ze bedoelde. En ze vergiste zich. Ik wilde er juist alles van weten.

'De tassenwinkel. Waarom niet de juwelier?' vroeg Manuela. 'Die zat ertegenover. Of de winkel met de chique sjaals ernaast, of de parfumeriezaak?'

Maar ik begreep het wel. De juwelierswinkel kwam je alleen met een bulldozer binnen en in de andere zaken was te veel personeel. De tassenwinkel was klein. Vaak stond er maar een vrouw alleen achter de kassa. Manuela zei dat ze wel een hulpje had, maar die had ik daar nog nooit gezien. Stond zeker veel te roken aan de achteruitgang van de winkel.

Manuela wist het vrijdag al. Het slachtoffer was een vrouw van eind veertig, een Surinaamse die Manuela nog van vroeger kende. Ze zei er niet bij waarvan, maar ik nam aan dat het dateerde uit haar tijd achter de ramen. Manuela sloeg een kruisje toen ze over Esther sprak.

'Het is natuurlijk helemaal niet zeker dat het dezelfden waren als die keer hier,' zei Manuela.

Maar het leek er wel verdacht veel op: koopavond, tegen sluitingstijd, weinig mensen op straat vanwege de regen, drie jonge mannen. Gemaskerd en gewapend. Bovendien hadden ze geweld gebruikt. Veel geweld. Net als bij EroticYou.

'De vereniging denkt dat we beter moeten beveiligen. Maar hoeveel meer kun je doen?' Ze haalde haar mooie schouders op. 'Als je liever naar huis gaat... Je ziet een beetje bleek. Ik zou het je niet verteld hebben als hij van hiernaast niet was binnengekomen.'

'Wat hebben ze met die Esther gedaan? Is ze dood?'

'Nee, gelukkig niet. Ze is gewond geraakt. Ze ligt in het ziekenhuis.'

149

'Hoe erg?' Manuela gaf geen antwoord. 'Weet je hoe het met haar is?'

'Hoe moet ik dat weten?' Weer haalde ze haar schouders op, zei iets in het Spaans.

'Manuela?'

'Je krijgt ook geen informatie als je geen familie bent.'

'Dus je hebt gebeld?'

'Ja. Een oude vriendin laat je niet in de steek. En ze is ook een collega van hier.' Ze maakte een vaag gebaar waarvan ik aannam ze daar de buurt mee bedoelde. 'Trouwens...'

'Wat?'

'Ze heeft zich wel verdedigd. Ze mag dan gelovig zijn, maar ze had altijd ergens een honkbalknuppel staan. Daar heeft ze flink mee rondgezwaaid.' Manuela deed het voor. 'Vroeger ook al. Ze liet niet met zich sollen. Ze heeft een keer iemand zijn voortanden eruit geslagen. Een heel rijke kerel.'

'Waar ligt ze?'

'Nee, muchacha,' zei Manuela, die mijn gedachten leek te raden. 'Dat is geen goed idee.'

'Ik wil met haar praten.'

'En dan?'

'Dat weet ik nog niet.'

'Ik ga het je niet zeggen. Het is niet goed voor je.'

'Misschien heeft zij iets gezien.'

'Ik ga het je niet zeggen.' Ze deed alsof ze haar mond op slot deed en het sleuteltje weggooide.

'Dan bel ik de politie. Ik heb connecties,' loog ik.

'Nou goed dan. In het Onze Lieve Vrouwe Gasthuis.'

'Kan ik vanmiddag wat eerder weg?'

*

Ze hadden gezegd dat hij moest douchen, dat was verplicht als hij hier wilde slapen. Maar dat ging hij toch echt niet doen. Hij zweette niet, nooit. En hij piste ook niet in zijn broek zoals sommigen. Hij zat naast de douche op het bankje, haalde het verband dat hij nog steeds om zijn hand had eraf. Hij had de kraan opengedraaid en hield zijn hand onder het warme water. Ergens stond iemand te zingen en naast hem stond iemand zich af te rukken.

Het water stroomt... Nee, te weinig lettergrepen.

Het warme water stroomt. Dat zijn er weer te veel.

Warm water stroomt en...

Hij had goed gegeten, dikke soep, bami met gebakken eieren, yoghurt met vruchten. Hij had naast Dirk gezeten, die zijn bami in heel kleine stukjes had gesneden en toen had gemengd met de soep. Dirk kon niet kauwen. Toen hij Dirk voor het eerst had gezien, had hij alleen maar stompjes in zijn mond. Bruine en zwarte stompjes. Die stonken. Niemand kwam bij hem in de buurt als het niet hoefde. Soms moest het wel, want dan was alleen de stoel naast hem nog vrij. Tijdens het eten bijvoorbeeld. Hij had altijd zijn eten geprakt en met grote slokken koffie erbij weggeslikt. En toen opeens had Dirk tanden gehad. Fonkelende nieuwe gladde witte tanden. Hij was er zo trots op. Iedereen moest ze zien. Maar kauwen kon hij nog steeds niet. Als hij at legde hij zijn gebit naast zijn bord. Alleen stonk hij minder uit zijn mond.

In het slaaphuis was het ongewoon rustig geweest. Niemand had geschreeuwd in zijn slaap, bijna geen gesnurk, geen mensen die om de haverklap opstonden om naar de wc te gaan. Daardoor had hij heel vast geslapen. Hij was pas wakker geschrokken van gestommel om zijn bed. In paniek was hij overeind gaan zitten met zijn rug tegen de muur aan het hoofdeind. Zijn knieën opgetrokken, zijn hand voor zijn mond, het beddengoed hoog tegen zijn kin. Hij had gedacht dat ze hem kwamen halen, dat ze hem mee zouden nemen. Pas na een paar minuten had hij gezien dat er alleen maar mensen met hun rug naar hem toe stonden. Dat ze allemaal naar het bed naast hem keken. Daar lag een Japanner in. Nee, hoe kwam hij daar nou bij, een Japanner. Er leefden helemaal geen Japanners op straat. Hij bedoelde een Indonees. Hij gluurde tussen de bewegende armen en benen naast hem en zag dat het Dirk was die in het bed naast hem lag. Die Indonees was van vorige keer. Dirk had zijn ogen dicht en zijn mond open. Hij zag de tandeloze randen tandvlees. Zijn hemd was een stukje opengescheurd. Er zaten draden op zijn borst geplakt. Die liepen naar een koffertje dat naast hem op het bed lag. Zo nu en dan zei iemand iets. Hij herkende de stemmen van de slaapwacht en van Riet uit de keuken. Er was ook een stem die hij niet kende, vreemd metalig, als een robot. Zo nu en dan schokte Dirk omhoog. Maar dat kwam door de draden. Dirk leefde niet meer. Hij had het blauwe sliertje al gezien. De ijskoude laatste adem van Dirk hing al lang tegen het gipsplaten plafond naast de matglazen lamp, die zo vettig was dat er nauwelijks meer licht doorheen kwam.

Ze kwamen Dirk ophalen, de grijze zak werd op een brancard gehesen. Toen hij de volgende dag zijn spullen ging halen om weg te gaan, had hij de tanden van Dirk op het plankje boven het bed zien staan. Die zou iemand wel meenemen. Mensen namen alles mee.

30

Manuela was het er niet mee eens, maar ze hield me niet tegen. Ook niet toen het 's middags ineens erg druk werd bij EroticYou. Ik checkte de bezoektijden van het ziekenhuis en om drie uur fietste ik naar Amsterdam-Oost. De hagel was weggesmolten. Ik probeerde de plassen te ontwijken, maar door langsrijdende auto's kwam ik aan met zeiknatte broekspijpen en schoenen. Daardoor was ik zo afgeleid dat ik pas bij het informatiepunt in de hal van het ziekenhuis merkte dat ik wel heel erg snel en oppervlakkig ademhaalde. Dat werd niet beter toen het meisje achter de balie vroeg of ik kwam voor een opname. Ik excuseerde me en ging naar de wc. Waste mijn handen, dronk wat water. Keek naar mijn gezicht. Ik was magerder geworden. Er liep een verticale lijn over mijn voorhoofd, mijn lippen leken dunner. De Luna die nu hier was, was gekomen om een spoor te volgen, niet om opnieuw slachtoffer te zijn. Zelfs niet van haar eigen angst. Ik veegde mijn schoenen een beetje droog met wc-papier, trok mijn natte broekspijpen in model en liep terug. Ik informeerde waar mevrouw Esther Vallentak lag. Kocht een kaart met klaprozen erop en stapte in de lift.

Op de afdeling Interne Geneeskunde liep ik naar de kamer van mevrouw Vallentak alsof ik een duidelijke reden had voor dit bezoek, maar in feite had ik geen idee hoe ik het moest aanpakken. Stel dat er bezoek was, familie of zo, wie was ik dan? Ik gluurde om de hoek van de deur. Er stonden vier bedden. Alleen de twee bij het raam waren bezet. Het raam keek uit op de platte daken van het complex zelf. Daarvoor stond een tafel met een slordige stapel tijdschriften, een prop linnengoed en een stapel wegwerp-spuugbakjes. In de vensterbank stond een glazen pot met een scheefhangend boeket met veel grassen erin.

Ik zag geen bezoek. In de kamer hing de geur van net gepelde mandarijnen, vermengd met die van groentesoep uit blik.

Esther Vallentak lag op haar rug. Haar donkere huid stak af tegen het wit van sloop en laken. Het ontkroesde zwarte haar lag plat tegen haar schedel. Haar gezicht was gezwollen, haar boven-lip gescheurd, haar neus was gespalkt en er stak een zuurstofslan-getje in. De huid rond haar ogen was inktzwart en afzichtelijk op-gezwollen. Ze leek op een bokser die na twaalf ronden knock-out was gegaan. Manuela had gezegd dat ze in de veertig was, maar dit mishandelde lichaam was volstrekt leeftijdloos. Haar armen, die naast haar lichaam op de deken lagen, zaten allebei van pols tot elleboog in het gips. Naast haar bed stond een computer die steeds een cijfer liet oplichten, maar haar ademhaling was zo goed als onzichtbaar. Er stond een infuusstandaard naast haar bed met verschillende zakjes vloeistof en van onder de deken liep een slan-getje naar een urinezak. Het kwam me allemaal erg bekend, bijna vertrouwd voor.

Wat ging ik nu doen? Ik kon niet zien of haar ogen dicht waren of open. Misschien was ze wel bewusteloos, net als ik in een coma. Besluiteloos keek ik om me heen.

'Ze slaapt volgens mij,' fluisterde de vrouw aan de overkant. Ze zat haar haar te borstelen dat als een grijze waterval om haar heen hing. 'Ze hebben haar een uurtje geleden wat gegeven. Tegen de pijn. Er staat een krukje onder het bed.'

Ik trok het tevoorschijn en ging naast de vreemde Surinaamse zitten met wie ik iets gemeen had zonder dat we elkaar ooit ont-moet hadden. Ze lag roerloos naast me. Ik voelde me opeens een indringer, een voyeur, zoals ik hier zat te kijken naar iemand die mij niet kende, die me nooit aan haar bed zou hebben gevraagd. Maar er was weinig anders om naar te kijken. Op het kastje stond alleen een doos tissues en een bakje vla, op het prikbord boven haar bed hingen geen kaarten. Alleen een papier dat ergens uit of afgescheurd leek met de spreuk 'Jezus is liefde'.

De vrouw aan de overkant rommelde in de lade van het nacht-kastje.

'Weet u hoe het met haar gaat?'

Ze keek op. 'Bent u van de politie?'

'Haar advocaat.'

De vrouw boog zich enigszins naar voren en bekeek me met interesse. Ik voelde meer dan ik zag dat haar ogen langs mijn natte broekspijpen gleden, mijn doorweekte schoenen.

'Je bent wel een jonkie,' zei ze toen. 'Geen vrije zaterdag, hè.'

'Is de politie al geweest?' vroeg ik op hopelijk professionele toon.

'Volgens mij niet. Ze kan nog niet goed praten. Maar ze heeft wel bezoek. Familie. Veel broers en zusters heeft ze. Ze hebben met zijn allen hand in hand zitten bidden. Aardige mensen. Ze hadden zelfs eten voor haar meegebracht. Het rook heerlijk. Maar ja, ze kan nog helemaal niet eten. Met die lip en zo. Zonde hè, wordt gewoon weggegooid, denk ik. Ik geloof wel dat het nu beter gaat. Ze is rustiger.'

Ik probeerde na te denken. Wat als diezelfde mensen vandaag weer kwamen? Hoeveel tijd had ik dan? Misschien werd ze nog in geen uren wakker.

'Weet u wat er gebeurd is?' vroeg ik.

'Ze is in elkaar geslagen. Dat arme mens. Er lopen een heleboel gekken rond.'

'Heeft ze iets gezegd?'

De vrouw haalde haar schouders op. 'Ze brabbelt. Wartaal. Over de duivel. De tong van de duivel. En ze gromt. Wil je misschien een mandarijntje?'

'Ze gromt?'

'Ja, als een kwaaie hond. Zo.' De vrouw die er uitzag als een oude elf trok haar bovenlip op en gromde dreigend. Hikkend lachte ze om haar eigen demonstratie.

In de gang hoorde ik stemmen, toen piepende voetstappen, die in de deuropening ophielden. Een man van middelbare leeftijd, kalend en met een buikje, kwam de kamer binnen en liep naar de overbuurvrouw.

'Mammie.' Een serie klapzoenen. 'Son komt zo. Ze doet nog even een boodschapje. Hier is je wasgoed. Nieuwe pon, schone witte billenvangers.' Hij lachte liefdevol naar zijn moeder.

'Nou, die mag je weer meenemen, want ik mag morgen naar huis.' De overbuurvrouw knikte triomfantelijk. Even keek ze naar mij en de zwarte vrouw naast me. Toen zei ze tegen haar zoon: 'Dat is haar advocaat.' En daarmee bezegelde ze de leugen.

Esther bewoog. Ze zuchtte en smakte met haar tong. Toen keerde ze haar gezicht naar mij toe.

De bulten die haar ogen bedekten trilden. Daartussen zag ik een dunne, fonkelende streep, haar ogen.

'Dag. Ik ben Luna. Luna Bisschop.'

Even dacht ik dat ze glimlachte. Toen zag ik dat ze huilde, er liep vocht tussen haar wimpers vandaan. Ik pakte een tissue en depte voorzichtig. 'Goed?'

Ze knikte. 'Luna.'

'Ja, ik ben Luna. Ik ben op bezoek bij je.'

'Jezus is goed. Ik heb mijn geloof niet verloren.' Haar mond vertrok in een grimas.

'Dat is mooi, mevrouw Vallentak, Esther.'

Ik luisterde of ik mensen op de gang hoorde. De oude vrouw aan de overkant was in een rolstoel door haar zoon de kamer uit gereden op weg naar de koffiecorner in de hal.

Zonder het antwoord af te wachten ging ik door. 'Wilt u me vertellen wat er gebeurd is?'

Geen reactie. Maar de ogen leken nog steeds op mijn gezicht gericht.

'Esther. Ik wil graag weten wie dit gedaan heeft.' Ingespannen keek ik naar haar gezicht. 'In februari is de winkel waar ik werkte ook overvallen. EroticYou, vlak om de hoek bij de winkel waar u werkt. De vrouw voor wie ik werkte is toen doodgeschoten. Misschien kende je haar wel. Debbie? En ik lag er ongeveer zo bij als u nu.'

Esther bewoog haar hoofd, ik zag er een bevestigend knikken in.

'Weet u nog wat er gebeurd is?'

Esther knikte weer. Eigenlijk moest ik testen of ze mijn vraag echt had begrepen.

'Klopt het dat u vorige week maandag bent overvallen?'

Even gebeurde er niets, toen schudde ze haar hoofd.

'Koopavond,' zei ze verrassend goed verstaanbaar. Ze had een mooie kelige stem. Als van een zangeres.

'Oké, oké. Koopavond. Natuurlijk.' Ik merkte dat ik de rand van het bed had vastgepakt. Volgende vraag, vooruit, geen tijd voor omtrekkende bewegingen. Zo direct kwamen al haar broers en zusters weer. Maar in plaats daarvan vroeg ik: 'Hebt u pijn?'

'Ja. Maar pijn is niet het ergste.'

'Wat is het ergste?'

'Liggen.'

Ik knikte. 'En vernedering?' hoorde ik mezelf opeens vragen.

Maar Esther schudde haar hoofd. 'Vernederen doe ik alleen voor Hem.'

'Sorry, laat maar. Wat ik eigenlijk wil vragen is... Kunt u erover praten? Hebt u ze gezien?'

'Ik heb ze gezien. Ik heb ze in de ogen gekeken. Kinderen van Satan. Tongen. De tong van de duivel.'

Daar had de overbuurvrouw het ook al over gehad. Daar kon ik niks mee, maar wat ze daarvoor zei wel.

'Maar ze waren gemaskerd. Waren ze bij u ook gemaskerd?'

Haar tong gleed langs haar lippen. Ze knikte. Toen zei ze: 'Heb teruggeslagen.'

'U hebt teruggeslagen? Hoe bedoelt u dat?'

Maar opeens draaide ze haar hoofd weg. Op hetzelfde moment werd er een kar met thermoskannen en pakken yoghurt de kamer in geduwd.

'Nog wat vla, mevrouw Vallentak. Of misschien iets anders?' vroeg de jonge man in wit verplegerspak opgewekt. Ongevraagd zette hij een bakje yoghurt naast de onaangeroerde vla. 'Wat ligt u hoog. Zal ik er een kussen onderuit halen?'

Hij haalde een kussen weg. Esthers hoofd zakte naar achteren. Het laken gleed weg. Ik zag het meteen. Het gaasje in haar hals ter hoogte van haar sleutelbeen.

Toen de verpleegkundige weg was, stond ik op en boog me over het inmiddels in helende slaap weggezakte lichaam van Esther Val-lentak. Met een beweging die ook een zorgzaam optrekken van de deken kon zijn, trok ik het gaasje los.

De kaart met de klaprozen liet ik achter op het prikbord. Ik had er mijn nulzes in genoteerd, en de vraag of ze me wilde bellen als ze weer thuis was.

31

De tafel leek kleiner, het zicht op het Gerard Douplein tussen de al wat verschoten gordijnen toonde een smalle, onherkenbare wereld. We zaten als vanouds met koekjes en thee, maar het voelde vreemd. Er was te veel gebeurd, te veel veranderd, te veel onuitgesproken. Door mij, niet door hen. Anne-Joke zag er voor haar doen ongewoon uitgerust en ontspannen uit. Ze had zo veel tentamens in één keer gehaald dat ze nu al begonnen was aan een lange studievrije zomer. Nou ja, niet helemaal, want ze ging nog wel in Hasselt een seminar volgen, en in augustus vertrok ze voor een internationale uitwisseling naar Boston. Maar voor haar was zoiets vakantie. Sanne was het tegenovergestelde. Ze zat met een handdoek over haar hoofd boven een kom met kamille in een poging haar bijholtes open te stomen. Met de paracetamol binnen handbereik en kringen onder haar ogen van in stukken gehoeste nachten probeerde ze wanhopig haar tentamen statistiek voor te bereiden en tegelijk een paper te schrijven ter afsluiting van haar traumablok.

Het lag niet aan hen, de afwachtende stiltes, de prietpraat die overal omheen draaide en bij gebrek aan vertrouwen nergens raakte aan de diepere laag van vriendschap, saamhorigheid, gemeenschappelijkheid.

Omdat ik niet wilde wat er gebeurde, zo graag wilde dat ze van me zouden blijven houden, zei ik uit een oude gewoonte om het al over de bodem schurende schip vlot te trekken: 'Wat zouden jullie hiermee doen?' Maar het moment dat de woorden hoorbaar werden, besefte ik eigenlijk al dat ik mezelf ermee klemzette. 'Wat zouden jullie met zoiets doen? Kijk eens in mijn inbox.'

Anne-Joke had net haar roze huishoudhandschoenen aangedaan om iets te gaan schoonmaken. Zonder ze uit te doen pakte ze de mobiel. Ze fronste haar wenkbrauwen en keek me verbaasd aan. 'Moet je dit horen, San. "Every move you make. Every breath you take. I watch you." Dat staat er... es kijken... één, twee...' Haar lippen bewogen terwijl ze telde. 'Twintig keer in... Wat is dit? Een stille aanbidder?'

'Geen idee. Ik krijg ze sinds een tijdje. Afzender anoniem. Of er staat onder: "Een goede vriend". Soms staat zelfs mijn eigen nulzes als afzender.'

'Anoniem? En je eigen nulzes? Kan dat dan?'

'Ja, dat schijnt te kunnen. Kijk maar op internet.'

'Sanne, wat denk jij?' Anne-Joke legde de mobiel op tafel.

Sanne hoestte. 'Meer dan twintig? Lijkt me een typisch gevalletje van stalking.'

'Jasses. Een afgewezen minnaar, Luun?' Anne-Joke ging zitten. Ze trok aan de vingers van de handschoenen.

'Ik zou het niet weten.' Misschien had ik die uit mijn geheugen gewiste Daniël afgewezen, maar dat was maanden geleden.

'Niels?' Sanne droogde haar gezicht af met de handdoek, snoot daarna langdurig haar neus.

'Niels is toch niet afgewezen?'

Anne-Joke veerde overeind alsof haar ineens iets te binnen schoot. 'Nou, wij kwamen hem laatst bij Het Veulen tegen en toen bleef hij maar over je doorgaan. Waarom je niet belde, waarom je niet meer hier woonde, nooit meer uitging. Hij vindt het zo erg dat het uit is.'

'Het is niet uit. Het is nooit aan geweest.'

Sanne greep mijn mobiel. 'Daar denkt hij anders over.' Ze las de berichten.

'Ik geloof niet dat Niels dit doet. We hebben elkaar wel vaker een tijdje minder gezien. Dit is niks voor hem.'

'Voor wie dan wel?' vroeg Anne-Joke.

Op dat moment realiseerde ik me het totale uitzichtloze van dit gesprek. Tenzij ik hen hier en nu volledig bijpraatte over de andere Luna, de Luna die allerlei nieuwe spannende mensen had leren kennen op haar zoektocht naar de waarheid. Ik had hun nooit verteld over Timo. Niets van de *security shop* waar ik langs was geweest. Niets van mijn contact met Robbie. Mijn schietlessen. Zelfs over Esther had ik nog niets verteld. Hoe zouden ze me ooit kunnen helpen vanuit dit web van list en bedrog? Ze wisten niks meer van me.

'Zo te zien gaat je een licht op. Mogen wij het ook weten?' Ondanks haar waterige ogen leek Sanne dwars door me heen te kijken.

Ik schudde mijn hoofd. Het was te ingewikkeld.

'*Forget it*. Gewoon ongein van iemand uit mijn gewiste verleden.' Ik probeerde luchtig te lachen. 'Het zal allemaal niet zo'n vaart lopen. Ik ga naar boven, een beetje muziek luisteren.'

'Je wilt het niet vertellen,' zei Anne-Joke. 'Ik weet niet, maar ik heb het gevoel dat ik je niet meer ken.' Haar stem trilde een beetje. 'Je bent veranderd. Het is niet meer zoals vroeger.'

'Je bedoelt: niet meer gezellig?'

'Je vertrouwt ons niet meer. Er is iets weg. Ik weet niet.'

'Wat vind je zelf?' vroeg Sanne. Vraag het lijdend voorwerp van gesprek hoe die zelf tegen zijn situatie aankijkt. De oplossing ligt altijd in het antwoord.

'Zelf vind ik dat we allemaal mogen bedenken wat we wel en niet zeggen en waar we wel en niet antwoord op geven. En misschien willen jullie wel te veel van me weten. Is het niet dat ik te weinig zeg, maar dat jullie te veel vragen.' Ik zocht naar argumenten om van me af te slaan.

'Je kwam zelf met een vraag.'

'Ik vraag Sanne toch ook niet waar ze soms zoveel geld vandaan heeft? Na haar escortachtige afspraakjes? En ik vraag toch ook niet waarom Anne-Joke nooit een relatie heeft? Hoe ze dat doet met neuken en zo?' De onredelijkheid joeg het bloed naar mijn gezicht, bonsde in mijn slapen. Ze hadden gelijk, maar ik had het recht op mijn eigen keuzes, mijn eigen beslissingen. Sanne vouwde langzaam de handdoek op. Anne-Jokes gezicht was verstrakt tot een masker, alleen haar ogen bewogen nog en staarden naar me.

'Je bent boos,' zei Sanne zonder naar me te kijken. 'Je bent de laatste tijd erg vaak boos. En gesloten. Dat is voor mensen om je heen moeilijk om mee om te gaan. Kun je je dat voorstellen? We willen je graag nemen zoals je bent, ook nu, maar soms is dat erg moeilijk.'

En waarom kon ik toen niet zeggen: Dat begrijp ik wel, het spijt me, jullie moeten nog een tijdje geduld met me hebben? Omdat het mijn weerstand zou hebben gebroken. Omdat het een koevoet zou hebben gezet tussen de deur die ik dicht wilde houden. En dus zei ik: 'Ho maar. Ik begrijp het al. Weet je, doe maar geen moeite. Als ik jullie in de weg zit, dan zoek ik toch een andere kamer. Makkelijk zat. Tot die tijd zit ik op de tuin, dan hebben jullie geen last meer van me. Kunnen jullie op zoek naar een gezellig iemand.'

Dat had ik een keer eerder gezegd, toen ik net uit het ziekenhuis was ontslagen. Toen hadden Sanne en Anne-Joke geprotesteerd. Nu liep Sanne met de kom naar de keuken. Anne-Joke zweeg.

'Prima, dat is dan duidelijk. Eind van de maand ben ik weg.' Ik liep naar mijn kamer. Niemand kwam me achterna. Er klonk wat gedempt gepraat beneden. Even later hoorde ik de voordeur open- en met een korte droge klik weer dichtgaan. Daarna was het stil.

32

Esther Vallentak had er niets van gemerkt. Niet van het lostrekken, niet wat ik met trillende vingers deed, terugduwen van het strookje leukoplast. De omgekeerde y die tevoorschijn was gekomen, joeg mijn hartslag op, iedere keer dat ik eraan dacht. Het voelde als een kurk die met een knal tegen het plafond was gevlogen en nu met geen mogelijkheid meer in de fles paste. Ik sprak er met niemand over. Dat was geen bewuste beslissing. Het was gewoon niet nodig. Voor wat ik moest doen, had ik niemand nodig. Geen pap of mam. Geen Sanne. Geen Anne-Joke. Geen Timo. Geen dokter Pieter.

En Froukje Dijk dan? Of haar vervanger? Die moesten hun eigen onderzoek maar doen, hun eigen conclusies trekken.

Esther was natuurlijk nog niet uit het ziekenhuis ontslagen. Ze had de klaprozenkaart misschien nog niet eens gezien. Het liefst zou ik meteen weer naar haar toe zijn gegaan om haar verder uit te horen. Zij moest dingen gezien hebben die ik niet meer wist. Omdat ik buiten bewustzijn was toen het gebeurde. Of omdat mijn geheugen nog steeds weigerde om het aan me terug te geven.

De eerstvolgende keer dat ik schietinstructie kreeg, zei de instructeur dat ik handvaster was geworden. Hij corrigeerde alleen nog de manier waarop ik mijn wijsvinger bij de trekker hield. Mijn gestrekte arm trilde niet meer. Mijn ogen bleven geopend als ik vuurde en de terugslag opving. We bekeken de schietschijven. Niet alles in de roos, maar wel behoorlijk in de buurt.

'Dit gaat heel goed. Tot de volgende keer,' zei hij.

Met een glas ijsthee gingen Timo en ik naar buiten. Het was zacht weer. Eindelijk. Tussen de avond dat ik met Sanne op het Museumplein had gepicknickt en nu zat nauwelijks een maand, maar het leek wel vorig jaar met al die regen en hagel en sneeuw tussendoor. Ze noemden het trots hun 'zonneterras', maar eigenlijk was het een stukje van de parkeerplaats. Een paar witte plastic tafeltjes en stoelen met uitzicht op geparkeerde auto's, meer was het niet.

'Zullen we straks ergens anders heen gaan?' Ik probeerde mijn stoel zo te zetten dat ik een stukje van het kanaal kon zien.

'Ik heb net bitterballen besteld.'

'Daarna dan.' Ik gaapte. Mijn kaak knakte. Alsof je op een takje trapte. Voorzichtig masseerde ik mijn wang.

'Deed dat pijn?' Timo had het blijkbaar ook gehoord.

'Valt mee. Het is alleen een eng gevoel. In het begin was ik bang dat ik mijn mond niet meer dicht zou krijgen. Of dat mijn kaak opeens aan één kant los zou laten.'

'Nu niet meer?'

'Nu niet meer.' Ik glimlachte. Alsof mijn angsten iets uit een ver verleden waren waar ik met vertedering op terug kon zien. Het schrikbeeld dat ik nooit meer van mijn paniekaanvallen af zou komen. Van de pijn in mijn pols als het weer omsloeg. De y die maar niet wilde verbleken. Ik droomde soms dat het netje dat ze om mijn milt hadden getrokken, losliet en dat hij zomaar voor mijn voeten wegrolde.

Timo keek me aan. Zo keek hij als hij zin had in seks. Ik voelde mijn lijf reageren.

'Waarom zing je het niet voor me?' vroeg ik.

Timo grinnikte. 'Zingen? Wil je dat ik zing wat ik denk? Ik kan niet zingen, hoor, dus dat is helemaal niet romantisch. Dan wil je misschien wel niet meer, dus dat riskeer ik maar niet.'

'Waarom stuur je me dan steeds regels van dat liedje? Ik heb de boodschap wel begrepen hoor.'

Timo opende zijn mond, maar voordat hij iets kon zeggen kwam er iemand aan lopen met de bitterballen. Vlak achter hem liep Scott. Hij werd een silhouet toen hij met zijn rug naar de zon bij ons tafeltje bleef staan.

'Alles goed?' Ik kreeg de indruk dat de vraag alleen aan mij werd gesteld. Hij bleef mij aankijken totdat ik ja had gezegd. Daarna ging hij zitten.

'Lekker. Bitterballen.'

'Haal zelf maar,' zei Timo terwijl hij het bordje naar zich toe trok.

Scott keek onderzoekend van mij naar Timo. Haalde toen zijn schouders op en liep naar binnen. Ik keek hem na. Timo en hij liepen op dezelfde manier. Een beetje naar voren geleund, alsof ze iets voort moesten duwen.

Even later kwam hij terug met een blad met drankjes en zakjes chips. 'Ik trakteer.' Hij wierp een zakje naar Timo, die misgreep en het van de grond opraapte.

Terwijl Scott de drankjes op tafel zette, zag ik dat zijn rechter hand gezwollen was. De pink was zo dik als een worstje. De nagel een beetje blauw.

'Was die stok op je kop niet genoeg?' vroeg ik.

'Die kleine krengetjes van mijn vader hebben dat op hun geweten.'

Krengetjes? Ik dacht aan de tweeling die hier de vorige keer rond had gerend. Verlegen kleine roze meisjes.

'Mijn eigen schuld. Te wild spelletje. Pink tussen de deur. Het lijkt erger dan het is.'

Op de parkeerplaats stopte een auto. Brede velgen, glimmende grille, extra koplampen. De lage zon weerkaatste in de voorruit.

'Hé, ik moet gaan. Sorry. See you.' Hij liep snel naar de auto. Het achterportier zwaaide open. De auto trok zo snel op dat de wielen slipten over het grind.

Na het vertrek van zijn neefje knapte Timo zienderogen op. Hij voerde mij een bitterbal, streelde met zijn ogen mijn gezicht, klemde onder de tafel mijn benen tussen de zijne. Het zonneterras lag inmiddels in de schaduw.

'Ik moet even plassen. Zullen we daarna weggaan? Ik krijg het koud.'

'Ik maak je weer warm.'

Mijn mobiel trilde toen ik mijn handen stond af te drogen.

'Every breath you take...' Man, werd dit niet een beetje flauw zo langzamerhand? Ik had ook helemaal niks met Sting. Het was meer de muziek van mijn ouders. Net als de Rolling Stones, ook voor bejaarden.

'Doe nou maar niet meer,' zei ik tegen Timo.

'Wat?'

'Kom op, Timo. Dit is niet leuk meer.'

'Wat dan?'

'Ja, hallo. Dit.' Ik sjoelbakte mijn mobiel naar hem toe. 'Wat wil je nou eigenlijk zeggen, Timo? Dat je me in de gaten houdt? Waarvoor? Ik ben hier toch?'

Timo zweeg. Hij leek na te denken. Toen zei hij, terwijl hij de telefoon terugschoof: 'Die onzin heb ik je niet gestuurd.'

Hij keek me niet aan. In de verte klonk het geluid van auto's over de snelweg.

*

De zon stond nog niet zo hoog, maar was al warm. Hij kon de lente voelen. Warm op zijn gezicht als hij het een beetje optilde. En
warm op zijn knieën in de nieuwe grijze broek die hij aanhad. Een
broek met een vouw en omslagen die net boven de veters van zijn
schoenen hingen. Hij had een keer eerder zo'n broek gehad. Als
hij naar zijn pijpen keek en dan zijn ogen dichtdeed was hij weer in
de kerk. Met aan de wand van die schilderijen gemaakt met lapjes
en stukjes touw. Naast de kist brandde een dikke gelige kaars. Alles
was grauw en koud en rook naar oude koffie. Zijn moeder huilde
niet, maar hij zag het wit van haar knokkels toen ze haar hand op
zijn knie legde.

Misschien had hij de broek niet moeten nemen. Hij hield er niet
van als dingen gedachten aan hem doorgaven. Hij kon zelf wel
denken, daar had hij geen hulp bij nodig. En soms, als hij niet goed
geslapen had bijvoorbeeld, dan wilden de gedachten de hele dag
niet meer weg. Hij schoof naar de andere kant van het bankje. In
beweging blijven. Dat was het enige wat hielp.

Een vuilniswagen draaide de straat in. Stopte aan de stoeprand
voor de Argentijnse grill. Twee mannen begonnen zakken en dozen in de open achterkant van de wagen te gooien.

Aan de overkant kwam een vrouw aanlopen. Hij wilde niet naar
haar kijken, maar toch keek hij. Naar haar wiegende heupen, de
lichtgekleurde kuiten onder de dunne stof van haar rok. Ze lachte
naar de vuilnismannen, boog toen voorover en liet ratelend het
rolluik omhoogkomen. Van die winkel. Die winkel die daar niet
zou moeten zijn. Die smerige, hoeren, neuken, geslachtswinkel.
Nee, dit moest hij niet doen. Niet toelaten. Hij streek over de
grijze stof van zijn broek. Hij moest ze kalmeren. Te vriend houden. Afleiden. Zijn bovenlijf begon als vanzelf heen en weer te
wiegen.

het ontwaken van

Naar voor, naar achter.

het ontwaken van
de stad
Voor. Achter.
het ontwaken van
de stad, geloken ogen
Die had zij niet, geloken ogen. Zij van de winkel.
het ontwaken van
De vorige ook niet. Niet wat hij onder geloken verstond tenminste.
het ontwaken van
de stad, geloken ogen
ratelen open
Het was tijd om te gaan lopen.

33

'Mick blijft nog even in dat lekkere warme land.' Mijn moeder stond met haar rug naar me toe en schuimde melk op voor de cappuccino. Ze klonk zo opgewekt dat ik onmiddellijk wist dat ze het vreselijk vond. Ze gaf me de ansichtkaart waarop Mick zijn mededeling had gekrabbeld. Ze wist precies hoeveel dagen hij al weg was en bewaarde al zijn e-mails, kaarten en sms-berichten. Ze had mijn vader zijn oude kamer laten overschilderen. Bij de Hema had ze nieuwe gordijnen laten maken. Ik vroeg me af of hij erg veranderd zou zijn. Hij voelde zo ver weg. Ze hadden me verteld dat hij bij me was geweest in het ziekenhuis, maar ik had er geen herinnering aan. Ik had hem nu zeker een half jaar niet gezien.

'Waarom gaan jullie niet even op vakantie?'

'En het tuinseizoen dan, lieverd? Daar kijken we het hele jaar naar uit.'

'Dan gaan jullie nu. Of over een paar weken.'

'Nee, het kan niet, we staan voor van alles ingeroosterd. Als je vader niet ergens voor aan de beurt is, dan ik wel.'

'Dat kun je toch wel ruilen met iemand, met Chris en Bert bijvoorbeeld.'

'En jij dan?' zei ze. 'Nee hoor, dat wil ik niet. Dan maak ik me over jou weer zorgen.'

'Ik red me wel.'

Ze keek me aan en zei niets.

'Moet je eigenlijk niet naar college?'

Ik schudde mijn hoofd, wist niet meer of ik iets verteld had van het studieadvies. Dat ik weer bij EroticYou werkte, had ik in ieder geval niet verteld. Bij voorbaat voelde ik me niet opgewassen tegen de bezorgdheid die ik zou oproepen.

'Ik denk er sowieso over om mijn kamer een tijdje te verhuren. Sanne en Anne-Joke willen dat ook doen. Aan summerschool-studenten of zo. Die komen begin juni en dan zou ik dus eigenlijk best graag op de tuin willen zitten.'

'Ik denk niet dat ik je vader zover kan krijgen.' Ze glimlachte naar me. Het was duidelijk dat zij de beslissing al genomen had: geen vakantie in het tuinseizoen.

In het café tegenover mijn huis wachtte ik tot Anne-Joke en Sanne allebei weg waren. Toen ging ik het huis in. Het voelde alsof ik iets deed wat niet mocht, terwijl het toch echt nog mijn huis was. Ik liep door de kamers en verzamelde alvast een paar plastic tassen met spullen om mee naar Texel te nemen. Als mijn ouders weg waren, schoof ik stiekem wat dozen bij hen op de vliering. Voor de grote dingen, zoals mijn bed, de boekenkast en mijn bureau kon ik misschien overname vragen. Zelf had ik het bed ook overgenomen, de boekenkast was minstens tiendehands met die doorgezakte planken. Ik haalde het bed af en propte het wasgoed in een vuilniszak, die ik bij mijn kamerdeur klaarzette. Alle verwarrende en pijnlijke gevoelens omdat ik hier wegging, stopte ik weg. Net als het verlies van mijn vriendschap met Anne-Joke en Sanne. Ik had er een gat voor gegraven en stampte de aarde flink aan. Zolang ik me concentreerde op dingen doen, kon ik mezelf voorhouden dat ik wist wat ik deed. En dat wat ik deed ook was wat ik wilde.

Misschien was het deze daadkracht die me overhaalde om niet langer af te wachten en nogmaals naar Esther Vallentak te gaan. De bezetting van de kamer was totaal gewijzigd. De oude Tinkerbell was zo te zien naar huis. Het bed was leeg en opgemaakt. Vreemd genoeg stond de televisie aan. Besluiteloos bleef ik in de deuropening staan. Om het bed van Esther Vallentak zaten vijf mensen. Ze hielden elkaars hand vast en hadden hun ogen gesloten. Ik hoorde iemand iets zeggen, het klonk als een gebed.

'Zuster Esther hoeft zich geen zorgen te maken, Heer. Want Uw discipel Petrus schreef in Petrus 5, vers 7: "Werpt al uw bekommernis op Hem, want Hij zorgt voor u." Amen.'

'Halleluja. Amen,' mompelden de anderen.

Een vrouwenstem: 'Iemand zei eens: "Wanneer je je zorgen maakt, ben je als een schommelstoel. Je hebt veel te doen, maar het brengt je nergens."'

Weer klonk er instemmend gemompel.

'Laten we Hem lof geven. En de aanbidding in ons hart. Amen.'
Alle aanwezigen stonden tegelijk op. Een voor een raakten ze Esthers handen aan en zeiden vriendelijk: 'Gods zegen, zuster Esther.'

'Er staat nog meer bezoek op je te wachten, zuster Esther.'
Ik had de Surinaamse man bij de wastafel niet zien staan. Hij knikte naar me, ritste zijn jack met het embleem van het gemeentelijk vervoersbedrijf dicht en lachte zijn tanden bloot.

'De volgende eredienst zul jij weer in ons midden zijn, zuster Esther. Vertrouw op Hem.'
Ze verdwenen allemaal naar de gang. Toen ze weg waren, kreeg ik zicht op een plastic tas op het voeteneinde van haar bed. Het dek lag opengeslagen. Ze had mooie benen, Esther Vallentak, ze staken bruin glanzend uit onder een zijden nachthemd. Het hoofdeinde stond half omhoog. Ter hoogte van haar heup lag een gegipste arm, de andere hing in een mitella. Op het prikbord hing mijn klaprozenkaart nog precies zoals ik die daar had achtergelaten.

'Dag mevrouw Vallentak, Esther.'
'Luna.' Ze probeerde een beetje overeind te komen, ik verbeeldde me dat haar lippen probeerden te glimlachen.

'Weet u nog dat ik hier een paar dagen geleden was?'
Ze knikte. 'Natuurlijk. Je mag wel "je" zeggen, hoor.'

'Hoe gaat het met je? Je ziet er al beter uit.' Eigenlijk moest ik zeggen: 'het' ziet er al beter uit. Ze was los van zuurstof en infuus, en de spalk op haar neus was vervangen door een smalle strakke pleister. Maar in haar gezicht zaten vreemde vochtophopingen en de zwaartekracht trok de bloeduitstortingen rond haar ogen over haar hele gezicht. Zelfs op een bruine huid was dat goed te zien. Ik voelde meteen weer mijn eigen ogen achter de zwellingen en mijn schedel bonkte als een speaker die op het punt stond opgeblazen te worden.

'Dank je. Ik kan je nu beter zien.' Haar korte haar, dat de vorige keer met een soort vet plat tegen haar hoofd geplakt leek, begon nu boven haar oren te kroezen.

'Pijn?'
De hand in de mitella bewoog in een gebaar van zozo. 'Word

goed verzorgd, hoor. Iedereen is lief. Neem een stoel.'

Uit de plastic tas kwam de geur van kerrie.

'Vind je het eten hier niet lekker?' zei ik met een hoofdbeweging naar de tas. Speeksel hoopte zich op onder mijn tong.

'Maak maar open. Wat is het?'

'Roti kip, geloof ik.'

'Neem maar.'

'Echt? Maar het is voor jou.'

'Geef. En u zal gegeven worden,' antwoordde ze. Ondanks haar gehechte bovenlip en de zwellingen sprak ze zorgvuldig. En met een mooie zangerigheid.

Even later kloof ik aan een kippenpoot en scheurde stukjes van de roti. Esther wilde wel een hapje rijst.

'Wanneer mag je naar huis?'

'Weet niet.'

'Herinner je je ons gesprek nog?'

'Jawel.'

'Er was iets wat ik niet goed begreep. Je had het over de tong van de duivel. Weet je dat nog?'

Ze stak haar tong een beetje uit. 'Piercing.' Er viel rijst op haar kin.

'Je bedoelt dat een van de overvallers een piercing in zijn tong had?'

Esther knikte.

'En je hebt teruggeslagen, zei je.'

'Hm. Met een honkbalknuppel. Tok, zei die. Auauauau.'

'Dus je hebt hem geraakt?'

'Jawel. Ik kan goed mikken, hoor.' Ze snoof.

'Waar heb je hem geraakt, Esther? Kan er bloed op die knuppel zitten? DNA? Heb je al met de politie gesproken?'

Ze bewoog haar vingers. Keek naar haar gipsarmen. Haar hoofd wiegde van voor naar achter, heen en weer. 'Ze waren te sterk. Toen zij mij... Allebei gebroken.'

'Waar heb je hem geraakt? Esther?'

'Moe,' zuchtte ze. 'Ik ben moe.'

'Esther. Heel eventjes nog.'

Maar Esther viel in slaap. Zo abrupt als een kind, een hondje halverwege een blaf.

Ik kon me geen piercing herinneren. Het enige glimmende beeld dat zich ergens in mijn hersenen bevond, gaf licht. Strepen licht over de vloer. En er was iets met een flikkerend lampje, iets dat flakkerend over de grond stuiterde, of naast mijn hoofd lag. Maar het waren flitsen die weg waren voordat je ze kon duiden. Eigenlijk wist ik niet eens zeker of ze wel echt waren of verzinsels. Of nog erger: beschadigingen van mijn netvlies. Ik probeerde zachtjes aan het bed te schudden. Raakte Esthers schouder aan. Ze gaf geen sjoege.

'Zal ik dat maar meenemen?'

Ik herkende de verpleger die de vorige keer haar kussen had goed gelegd.

'Heeft ze er iets van gegeten? Wat wij haar voorzetten, blieft ze niet. Ze is heel kieskeurig.'

'Ze heeft een beetje rijst gegeten. Hoe gaat het met haar?'

Hij keek me onderzoekend aan. 'Was je hier laatst ook niet?' Ik voelde me betrapt. 'Ja, zie je wel. Ik vergeet nooit gezichten. Iemand zou haar moeten overhalen om aangifte te doen. Tot dusver wil ze niet praten met de politie. Haar broeders en zusters van de Pinkstergemeente raden het haar af.'

'Ik zal mijn best doen.'

'Ze heeft het aldoor over vergeving.' Hij liep hoofdschuddend weg.

Esther gromde in haar slaap. Met een schok werd ze wakker.

'Sliep ik?'

'Heel even.'

'Waarom wil je alles weten?' vroeg ze ineens helder.

'Jij en ik kunnen ervoor zorgen dat het niet weer gebeurt.'

Esther zuchtte alsof ze zich ergens tegen probeerde te verzetten. Schudde haar hoofd.

'We moeten vergeven. Zelfs onze ergste vijand.'

Vergeving. Echt? Hoe was het mogelijk dat je met twee gebroken onderarmen en een tot moes geslagen gezicht wilde vergeven. Ik rukte de hals van mijn sweatshirt naar beneden.

'Kijk, Esther. Weet je wat dit is?'

'Nee. Wat is het?'

'Daar hebben ze een mes in gezet. Het is een boodschap. Dezelfde die jij daar hebt.'

Esther schrok. 'Heb ik een boodschap? Ben ik getekend?'

'Kijk zelf dan.'

In de lade van haar bedkastje lag een spiegel. Er lag ook een lipstick. En een nagelvijl. Vreemde attributen voor iemand die beide handen niet kon gebruiken. Voor de tweede keer sinds we elkaar kenden, pulkte ik de leukoplast los. Esther staarde in de spiegel die ik haar voorhield. Zei niets. Ik vroeg me af wat ik nog kon doen. Wat ik kon zeggen om haar te overtuigen.

'Genoeg. Ik heb het gezien. Nu moet je weggaan.'

Ik vocht tegen tranen van teleurstelling en woede over de klootzakken die Esthers genade kregen voor wat ze haar hadden aangedaan. En mij. En Debbie. En alle mensen om ons heen. Ik zocht in mijn rugzak.

'Hier, voor jou. Ik heb er veel aan gehad, toen.' Ik legde de oversized zonnebril op het nachtkastje. 'Bel me als je je bedenkt, mijn telefoonnummer hangt achter je, in de klaprozen.'

'Gods zegen, Luna. Heb vertrouwen.'

Toen ik achteromkeek had ze haar hoofd weggedraaid en staarde ze naar het raam vol regenwolken.

34

Twee keer fietste ik heen en weer tussen de Gerard Dou en Amsteloever. Ik hoopte dat de fysieke inspanning de malende gedachten zou verdringen. De eerste keer lukte dat aardig; mijn conditie was de laatste tijd flink vooruitgegaan door het werken in de tuin. De tweede keer stapte ik voor de terugweg met fiets en tassen in de metro. Het liep tegen vieren toen ik door de toegangspoort van Amsteloever reed. Vanaf de parkeerplaats hoorde ik een auto met zo'n vaart wegrijden dat een stofwolk boven de taxushaag uitsteeg. Het lawaai stierf weg en maakte plaats voor de vertrouwde tuingeluiden. Tsjilpende vogels, geritsel van bladeren, altijd wel ergens een heggenschaar of grasmaaimachine. Slingerend met mijn topzware fiets reed ik naar Texel. Het hekje stond open. Tegen het huisje van Chris en Bert stonden twee bemodderde maar daaronder gloednieuwe hybridefietsen en de deur stond open. Gezellig, weer wat aanspraak.

In het schuurtje stapelde ik de tassen met keukenspullen op de vuilniszakken met winterkleren en schoenen. Het tuingereedschap had ik zolang tegen de buitenwand gezet of, als het niet wilde blijven staan, in het gras gelegd. Om bij de waterkant te komen moest je nu over de maaier, de hark, de hooivork, de panschop, de grassikkel, de waterslang en een batterij gieters en emmers heen stappen. Als het ging regenen moest ik alles snel binnen zetten anders zou ik ruzie krijgen met mijn vader. Mijn moeder tuinierde, mijn vader onderhield het gereedschap.

Ik droogde mijn gezicht en schonk mezelf een glas cola in. Net toen ik mijn doorzwete T-shirt uittrok om een ander aan te trekken, hoorde ik een klopje op de geopende deur en stond Bertine in de deuropening.

'Sorry.' Ze grijnsde naar mijn blote bovenlijf.

'Hai, ik dacht al dat jullie weer terug waren,' zei ik terwijl ik met mijn rug naar haar toe snel een niet schoon maar wel droog shirtje aantrok.

'Zo, wat ben jij een sprinkhaan. Hoe blijf je zo slank?'

'Hoe was Schiermonnikoog?' We gingen het even niet hebben over mijn lijf. Bertine zag er bruin uit. Op het Waddeneiland was het blijkbaar mooi weer geweest. In haar hand had ze een snoeischaar die eruitzag als die van mijn moeder.

'Leuk, lekker, goed voor ons allebei. We zijn net terug. Wat ik trouwens vragen wilde: ben jij hier steeds geweest?'

'Ja. Behalve eergisteren, toen heb ik een nachtje...' Ik wilde in de Gerard Dou zeggen, maar boog het om naar '...ergens anders geslapen. Maar ik blijf nu weer hier. Voorlopig.'

'Is jou vanmorgen iets opgevallen?'

'Zoals wat?'

'Had je het hekje afgesloten toen je wegging?'

'Ja, dat doe ik altijd.'

'Toen wij hier vanmiddag aankwamen, stond het hek namelijk wagenwijd open.'

'Wat raar.' We keken naar ons gemeenschappelijke toegangshek op het bruggetje. Ik wist zeker dat ik het op slot had gedaan. Bijna zeker. 'Zijn jullie iets kwijt?'

Bertine schudde haar hoofd. 'Jij?'

In Texel was het een beetje onoverzichtelijk geworden sinds ik er van alles naartoe gesleept had, maar volgens mij was er niets weg.

'Je moest het even weten, vonden we. Ook omdat meneer Hoekstra zei dat hij hier een paar keer vreemden heeft zien rondlopen.'

Meneer Hoekstra. De man van de herder. 'Hier? Op ons eilandje?'

'Dat weet ik niet, in ieder geval op de tuin. Jongens. Van een jaar of twintig. Geen kennissen van jou dus?'

'Ik zou niet weten wie.'

'Vrienden van je nieuwe vriendje?'

'Dat zou Timo toch wel gezegd hebben.'

'Hoe het ook zij, vanaf nu is Chris er ook weer om het fort te bewaken. We hoeven dus geen waakhond.' Bertine gromde om haar woorden kracht bij te zetten. Nog een vrouw die gromde, voor de zoveelste keer die dag moest ik aan Esther Vallentak denken.

Ik keek naar buiten. Chris trok de zonwering omhoog en stak haar hand op. Haar gebaren waren energieker dan voordat ze wegging. Ze zette de vliegenhorren in de ramen en liep met twee gieters naar de sloot.

'Het gaat beter met Chris. Van de ene dag op de andere. Alsof ze ineens ergens doorheen brak.' Ze knipte met haar vingers. 'Ik ben blij. Het duurde te lang. Met tijd alleen kwamen we er niet.'

'Fijn.'

'Trouwens, was je deze soms kwijt?' Ze hield de snoeischaar omhoog.

'Ja. Ik dacht al.'

'Die lag daar op het pad.'

Er was niets te zien aan het slot van het hek. De sleutel liet zich soepel in de cilinder steken en bewoog moeiteloos heen en weer. Waarschijnlijk had ik toch niet goed afgesloten. Of gewoon vergeten. Mijn geheugen haperde kennelijk zo nu en dan nog. Ik sleepte een stoel naar buiten en ging zitten. Voelde me moe en opeens ook een beetje onzeker. Eerst maar eens flink wat eten. Sprinkhaan, dat wilde ik niet. Op dat moment belde Timo.

'Hé, baby, ik mis je, waar ben je?' zei Timo.

'Op de tuin, waar ben jij?' Mijn lichaam ontspande. Ik dacht aan Timo's mond aan de andere kant van de lijn, zijn tong. Zijn vingertoppen op mijn huid. Zijn heupen op de mijne.

'Thuis, op mijn kamer,' zei hij.

Ik hoorde auto's. 'Wat is dat voor lawaai?'

'De straat. Wacht, ik doe het raam even dicht.'

Ik was nog nooit bij Timo thuis geweest, had geen beeld van zijn kamer. Ik hoorde iemand praten.

'Wie is er bij je?'

Hij beantwoordde de vraag niet, maar zei: 'Ik wil graag met je afspreken.'

Weer zei iemand iets op de achtergrond en klonk de afgewende stem van Timo, die heel nadrukkelijk 'nee' zei. En toen: 'Laat mij nou.' En vervolgens: 'Ik... doe mijn best, oké?'

'Daar ben ik weer. Sorry.'

'Wie is dat toch steeds?'

'Mijn... moeder. Ze... laat maar. Ik heb mijn kamerdeur op slot gedaan. Waar waren we gebleven?'

De stem had veraf geklonken en onverstaanbaar, maar niet als die van een vrouw.

'Zullen we een andere keer afspreken? Ik heb het druk.'

'O. Waarmee?'

'Met van alles.' Zijn vraag irriteerde me opeens. 'En jij ook, met je bezoek.'

'Ik heb geen bezoek. En ik mis je,' zei hij opnieuw. Zijn stem zakte, alsof niemand hem mocht horen. 'Zullen we anders even droog seksen? Ga even op ons bed daar liggen.'

De opwinding die er zo-even geweest was, verdween. 'Ons bed' was als hij er niet was gewoon het bed van mijn ouders. Het was warm, er waren muggen, en ik was moe. Van het heen en weer fietsen. Van de ruzie in de Gerard Dou, van weer iets vergeten zijn. En van een vriendje dat lekker was in bed, maar aan wie ik verder weer niks had. Die loog over flauwe sms'jes, over met wie hij was. Net zo'n opportunist als Niels. Ik had veel zin om een potje te janken. In mijn eentje.

'Waarom zeg je niks?'

'Ben jij vandaag soms op de tuin geweest? Toen ik er niet was?'

'Waarom zou ik?'

'Ik weet het niet. Omdat je me in de gaten wilt houden? Omdat je me niet vertrouwt?'

'Waarom zou ik je niet vertrouwen?' Hij vloekte, zijn stem schoot uit. 'Natuurlijk was ik niet op die klotetuin. En ik sms je ook niet. Capice?'

Capice?

'Ik mag het toch wel vragen?'

'Ik word doodziek van dat gedoe met jou. Je moest eens weten wat ik allemaal... Weet je wat jij doet? Zoek het lekker uit.' Er volgden nog wat scheldwoorden, daarna drukte hij ons gesprek abrupt weg.

Toen ik terugkwam van het toiletgebouw, begon het al te schemeren. Ik had een lange, hete douche genomen en die had me goed gedaan. Mijn tranen waren door het afvoerputje verdwenen. De grote warme zak frites die ik in mijn hand had, zou de rest doen. Door mijn natte haar woei een briesje. Ik rook naar zeep en genoot van mijn schone kleren. Mijn teenslippers kletsten tegen mijn hielen.

Op het Mezenlaantje was het stil. Het was duidelijk etenstijd. Vanuit de tuinhuizen dreven geuren van sperziebonen, knoflook, gebraden vlees.

Meneer Hoekstra liet zijn herder naar buiten, die meteen blaffend op mij af kwam rennen.

'Af, Trudy, foei. Dat moeten we niet hebben,' zei hij tegen mij. 'Aan de wandel?'

De zwoele lucht van de sering naast zijn tuinhek paste slecht bij zijn strenge uitstraling.

'Kunt u misschien die jongens beschrijven die u hier eergisteren gezien hebt.'

'Tja. Het was laat. Elf uur. Twintigers. Spijkerbroeken. Petjes. Ze lijken allemaal op elkaar tegenwoordig. Moeilijk te zeggen. Misschien wel Marokkanen.'

'Weet u zeker dat het geen bezoekers waren van iemand hier?'

'Ik weet niet. Nooit eerder gezien. Ze groetten me ook niet. Wacht.' Hij liep weg en kwam even later terug met wat eruitzag als een kaart. 'Kijk, vanmiddag door de BB gevonden tussen de struiken.'

Op de heg, onder het schijnsel van de lantaarn vouwde hij de kaart uit die de werkgroep Biologische Bermen had gevonden. Het was een plattegrond van Amsterdam.

'Kijk.' Zijn eeltige vinger wees naar kruisjes op de kaart. 'Vreemd hè? Hier Amsteloever. Daar. Nut en Genoegen. Deze. Buitenlust. En die. Sloterdijk, de yuppentuin. Een patroon, niet?'

'Wat valt er te halen op al die tuinen?'

'Wat dacht je van zonnepanelen? Een goudmijn.'

'Gebeurt dat niet vooral in de winter?' Mijn ogen dwaalden over de kaart van de buitenste ring naar de binnenstad. Ook daar waren kruisjes aangebracht.

'Hier staan ook kruisjes. Maar dit zijn geen tuincomplexen.'

'Nee.'

'Mag ik de kaart heel even lenen?'

Ik zag meneer Hoekstra aarzelen.

'Ik breng hem morgen terug.'

'Morgen. Dat is goed.'

Zo snel als mijn teenslippers toelieten liep ik verder, hopend dat mijn frites nog niet helemaal koud waren geworden.

35

Terug in het huisje propte ik de lauwwarme frites naar binnen met grote klodders mayo, en toen die op was met piccalilly. Mijn vingers werden er geel van. De kaart lag uitgespreid naast het plastic bakje. Wat het ook was, het was geen plattegrondje dat een avontuurlijke toerist uit handen was gewaaid. Het was de volledige kaart van Amsterdam en omstreken. Intensief gebruikt, met ezelsoren op de hoeken en meerdere malen tegen de vouwrichting in omgevouwen. Er stonden ongeveer dertig kruisjes op. De meeste kon ik niet thuisbrengen, maar ik kon wel zien dat het geen bezienswaardigheden waren, geen musea, geen theaters. Drie kwamen overeen met plekken die ik meteen herkende: het Spui, waar EroticYou zat, om de hoek de Heiligeweg, waar de winkel van Esther zich bevond. En ten zuidoosten van de stadsgrens: tuincomplex Amsteloever. In de binnenstad stonden nog meer kruisjes, maar ook in de Jordaan, Oud-Zuid en in de Pijp. Bij diverse volkstuinen. Dus wat was de verbindende factor? Het enige verband dat ik zag, was ikzelf: ik werkte bij EroticYou, kende Esther en woonde tijdelijk op Amsteloever. Er stond geen kruisje in de Gerard Dou. Het was bij meerdere mensen bekend waar ik gewerkt had en waar ik woonde, maar niemand was ervan op de hoogte dat ik Esther kende en dat ik vandaag verhuisd was.

Overvallen? Stel dat deze kaart de blauwdruk was voor een serie geplande overvallen. Wat deed de tuin er dan tussen? En die andere tuinen. Zou Esther ook een tuin hebben gehad soms? Maar de overvallen waren toch niet tegen ons als persoon gericht geweest? Er waren spullen gestolen, de kassa was leeggehaald. Wat EroticYou en de winkel van Esther met elkaar gemeen hadden was dat ze relatief klein waren en in een druk winkelgebied lagen. Esther werkte meestal alleen. Debbie en ik waren samen geweest. Maar Debbie was ook vaak alleen geweest. Misschien hadden ze indertijd niet op mij gerekend. Hadden ze gedacht dat Debbie die avond alleen zou zijn?

Debbies gezicht schoof voor de kaart. Ze lag naast me. Haar vingers kropen naar de mijne. Pakten mijn hand. Ze keek me aan. Haar lippen bewogen. Ze fluisterde iets, terwijl er een lichtflits langs ons heen schoot. Wat betekende dat toch? Het lukte me maar niet om erbij te komen. Net als een naam die op het puntje van je tong ligt.

Ik schonk mezelf een biertje in, sloot de gordijnen in de slaapkamer. Buiten was het stil, op het gekwaak van kikkers na. Zo nu en dan knerpte er iemand over het pad aan de andere kant van het bruggetje. Wat moest ik doen, wat werd mijn plan? Want dat ik iets moest doen, was een besluit. Unaniem genomen op deze vergadering met mezelf.

De vraag was alleen hoe. Waarschuwen. Die mensen moesten hoe dan ook gewaarschuwd worden. En de politie. Nee, andersom, eerst de politie en zij vervolgens de winkeliers. Maar zouden ze dat doen? Overbelast, onderbezet, zwangerschapsverlof, zaak nog net niet geseponeerd. Hoewel, dat wist ik niet eens zeker, misschien inmiddels wel.

Mijn benen voelden zwaar van het fietsen met tassen achterop en aan het stuur van de Gerard Dou naar hier. Mijn ogen prikten, net als wanneer ik een hele nacht had doorgestudeerd voor een tentamen. Toch voelde ik me helder. Met kleren en al ging ik op bed liggen. Niet om te slapen. Om na te denken. Over hoe ik het moest aanpakken.

Tegen de ochtend wist ik het. Het was niet briljant. Misschien zelfs wel stom. Maar het was beter dan niets. Dit moest ergens stoppen. Alles beter dan dat er weer een vrouw in elkaar geslagen werd door een stelletje... Nee, niet zeggen, concentreer je op rust, op slapen. Energie verzamelen voor wat je morgen gaat doen.

Op tafel begon mijn mobiel te zoemen als een nijdig insect. Terwijl ik koffiedronk, las ik het sms-bericht. Anne-Joke. Of ik de citruspers had meegenomen. Die was van haar. Uitroepteken.

Ik borstelde mijn haar en gooide de deur open. Met een herrie van jewelste knalde hij ergens tegenaan. Kletterend vielen dingen om. Gealarmeerd stapte ik naar buiten. Brak bijna mijn nek over de hark. Voor de deur lag het tuingereedschap. En tegen de wand van het schuurtje stond alleen nog de grondboor. Had ik een of andere regel van de tuin overtreden? Mocht je geen dingen buiten laten staan? Was dit een vluchtroute? Snel mikte ik alles weer achter het huisje. Hier moest ik later over nadenken. Nu had ik iets anders aan mijn hoofd.

Ik stopte de plattegrond plus waterflesje plus een appel in mijn tas en fietste met een boog om het huisje van meneer Hoekstra heen het park af, de motregen in. Bij de eerste de beste kopieerwinkel die ik tegenkwam kopieerde ik de gemarkeerde stukjes van de kaart. Daarna begon ik aan een route langs de kruisjes en probeerde in te schatten welke winkels targets konden zijn. De kruisjes besloegen soms een heel blok, soms, zoals in de Jordaan, zelfs meerdere straatjes. Maar ik ging op zoek naar de winkels die in het patroon leken te passen: kleine winkels met dure artikelen en weinig personeel, misschien alleen een vrouw. Eerst keek ik in de etalage en zo mogelijk erdoorheen de winkel in. Als alles leek te kloppen ging ik naar binnen.

De eerste winkel was er een voor luxe schrijfgerei. Op de deur stond: 'Voor uw veiligheid en de onze, is deze winkel beveiligd met camerabewaking.' Dat zei dus helemaal niks. EroticYou had ook camerabeveiliging gehad. We hadden zelfs een alarmknop gehad. Maar daar moest je dan wel bij kunnen.

'Kan ik u ergens mee helpen,' vroeg een vrouw van middelbare leeftijd. Ze was onberispelijk gekleed en bekeek me taxerend. Ik zette mijn capuchon af, schudde mijn haar en lachte mijn vriendelijkste glimlach.

'Mag ik even rondkijken?'

'Jazeker. Deze doen?' vroeg ze aan de enige andere klant. Ze maakte een cadeauverpakking van een zwartleren organizer en rekende af. De winkelzoemer neuriede ten afscheid, er dreef straatrumoer binnen. Voor de etalage hielden mensen even stil, liepen weer door. Ik keek zo onopvallend mogelijk rond naar de beveiliging. Er waren rolluiken. Camera's, als die tenminste echt waren, waren op de deur en op de kassa gericht. Net als bij EroticYou. In de vitrine achter in de smalle winkel lagen de duurste artikelen, gouden vulpennen. Designbureauaccessoires.

'Wat zoekt u precies?'

'Een pen.'

'Voor uzelf?'

'Nee. Voor mijn vader.' Mijn vader was geen schrijver, dat was mijn moeder. Pap priegelde hooguit zijn initialen onder aan de ansicht of verjaarskaart.

De vrouw trok de lade onder de toonbank open en legde een paar mannelijk ogende vulpennen voor me neer. 'Zoiets? Mont Blanc. Robuust. Ligt lekker in de hand. Al is dat voor iedereen erg persoonlijk. Levenslange garantie.' Haar nagels waren roodgelakt. Ze droeg een ring met een kunstige slangenkop erop.

'Mooi, deze.' Ik pakte de pen op. Het was stil in de winkel, ik was de enige klant. Zo zou het zijn, op die koopavond volgende week, volgende maand. Ik kon me nu voorstellen dat mensen soms van angst in hun broek plasten.

'Mag ik u iets vragen?'

De vrouw verplaatste haar gewicht naar haar andere been, trok heel licht de wenkbrauwen op. Ik zag ineens dat ze een kogelrond wratje op haar voorhoofd had, dat mee omhoogbewoog. Wat moest ik doen als ze me niet geloofde. Of de politie belde.

'Laat maar,' zei ik. 'Ik moet er nog even over nadenken. Dank u wel.'

Onverstoorbaar legde ze de pennen weer terug, gewend aan besluiteloze klanten. Ik deed een stapje achteruit. Voelde dat ik haar aandacht al niet meer had. De vrouw nam een risico, ze wist het niet, maar ze nam een risico. Dit was het moment dat ik had kunnen toeslaan. Achter de toonbank had kunnen komen, haar tegen de grond had kunnen werken.

Bij de deur draaide ik me om en zei: 'Er zijn aanwijzingen dat uw winkel binnenkort overvallen gaat worden. Ik kan u niet uitleggen hoe ik dat weet. Maar u kunt me beter geloven.' Zonder te wachten op haar reactie stak ik de straat over en verdween snel tussen de mensen.

Na een paar keer begon ik er handigheid in te krijgen. Adres selecteren. Winkel in. Boodschap. Zo snel mogelijk weg. Die mensen waren te verbouwereerd om iets te vragen of achter me aan te komen. Ik zeg 'mensen', maar het waren op één na allemaal vrouwen.

36

Net als de dag ervoor was het toch nog lekker weer geworden in de loop van de middag. Met mijn sweatshirt om mijn middel gebonden kocht ik een ijsje in de kantine. Ik had mijn best gedaan. Nu was het ieder voor zich.

'Heb je niet kleiner?' vroeg de vrijwilligster die ook de speeltuin in de gaten moest houden. 'Anders schrijf ik het wel op. Het Nestje toch? Ik moet eerst naar de wipkippen voor ze elkaar daar afmaken.'

Met mijn fiets aan de hand liep ik terug naar Texel. Meneer Hoekstra leek op me gewacht te hebben. Ik was het Mezenlaantje nog niet in of ik hoorde Trudy al naar het hek stuiven en zich de longen uit het lijf blaffen.

'Sorry,' zei ik. 'Ik was het niet vergeten.'

'Zonnepanelen. Een goudmijn.' Hij pakte de kaart aan, vouwde hem open alsof hij zeker wilde weten dat het de juiste was. 'Dit moet naar het bestuur.'

Ik was het bruggetje naar Texel nog niet over of ik zag het. Het tuingereedschap. Net als vanochtend. Alleen lag het nu over de hele tuin verspreid. Eén van de gieters dreef in de sloot. Ik bleef staan, niet in staat om ook maar één zinnige gedachte te formuleren.

'Wat is dit? Welke klojo doet dit?' zei ik hardop terwijl ik driftig alles opnieuw bij elkaar zocht. 'Hé, als je wat te zeggen hebt, kom het dan gewoon zeggen!' schreeuwde ik. 'Lafaard!'

Met de hark viste ik de gieter uit het water. Wat ik miste, was de hooivork. Die vond ik even later. Hij stak in de houten achterwand van het huisje. Alsof hij er als een speer vanaf de overzijde van de sloot in was gegooid. Hij had het hout in de breedte gespleten. Er stak een briefje aan een van de tanden. 'Getting closer and closer. Mindfucker.'

Het enige wat ik kon bedenken, was naar Chris en Bert vluchten. De fietsen stonden schoongespoten voor het huisje, maar de deur zat dicht. Ik klopte op het raam, hoorde geen geluid binnen. Nergens was iemand te bekennen. Altijd was er wel iemand buiten bezig, liepen er mensen langs, hoorde je stemmen van bewoners die over de heg met elkaar praatten over bemesten of over nieuwkomers die asociaal hun tuin lieten verwilderen, maar nu was er niets te horen behalve mijn eigen ademhaling. Ik liep terug en trok de hooivork uit het hout. Het papier scheurde toen ik het eraf trok. Binnen legde ik het op tafel onder een stapel boeken en greep met trillende handen mijn mobiel.

'Robbie, met Luna. Kan ik hem komen halen? Nu. Ik heb hem nu nodig. Ik heb geld.' Ik moest moeite doen om niet te schreeuwen.

Het was duidelijk dat ik hem ergens in stoorde. Geen blijk van verstandhouding, geen toon van 'wij kennen elkaar'. Met een vreemd zakelijke stem zij hij: 'Natuurlijk kan dat. Mag het morgenochtend?'

'Morgen moet ik werken.'

'We zitten op dit moment bij de huisarts. Mijn zoontje is ziek. Tot morgen.'

De verbinding werd verbroken.

Er waren niet veel dingen in huis die dienst konden doen als wapen. De hamer legde ik naast het bed. Een aantal lege flessen vulde ik met water en ik zette ze naast de deur. Het oude Franse lavendelmes dat aan de muur hing, legde ik onder een jas op een van de keukenstoelen. Met de houtbijl onder handbereik ging ik in de deuropening zitten en keek de schemering in. Dit was iets anders dan een sms-bericht. Er was iemand die de moeite had genomen hiernaartoe te komen om deze boodschap af te leveren. Iemand die me bang wilde maken. Even overwoog ik om mijn vader te bellen. Om hiernaartoe te komen of om me op te halen. Maar de vergadering besloot tegen. Te veel niet gezegd. Te veel om uit te leggen.

Ik haalde een koud biertje uit de koelkast en luisterde naar het geritsel van de natuur om me heen.

Op een ander moment, een andere dag, zou ik nu zijn weggedroomd. Zou ik met mijn ogen dicht weggedreven zijn naar mijn eiland. Het geruis van de snelweg de zee, het donker achter mijn ogen een eindeloze diepblauwe hemel met sterren.

De rand van het bierflesje sloeg tegen mijn voortanden toen ik overeind schoot. Er stond iemand voor het hekje. Tegen het zwakke licht van de tuinpadverlichting verderop zag ik de contouren van een man. Eén moment dacht ik dat mijn klamme hand onder de stoel moest grijpen, toen herkende ik het silhouet.

'O, hé, jij bent het.' Ik stond op om het hek open te maken.

37

Scott wachtte geduldig tot ik het hekje had opengedaan. Achter zijn rug deed ik het weer op slot.

'Kom ik ongelegen?'

'Nee, nee, helemaal niet.' Ik hoopte dat het niet te gretig klonk, ik was dolblij dat er iemand was.

Scott liep voor me uit, zijn arm zat nu in een mitella. 'Gaaf zeg. Een eilandje. Hoe kom je hieraan?'

'Het is van mijn ouders. Niet het eilandje hoor, alleen het huisje. We kunnen wel even rondkijken voordat het helemaal donker is. Als je wilt.'

Scott knikte. 'Cool.'

Texel was gerenoveerd en van buiten geschilderd in de voorgeschreven kleuren groen en wit. De bomen stonden fris in het blad, struiken in bloei, in de cottagegarden schoten bloemen omhoog, achter het huisje kleurden de rabarberstengels alweer rood. Scott nam alles geïnteresseerd in zich op, stak zijn hoofd om de deur van het schuurtje, achter het schuurtje, naar het water rondom. Hij leek zo op zijn neefje dat ik onwillekeurig dacht aan het laatste telefoongesprek met Timo. De hele periode met Timo leek me onwerkelijk. De seks was goed geweest, maar we wisten eigenlijk niets van elkaar, begrepen elkaar niet of verkeerd en sinds kort vertrouwden we elkaar ook niet meer. Ik hem in ieder geval niet. Scott liep naar de waterkant.

'Voorzichtig, je glijdt er zo weg. Er zit daar een nest meerkoeten.'

'Te laat,' grijnsde Scott toen een fladderende schaduw snaterend over het water wegvluchtte. 'Daar gaan mijn Nikes.' Zijn witte sportschoenen zaten tot over de veters onder de modder. 'Fuck a duck.' Terwijl we naar het huisje van Chris en Bert keken probeerde hij de prut eraf te schudden.

'Gaaf. Nog een huisje. Ook van je ouders?'

'Nee, man. De buren.'

'Wow. Mooie bikes hebben die gasten.'

'Ze doen in fietsen. Ik krijg het koud. Zullen we naar binnen gaan?'

'Oké.' Hij keek nog een keer achterom. 'Echt vet. Als ik hen was, zou ik ze trouwens wel op slot zetten.'

Ik haalde mijn schouders op. 'Hier is iedereen nog goed van vertrouwen.'

'Vandaar dat je die *gate* hermetisch op slot had.'

'Dat is alleen voor 's avonds,' loog ik.

We gingen naar binnen. Net als in de tuin nam Scott de tijd om alles te bekijken. Ik schoof de kopieën van de plattegrond onder een stapeltje nieuwsbrieven van Amsteloever. Nieuwsgierig keek hij naar de vrolijk geverfde keuken, de stoel met kleren waar het lavendelmes onder lag, de tasjes onder de kapstok. Hij wierp een blik op het onopgemaakte bed en keerde zich toen discreet naar de boekenplank boven de bank. Mijn ouders hadden hun verzameling boeken van Wolkers op de tuin neergezet als een soort hommage aan de kunstenaar.

Hij pakte De Kus en bladerde erdoorheen. 'Dikke pil. Ik ben een beetje dyslectisch, lezen is voor mij een straf. Behalve als er ergens staat: "U hebt een prijs gewonnen."' Hij lachte, ging aan tafel zitten en legde zijn geblesseerde hand voor zich. Zijn hand was nog steeds opgezwollen. De bloeduitstorting zat tot aan zijn pols. De nagels van de pink en de ringvinger waren donkerblauw. Hij zag dat ik keek.

'Het is niet zo erg als het lijkt hoor. Ik moet alleen een beetje veel prikken de laatste tijd. Stolling.'

'Mag ik vragen wat het precies inhoudt zo'n... aandoening?'

'Aha, je wilt de harde feiten? Het heet hemofilie. Eén op de tienduizend mensen krijgt het, meer mannen dan vrouwen. Ik moet er op tijd bij zijn als ik me snijd.' Hij klonk luchtig. 'En je kunt inwendige bloedingen krijgen bij bepaalde blessures.'

'Zijn er medicijnen voor?'

Hij greep in zijn broekzak en haalde er een etuitje uit dat hij demonstratief op tafel legde. 'Ja, je bent je hele leven bezig jezelf lek te prikken. Inclusief het risico op bijwerkingen als allergie of shock. Dat is me een keer overkomen. Ik zwol helemaal op. Ik had een kop als een kikker. Maar toen werd ik gekust door een prinses en kwam alles toch nog goed.' Hij grinnikte. 'Ik ben eraan gewend. Heb je voor mij ook zo'n flesje?'

Hij maakte een hoofdbeweging naar de lege bierflesjes op tafel. Toen ik twee flesjes uit de ijskast had gehaald, vroeg hij: 'Wat is er eigenlijk tussen jou en Timo gebeurd?'

'Niks bijzonders. Beetje ruzie. Eigenlijk meer een misverstand.'

'Hij gedraagt zich alsof je hem hebt gedumpt.'

'O ja?'

'Volgens mij wil hij het graag goedmaken.'

'We kunnen elkaar beter even niet zien.'

'I see.' Scott leunde achterover en sloeg zijn benen over elkaar. De modder op zijn schoenen was aan het opdrogen. Gedachteloos krabde hij met zijn duimnagel wat vuil weg.

'Sorry, ik moet heel even...'

Op de wc voelde ik mijn maag omhoog komen, speeksel verzamelde zich achter in mijn mond als voorbode van de misselijkheid. Geruisloos overgeven gaat niet. Scott keek me bezorgd aan toen ik terugkwam en mijn neus snoot in een stuk keukenrol.

'Je hoeft niet weg hoor. Ik moet alleen heel even liggen. Vijf minuutjes maar. Neem gerust nog een biertje.' Ik ging languit op de bank liggen. 'Dan kletsen we nog wat. Het gaat zo wel wat beter. Ik heb soms nog last van het ongeluk dat ik heb gehad. Evenwichtsstoornissen en zo. Niks ernstigs.'

Maar terwijl ik het zei, dacht ik: wat nu weer? Kan ik nou ook al niet meer tegen een paar biertjes? Vroeger ging ik hele nachten door. Dansen, wodkaatjes, Bacardi-cocktails, pilletje tussendoor. Wat was er toch gebeurd met Luna het feestbeest? Verdomme, verdomme, ik wilde dit niet. Mijn ogen liepen vol tranen. Ik deed mijn ogen dicht. Mijn oren bleven horen. De deur van de ijskast ging open en weer dicht. Het sissende geluid van een losschietende kroonkurk. Geschraap, gepeuter, waarschijnlijk van Scott, die zijn schoenen verder schoonpeuterde. Toen opeens geknisper van papier. Ik draaide mijn hoofd en zag dat Scott een nieuwsbrief pakte.

'Doe maar niet,' probeerde ik te zeggen. Maar ik geloof niet dat hij het hoorde.

Scott zat naast me op het tafeltje van pitriet. Het kraakte onder zijn gewicht. Er hadden ooit ook stoelen bij gehoord. En een boekenrekje van Tomado. Heel erg sixties. Uit het huis van mijn oma.

'Ben je bang geweest? Toen?'

'Daar gaan we het nu niet over hebben.'

'Right. Je bent natuurlijk ontzettend kwaad. Iedereen zou dat zijn.'

'Heeft Timo dat gezegd?'

Scott antwoordde niet, maar ik wist dat hij naar me keek. Ik moest opeens lachen. Het leek op het spelletje dat ik vroeger met Mick deed. Telepathietje noemden we het.

'Kom je daarom op de schietclub? *Anger management?*'

'Zoiets.' Ik ging overeind zitten. De misselijkheid was gezakt. Ik had honger.

'Zullen we wat eten, heb jij ook honger? Uitsmijters met augurken?'

'Ik moet weg.'

'Wat kwam je eigenlijk doen?'

'Kijken of het goed met je ging.'

'Heeft Timo je gestuurd?'

'Ik heb Timo niet nodig. En jij ook niet. Pas goed op jezelf.'

Ik liep mee naar het bruggetje om het hek open te doen. Het was afgekoeld, tussen de bomen was het kil, de warme kleuren van bloesem en bloemen waren vervaagd in grijze en zwarte tinten, scherp omrand door het metaalwitte licht van de bijna volle maan. Aan het eind van het bruggetje draaide Scott zich om en stak zijn hand op. Toen sloeg hij rechts af het pad in, naar de uitgang. Zijn schoenen waren weer schoon, ze glommen en glitterden, het leek alsof ze een verlichte streep trokken tussen zijn voeten terwijl hij liep.

Toen ik binnen de flesjes van de tafel pakte, zag ik dat de nieuwsbrieven op de grond lagen.

Ik kon me niet voorstellen dat Scott ze allemaal had gelezen.

*

Hij had het niet meteen gemerkt. Buiten was niets te zien geweest. Zoals altijd was hij via de brandladder naar het platte dak geklommen en toen via het raam naar binnen. Hij had zijn rugzak in de hoek achter de deur gezet. Daarna had hij de deur naar de gang geopend en geluisterd. Er was niets te horen geweest. Of eigenlijk, niets wat anders was dan anders. Het ratelen van een ventilatie. Het koeren van duiven. Zijn eigen voetstappen die naar de trap liepen. Maar zodra zijn blik over de balustrade de hal in zweefde, wist hij dat er voorgoed iets veranderd was in zijn leven. De uitgeslagen witte plastic stoelen die buiten bij de deur van de kantine hadden gestaan, stonden nu voor de pilaren. En tussen de stoelen stond een blauwe lege krat van mineraalwaterflessen. De stoelen stonden op zwart, de krat op wit. Slordig, niet goed binnen de randen, dat had hij meteen gezien. Slordigheid, overal slordigheid. Lege bierblikjes, filters van opgebrande sigaretten op de grond. Hij rook nu ook een dunne geur van sigarettenrook. Er waren indringers in zijn huis geweest. Ze hadden zijn ruimte gebruikt, zijn stilte. Het bulderde in zijn oren. Het geluid zwol aan en nam af. Als golven die braken op het strand of tegen de basaltblokken langs de pier. Hij moest op de trap gaan zitten en wachten tot hij weer kon horen wat er was. Langsrijdende auto's. De stoffige adem van het verlaten gebouw.

Niemand kende het gebouw zo goed als hij. Hij had de hal geïnspecteerd, ook al wist hij zeker dat hij alleen was, had geluisterd aan alle deuren voordat hij ze opende om naar binnen te kijken. Behalve de stoelen was er niks veranderd. Toen was hij weer op de trap gaan zitten. Met al zijn gedachten om zich heen.

Hij moest weg. Hij moest niet weg. Waar zou hij heen moeten? Hij was hier het eerst. Hij moest ze zien. Hij moest ze niet zien. Ze mochten hem nooit zien. Niemand mocht hem zien. Eén twee drie vier vijf zes zeven, iiiik kom.

Ik zie ik zie wat jij niet ziet.

191

Niet bang zijn. Mamma is bij je. Het donker is je vriend, dat weet je toch. Ik laat de deur open, goed. Zie je de maan, de sterren, die geven ook licht. Ze hebben het gekregen van de zon en 's nachts geven ze het door aan jou. Je bent lief. Ik doe het licht uit.

Het licht blijft aan, dag en nacht. Eigen schuld. Dat weet je toch. Als je lief bent, doen we het uit. Maar je bent niet lief.

Niet schreeuwen.

Niet bang zijn.

Zodra hij de vogels hoorde, had hij zijn rugzak naar buiten getild en was erachteraan geklommen.

38

Manuela stond naast het espressoapparaat en at een chocolade-croissant. Het keukentje rook naar koffie en het bloemige parfum dat 's morgens als gesponnen suiker om haar heen hing.

'Sorry dat ik zo laat ben,' zei ik. Het leek of mijn hoofd in een bankschroef zat. Net als de eerste dagen die ik me van het ziekenhuis kon herinneren.

Manuela keek me aan. 'Feestje gehad?' Ze pakte een koffiekopje.

'Nee, slecht geslapen. Raar gedroomd.' Veel te veel gedronken nadat Scott was weggegaan, maar dat liet ik maar weg. Ik voelde me bekaf.

'Wat heb je gedroomd?' Manuela keek me geïnteresseerd aan. Ze was dol op dromen. Dromen vertellen, uitleggen, voorspellen.

'Ach, allemaal onzin. Niet na te vertellen. Iets met Debbie.'

Manuela drukte een kus op het gouden kruisje, dat ze om haar nek droeg. 'Ze heeft je bezocht. Ze wil je iets zeggen.'

'Ik geloof daar niet in, Manuela. Dat dromen een soort boodschappendienst zijn.'

'Dat kun je beter wel doen. In mijn land luisteren wij altijd naar de stemmen van doden. Zij blijven bij ons, beschermen ons. Wat zei Debbie?' Het klonk alsof ik had gezegd dat ik haar net was tegengekomen. Ze glimlachte bemoedigend naar me.

'Het sloeg nergens op. "Ga op de grond liggen," zei ze. "Ga op de grond liggen." Wat moet ik daarmee?'

'Heb je het gedaan?' Manuela klonk heel erg serieus.

'Natuurlijk niet.'

Terwijl ik het zei, moest ik wel opeens denken aan de keren dat ik op de grond onder het raam in de Gerard Dou had gelegen. Maar dat was niet op commando, dat was meer om de stevigheid van de vloer in mijn rug te voelen. En de belofte het heelal te kunnen zien in het vierkant van mijn raam.

'Je bent boos. Hoe komt dat?'

'Ik ben niet boos. Ik heb beroerd geslapen. En ik heb een knallende koppijn. Dat is alles.'

De winkelzoemer ging. Tegelijk wipten we van onze kruk. In de winkel was niemand te zien. De deur stond open. Een windvlaag deed de lingeriesetjes bewegen.

'Debbie.' Manuela sloeg een kruisje, haar lippen prevelden iets. Haar ogen gingen zoekend rond.

'Manuela, in Nederland doen we niet zo aan geesten.'

Manuela verdedigde zich niet. Ze zei alleen: 'Luister naar haar.'

We gingen aan het werk. Zo nu en dan kreeg ik het gevoel dat Manuela naar me keek. Onze ogen ontmoetten elkaar soms.

Ik hielp een klant en rekende af. De vrouw wilde weglopen, bukte even en legde toen een rode oorbel op de toonbank. 'Misschien komt er nog iemand voor terug,' zei ze.

'Wat is dit?' vroeg Manuela later. Ik had het sieraad met tape op de kassa geplakt. Automatisch controleerde ze haar eigen oorbellen.

'Een klant vond hem.'

'Waar?'

'Hier. Voor de toonbank.' Ik leunde over de kubus en wees naar beneden.

'Ze wil dat je op de grond gaat liggen.' Manuela verdween met een schichtig kijkend meisje naar de sm-kelder.

'Hoe weet ik dan waar ik moet gaan liggen?'

'Ga op je gevoel af.' Manuela draaide de sloten van de winkeldeur dicht. Het was zes uur geweest.

Toen ik voor het eerst terug was gekomen naar EroticYou, had mijn blik op het keukentje iets in gang gezet. Ik had Debbies tas zien staan, glazen witte wijn op het aanrecht. Er was een schim op me af gekomen. Maar nu gebeurde er niets.

'Ik weet het niet. Het is niet meer als toen. De toonbank is anders. De winkel is veranderd. Ik voel gewoon niks.' Maar natuurlijk voelde ik iets. Ik voelde van alles. Vooral angst. Dat er iets met me zou gebeuren, dat er opeens van alles terug zou komen wat ik daarna nooit meer kwijt kon, ook al zou ik het nog zo graag willen.

'Neem de tijd.'

'Zullen we een glaasje wijn nemen?'

'Je hebt niets te verliezen, muchacha. Ga liggen en doe gewoon je ogen dicht. Concentreer je. Verzet je niet. Denk alleen aan wat Debbie tegen je zei.'

Manuela deed de sfeerverlichting in de winkel uit. Buiten was het nog licht. In de kubus was het donker. Alsof ik in een doos lag, heel anders dan achter de doorzichtige glazen vitrine van toen. Maar de kassa kon ik nog wel zien. En een streep licht uit de keuken die deels over de gestalte van Manuela viel. Ik lag er nog maar net of ik kreeg ontzettende maagpijn en voelde me misselijk worden. Het overviel me op dezelfde manier als gisteravond met Scott. Kreunend rolde ik me op mijn zij. Met mijn voorhoofd bijna tegen het multiplex van de ombouw sloot ik mijn ogen en wachtte tot het zakte.

'Luna? Luna?' Manuela zat geknield naast me en schudde aan mijn schouder.

'Wat is er gebeurd?'

'Dat kan ik beter aan jou vragen. Je bewoog opeens niet meer. Je ziet spierwit, muchacha. Hoe voel je je?' Manuela hield een glas water voor me.

'Goed. Geloof ik. Helder. Mijn hoofdpijn is weg. Ineens.'

'Wat zei ze?'

'Niks. Ik heb Debbie niet gehoord.' Ik ging overeind zitten met mijn rug tegen de muur. Manuela ging naast me zitten. Ze deed haar schoenen uit en strekte haar gekouste benen.

'Het was alsof ik even in slaap viel, droomde. Ik zag beelden van toen. Flarden. Dat heb ik al vaker gehad. Ik zie Debbies voeten liggen. Haar ene schoen is uit. Het volgende moment ligt ze naast me. Ze schuift naar me toe. Pakt mijn hand. En dan zegt ze iets.'

'Wat zegt ze?'

Ik wilde zeggen: dat weet ik niet. Maar opeens wist ik het wel. '"Luna, sorry," zegt ze. "Sorry."'

'Ze wil afscheid van je nemen.' Manuela klonk ontroerd.

'Debbie kon er helemaal niks aan doen.' Mijn blik gleed langs de benen van Manuela, de vloer, mijn eigen benen. In mijn ooghoek zag ik een beweging. Een fladder, een lichtstreep. Toen ik mijn hoofd draaide om het te zien, was het weer weg. Er was niets meer dan de witte wand van de kassabox. Kom op, laat het in godsnaam komen, er kan niets gebeuren, Manuela is vlakbij. Ik sloot mijn ogen. Daar was het weer. Het stopte naast mijn gezicht. Wit. Witte sportschoenen. Aan de veters gekleurde steentjes. De voet bewoog. Ik greep opnieuw naar mijn zij en hoorde mezelf roepen. 'Mamma, mamma.'

'Luna, Luna, ik ben hier. Manuela.'

'Hij trapte me. Hier.'

'Je riep om je moeder.' Manuela's hand op mijn arm, haar stem vlakbij.

'Er knapte iets. Ik zag... vonken.' Het klonk onsamenhangend, maar dat was het voor mij niet. In de grijze gebieden van mijn herinnering ontstonden kleuren. Heldere duidelijke kleuren. Met een vorm en een betekenis. 'Vonken,' zei ik. 'Natuurlijk, vonken. Ik... o, jezus. Dat ik dat niet heb gezien. Jezus.'

'Nu kijk je alsof je spoken ziet.'

'Gisteravond. Ik dacht alleen... Ik wilde het niet, daarom dacht ik niet verder. Ik heb de hele nacht geprobeerd niet verder te denken.'

'Kom, we hebben een glaasje nodig.'

'Ik denk dat ik weet wie het gedaan heeft. Maar niemand zal me geloven.'

'Ik geloof je.'

39

Robbie was thuis. Zijn zoontje was weer beter.

'Hij heeft ons flink laten schrikken die kleine dondersteen, met zijn veertig graden koorts.' Robbie zag eruit alsof hij al een paar nachten zijn bed niet had gezien. 'Hoe gaat het met jou?'

Ik had geen tijd voor beleefdheid. 'Ik heb die Glock nodig. Ik heb het geld.' Ik trok het geld tevoorschijn dat ik uit de pinautomaat had gehaald en in mijn broekzak had gepropt.

'Ja, ik zie het.' Hij maakte geen aanstalten om naar de berging te lopen. 'Een vraagje. Waarvoor had je hem ook alweer nodig? Zelfbescherming? Of is het inmiddels wat anders geworden?'

'Wat doet dat ertoe? Ik betaal er toch voor? Heb je dat ding nou voor me, ja of nee?'

'En als dat zo is. Wat ga je er dan mee doen?'

'Mezelf beschermen. Dat heb ik je toch uitgelegd.'

'Je bent anders dan de vorige keer. Toen was je bang. Nu ben je boos. Heel erg boos.'

'Er is veel gebeurd in de tussentijd.' Ik hield het geld voor zijn neus. 'Ik doe er nog vijftig euro bij. Kun je leuke dingen mee doen. Voor je zoontje bijvoorbeeld. Pak aan.'

'Ik doe dit niet voor geld. Ik doe het omdat ik jou aardig vind.'

De woede perste tranen uit mijn ogen. Driftig wreef ik ze weg. 'Dan vind ik wel iemand anders. Of ik koop een mes of zo. Ik heb jou niet nodig.'

'Je gaat het zelf opknappen. Ik bewonder je moed, maar luister.' Hij pakte mijn pols vast. 'Luister naar me. Als je het doet, doe het dan in elk geval goed. Dit is niet de manier.'

'Ik heb helemaal nog geen manier bedacht.'

'Je moet bewijzen hebben.'

'Die heb ik.'

'Ik haal even wat te drinken, we kunnen in het park gaan zitten.' Hij kwam terug met twee pakjes Fristi en een rol zoute koekjes. Daarna liepen we het Rembrandtpark in en gingen op een bank aan een vijver zitten. Naast het bankje stond een volle afvalbak, ik rook bier vermengd met bananenschil. In de verte klonk het klaaglijk geroep van een pauw uit de kinderboerderij. Op het grasveld trapten kinderen een balletje. In het park vertelde ik over Timo. Toen over Scott. Over de schietclub, waar ze allebei kwamen. Over zijn vader, die baancommandant was en verantwoordelijk was voor de wapens van de vereniging. Daarna over Esther Vallentak, de plattegrond van Amsterdam met de kruisjes. En ten slotte over wat ik me gisteren, liggend op de vloer van de winkel, had herinnerd.

Robbie zweeg.

'Esther heeft van zich afgeslagen en Scott heeft een blauwe hand. Hij heeft witte opgepimpte schoenen, hij had ze gisteren aan. In het donker is het alsof ze vonken maken.'

'Niet bepaald wat je noemt harde bewijzen.' Robbie keek naar de overvolle afvalbak en zette het lege Fristi-pakje naast zich op de bank. 'Heeft die vrouw, dat tweede slachtoffer, hem aangewezen? Heeft ze gezegd: "Ik heb hem op zijn linkerhand geslagen?"'

'Nee. Maar het kan toch geen toeval zijn. Hij zegt dat zijn tweelingzusjes het hebben gedaan. Die kinderen zijn net vijf. Die schoenen.'

'Half Amsterdam loopt op witte sportschoenen, Luna.'

'Niet zulke. Ik weet gewoon dat hij het is,' schreeuwde ik bijna.

'Maar je hebt ook verteld dat het een heel vriendelijke jongen is. Die aardig voor je is geweest. Stel dat je de verkeerde beschuldigt. De politie is geen optie?' Hij keek opzij. 'Zoek het dan tenminste eerst echt goed uit.'

'En hem in de tussentijd gewoon zijn gang laten gaan, bedoel je dat? Het moet toch stoppen? Iemand moet hem toch stoppen.'

'Jij studeert rechten. Jij zou moeten weten hoe dingen werken.'

'Op papier. Alles is anders dan op papier.'

'Je moet nadenken. Geen risico's nemen. Je wilt hém pakken, niet jezelf.'

'Hoe dan?"

'Dat weet ik niet. Je verzint wel iets. Misschien heb je mij niet eens nodig.' Hij stond op. 'Maar eerst zeker weten. Heel zeker weten.' Met de lege Fristi-kartonnetjes in zijn hand liep hij weg.

40

Op het IJmeer voeren bootjes voorbij. Het wateroppervlak schitterde. Vlak bij strandtent Blijburg rolde ik het rieten matje uit dat ik onderweg bij de Xenos had gekocht. De beker latte macchiato schroefde ik naast me in het zand. Het was pas eind mei, maar op het stadstrand van IJburg leek het hoogzomer. Het leek wel of half Amsterdam vrijaf genomen had. Overal mensen die picknickten of aan de witte wijn zaten op het terras van Blijburg.

In het water herkende ik een medestudente met wie ik vorig jaar een werkstuk over euthanasie had gedaan. Ze heette Aukje en hield een luchtbed vast waarop drie kinderen dobberden. Was ik vergeten dat ze kinderen had? Toen ze mijn kant uit keek, dook ik weg. Mijn studietijd leek zich te hebben afgespeeld in het leven van iemand anders. Iemand die inmiddels ergens anders woonde en alleen nog maar bestond op foto's en als naam in een adresboekje.

Even overwoog ik om te verkassen, maar de enige plek waar nog ruimte was, was bij de wc's. Of bij een stapel lege pallets, maar daar zat een zwerver. Geleund tegen een rafelige rugzak en met zo veel kleren aan dat ik het plaatsvervangend benauwd kreeg. Voor me zat een vrouw met een baby in een wandelwagen. Ze deed me denken aan Froukje Dijk. Net zo tenger en met eenzelfde soort bleekheid. Naast me ging een stel op een badlaken liggen en begon meteen heftig met elkaar te tongen.

Ik draaide me om naar de andere kant. Met mijn hand maakte ik een stukje zand plat. 'Timo' schreef mijn roerstokje in het zand. Timo? Timo was verleden tijd. Volgens mij dacht hij er ook zo over, want ik had niets meer van hem gehoord. Het roerstokje hing al in de lucht om een haal door zijn naam te geven. Toen dacht ik aan Manuela. Die zou vast zeggen dat mijn hand gestuurd werd. Ik keek naar de zandkorrels, de kleine stukjes schelp, uitgedroogde sigarettenfilters. Niets uit de weg gaan, ik zat hier om na te denken. Geen gedachten opzijschuiven alleen maar omdat ze ondenkbaar leken. Timo was Scotts neef. Ze kenden elkaar goed. Ze zaten bij dezelfde schietclub. Konden allebei met een wapen omgaan. Dus? De overvallers waren met zijn drieën geweest: een met vonkende schoenen, een met een piercing in zijn tong en nog iemand. Ik liet Timo's naam staan. Wat dat kon betekenen, kon ik nu niet onder ogen zien. Een geliefde die veranderde in verdachte?

'Luna? Luna Bisschop? Ja, ik dacht al dat jij het was.' Water liep in straaltjes van Aukjes kuiten op haar stevige blote voeten. 'Hè, gezellig.' Ze liet zich naast me vallen, net niet op mijn zandmemobord.

'Ik moet mijn oppaskindjes wel in de gaten blijven houden. Ze zijn snoep halen. We zitten daar, bij die blauwgestreepte parasol.' Alsof ze mij uitlegde hoe ik haar terug kon vinden als ik te ver was afgedwaald. 'Hoe gaat het?'

'Goed hoor.' Ik hoorde in mijn stem dezelfde bedrieglijke opgewektheid als laatst bij mijn moeder.

'Ik heb je al een tijdje niet gezien op de Poort.'

'Klopt. Ik heb even een break genomen.'

'Wat goed. Ik wou dat ik dat ook kon. Heerlijk. Even uit de stress. Wat ik trouwens zeggen wilde, we worden misschien buren.'

'Buren?'

'In de Gerard Dou. Hoe bevalt het jou daar? O jee, ik gooi je hele mat onder het zand. Sorry.'

Het kwartje viel. Ik nam een slok van mijn inmiddels lauwe latte machiato om mijn reactie te maskeren. Sanne en Anne-Joke hadden er geen gras over laten groeien.

'Ik hoorde dat er een kamer vrijkomt. Weet jij wie er is weggegaan?'

Voordat ik iets kon zeggen stond ze op.

'Sorry, ik geloof dat ik moet ingrijpen. We bellen binnenkort?' Ze zette koers naar een klein meisje dat huilend onder de parasol stond.

Mijn gedachtestroom was onderbroken. Even was het alsof ik gewoon op een mooie dag aan het strand lag. Hoge kinderstemmen over het water, de motor van een lelijk wit sloepje, flarden muziek uit de strandtent achter me. De zon op mijn gezicht, mijn buik, de geur van zonnebrand. Het was als in de dromen die ik had gehad, weg van het bed waarin ik lag, het lichaam waarin ik opgesloten zat.

Toen ik wakker werd, stond er een voetafdruk midden in mijn zandcarré. Mijn koffiebeker was omgevallen en het restje koffie uitgelopen over mijn schoenen. Het was koeler geworden. Ik trok mijn trui aan. Aukje was weg. Het vrijende stel ook. Ik pakte het roerstokje weer op. Hield het boven het zand. Er gebeurde niets. Ik keek naar de voetafdruk. Een mannenvoet zo te zien. Zolen maakten ook afdrukken. Waren de sportschoenen van Scott het bewijs? De drager van de schoenen had me geschopt. Waren er afdrukken op mijn lichaam te zien geweest? Had iemand daarnaar gekeken, of gebeurde zoiets alleen als iemand dood was? Die schoenen waren belangrijk. Debbie had gebloed toen ze was neergeschoten. De overvallers waren misschien door het bloed gelopen. Bloedsporen waren nog lang traceerbaar. Ook op schoenen. Wat was er trouwens gebeurd met de kleren van Debbie? Zou haar vriend Jeffrey die hebben teruggekregen of zouden ze zijn meegegrist door haar bezitterige familie uit Ermelo? En wat was er met mijn eigen kleren gebeurd? Zou mijn moeder die hebben weggegooid? Daar moest ik haar over bellen. En ik moest Manuela vragen wie er had schoongemaakt in de winkel. En waar de oude toonbank was gebleven. Froukje Dijk had niks gezegd over forensisch onderzoek. Dat kon betekenen dat ze zulke informatie niet gaven of dat die er niet was. Esther Vallentak had niets gezegd over schoenen. Had hij andere schoenen aangehad of had ze het niet gezien, er geen betekenis aan gehecht? Voor haar was het de duivel die zich had gemanifesteerd. Zou het zin hebben als ik naar haar winkel toe zou gaan? Niet dat ik verwachtte dat ze alweer aan het werk was, maar om te kijken. Als de winkel open was naar haar vragen. Zij had mijn telefoonnummer, maar ik niet het hare. Behalve haar naam wist ik niets van haar. Nee, dat was niet waar. Het roerstokje tekende een kerktoren. Ik moest naar mijn laptop om te zoeken op Pinkstergemeente. Terwijl ik mijn schoenen aantrok, trilde de mobiel in mijn broekzak. Nummer onbekend.

'Goedemiddag. Najib Elhafet. Overvallenteam Bureau Opsporing Amsterdam Centrum.'

'Ja?'

'We hebben elkaar eerder ontmoet. U lag toen nog in het ziekenhuis.'

En jij verdween na een paar minuten zwetend naar de gang.

'Ik vervang tijdelijk Rechercheur Dijk.' Hij zweeg weer.

'Ja?' Dat wist ik toch allemaal al. Was er nieuws of niet? Ik voelde me een deelnemer in de postcodeloterij aan wie gevraagd wordt of ze weet waarom de televisieploeg op haar stoep staat.

'Zij belde u met enige regelmaat op. Om te vragen hoe het met u gaat.'

('Ik heb hier een envelop voor u.')

'Ja.'

'Hoe gaat het met u?'

('Wat denkt u dat erin zit? Mag ik u dan een heel klein beetje helpen? Ik maak de envelop vast een heel klein stukje open. Laat de kijkers maar zien wat u hebt gewonnen.')

Rechercheur Elhafet herhaalde zijn vraag.

'Goed. Heel goed.' En verder? En verder? Maar rechercheur Najib Elhafet zei: 'Juist. Dat is fijn om te horen. Dat was wat ik hoopte te horen. Ik zal mevrouw Dijk...'

'Nee, dat hoeft niet. Wij moeten elkaar spreken. Ik denk dat ik weet wie het gedaan heeft.'

41

'Wat ben je allemaal aan het doen?' vroeg mijn moeder.

Ze had gezegd dat ze heel even langs zou komen, maar ze was al de hele ochtend bezig in de tuin. Ze zag er jong en energiek uit in een oude tennisbroek van mijn vader. Strak met korte pijpen was toen in de mode geweest. Mijn moeder had slanke benen, maar het knoopje in haar taille stond open, de rits werd bovenaan met een veiligheidsspeld dichtgehouden.

'Je ziet zo rood als een kreeft. Moet jij niet even uit de zon, lieverd?'

'Niet overdrijven.' Op het strand van IJburg was ik inderdaad wat verbrand, maar ik had er geen last van.

'Zoek je iets?' Ze kwam naast me staan en keek naar de hoop kleren op het terras die ik uit de Gerard Dou had meegenomen.

'Nee. Ja. Wat is er eigenlijk met mijn kleren gebeurd? Die ik toen aanhad.'

Insecten zoemden door de lucht. Ik sloeg naar een vlieg terwijl ik de kleren begon terug te proppen in de vuilniszakken.

'Hoezo? Die wil je toch niet meer aan, zeker?'

'Nee, dat niet.'

'Wat wil je er dan mee?'

'Ik vroeg het me alleen af. Er zat een riem bij van Anne-Joke.'

Mijn moeder hurkte bij de zakken en begon de kleren netjes op te vouwen voordat ze ze terugdeed. 'Je broek en je trui waren stuk. Die hebben ze opengeknipt in het ziekenhuis.'

'Heeft de politie ze meegenomen?'

'Lieverd, ik heb geen idee. Eerlijk gezegd hebben we er niet naar gevraagd. Misschien moet je gewoon een nieuwe riem voor haar kopen.'

'Het is belangrijk. Ik moet het weten.'

'Waarom?' Ze keek me onderzoekend aan. 'Wij hadden toen wel iets anders aan ons hoofd. Je was er zo slecht aan toe. Het zag er zelfs even naar uit dat we je... kwijt zouden raken.'

Ik hoorde tranen in haar stem. Ik hield er niet van om mijn moeder te zien huilen.

'Daar gaan we het niet meer over hebben, mam. Laat maar.'

'Wat moet hier eigenlijk mee gebeuren? Leuke trui dit. Je brengt toch niet alles naar de kringloop?'

'Nee. De kasten moesten leeg. Voor de verhuur van mijn kamer.'

Mijn moeder stond op. Terwijl ze naar de tuin keek, vroeg ze: 'Waarom heb je het ons niet verteld?'

'Wat?'

'Dat je weg bent uit de Gerard Dou?'

'Hoe kom je daarbij?'

'Ik ben je moeder. Moeders weten zulke dingen. Was het echt nodig? Zo radicaal. Het is zo moeilijk om in Amsterdam een kamer te krijgen. Jullie hadden het toch gezellig daar?'

'We hebben ruzie gehad. Het is beter zo. Verder wil ik er liever niet over praten. Maar als ik jullie hier in de weg zit...'

'Dat is het niet. Pappa en ik... Deze zomer kun je in ieder geval in Texel blijven, maar daarna moeten we praten. Vind je niet?'

Ik knikte.

'Trouwens, ik kan nergens de fruitschaal vinden. Langwerpig. Ongeveer zo groot. Oranje. Ik had hem weer mee naar huis willen nemen. We hebben hem van tante Marianne gekregen en die komt morgen eten. Heb jij hem soms weggezet? Toch niet gebruikt bij het verven, hoop ik?'

'Nee, natuurlijk niet.'

'Nou ja, soms ben je net je vader.'

Ik zweeg. Ik wilde niet zeggen dat ik hem had gebruikt om over een afdruk van een van Scotts schoenen te zetten. Een gave print van zijn profielzool aan de rand van de sloot.

'Ik maak even wat lekkers voor de lunch. Ik heb Surinaamse puntjes. Wat wil je erop?'

'Later. Ik moet zo weg.' Ik trok een topje uit een van de zakken en ging naar binnen om me te verkleden.

Rechercheur Najib Elhafet had de vingers van iemand die hartstochtelijk op zijn nagels beet. Zijn overhemd was wit, zijn haar was keurig geknipt, zijn gezicht was gladgeschoren. Zijn brede schouders en uitdrukkingloze gezicht wilden autoriteit uitstralen, maar zijn vingertoppen die op de rand van de tafel lagen verraadden hem.

We zaten in een andere kamer dan de vorige keer. Het was er benauwd, ondanks het geopende raam dat uitzicht gaf op een blinde muur. Er stond een bureau met een computer erop en een telefoon. Het rook er naar zweet en naar de automatenkoffie die voor ons stond.

Najib scheurde vier zakjes suiker open en keerde die om boven zijn koffie. Toen begon hij aandachtig te roeren. Ik hoorde de suiker tegen het karton schuren.

'Hoe gaat het met mevrouw Dijk?' vroeg ik. En omdat hij niets antwoordde: 'Wat is het geworden? Een jongen of een meisje?'

'Een dochter.'

'Leuk.'

'Dus u denkt dat u weet wie de dader is.'

'Ja.'

Hij schoof zijn laptop naar zich toe en legde zijn handen eromheen. 'Vertelt u maar.'

Het klonk helemaal niet bemoedigend, helemaal niet alsof hij het echt wilde weten, zodat ik even overwoog om weer op te staan. Wat deed ik hier? Alsof het een gunst was dat ik mocht vertellen wat ik dacht. Erger nog, alsof ik me moest verantwoorden voor iets wat hij eigenlijk had moeten doen. Ik zag mezelf zitten. Hier op deze vroege zomerdag, alleen. Naast het beeld van de vorige keer, eind maart, met de meiden van de Gerard Dou. Toen was ik bang geweest dat ik de overvallers opeens tegen zou komen, nu wist ik wie ze waren. Een van hen in ieder geval. Toen wilde ik het liefst vergeten, opnieuw uitvinden wie ik was, het verleden wissen met alle rotzooi erbij. Nu was het verleden naar me toe gekomen en had ik besloten ermee af te rekenen. Met of zonder hulp van de politie. Maar nu ik hier toch zat, vertelde ik rechercheur Elhafet wat ik de afgelopen maanden had gedaan. Dat ik naar de schietclub was gegaan, hoe ik Timo en Scott daar had ontmoet. Mijn bezoek aan Esther Vallentak en haar verhaal over de duivel en dat ze een van de overvallers geslagen had met een knuppel. Details zoals dat ik had gezegd dat ik haar advocaat was, dat ik de pleister van haar omgekeerde y had afgetrokken, liet ik achterwege, evenals mijn vechtpartijen op het Museumplein en bij de discotheek. Ik vertelde van de dreig-sms'jes, van de plattegrond van Amsterdam met de kruisjes bij kleine dure winkels waar vrouwen alleen achter de kassa stonden. Ik liet weg dat ik hen had gewaarschuwd. Dat Scott me had gevonden op de tuin, vertelde ik weer wel. En wat ik me had herinnerd over zijn schoenen. Toen ik was uitgesproken, had de inspecteur niets genoteerd. Mijn laatste woorden bleven hangen in de warme stilte. In de verte ging een telefoon over. Ik zou een moord hebben gedaan voor een koude cola met ijs en citroen. Met een shot tequila.

'Laat ik om te beginnen zeggen dat ik bewondering heb voor uw... je doorzettingsvermogen.'

'Dank u.'

Even leek het erop dat hij de laptop open zou klappen, maar blijkbaar bedacht hij zich.

'Wat u is overkomen, is niet goed. Mensen die zoiets doen, moeten worden gestraft. Daar zijn we het allemaal over eens. Alleen... waar wij als politie... Laat ik het zo zeggen: hebt u de dader geïdentificeerd? Kunt u zeggen dat u hem echt herkend hebt?'

'Dit kan toch geen toeval zijn.'

'Toeval is een moeilijk ding. Daarom werkt de politie alleen met feiten.' Hij tilde de laptop op en haalde een dossiermapje tevoorschijn waarin foto's zaten. Dezelfde foto's als in het ziekenhuis. Afgedrukte beelden van de beveiligingscamera van Erotic-You. Onscherpe zwartgrijze figuren met capuchons en iets voor hun gezicht. Geen haar, geen monden. Geen voeten, geen schoenen.

'Kunt u Scott Honcoop dan aanwijzen op een van deze foto's?'

Mijn ogen gleden heen en weer over de foto's. Een van de drie was te dik om Scott te kunnen zijn, de andere twee zouden hem kunnen zijn. En ook weer niet. Ik schudde mijn hoofd.

Elhafet schoof de foto's terug in het mapje.

'Jullie gaan er nog steeds van uit dat de daders gekleurde jongens waren?'

'We hebben reden om aan te nemen dat dat het geval is. Ja.

Misschien alleen hier opgegroeid, maar met een niet-Nederlandse achtergrond.'

'Alleen omdat ze geen Nederlands spraken?'

Elhafet fronste zijn voorhoofd. Zijn vingers bewogen onrustig over de foto's. 'Wat wilt u daarmee zeggen?'

'Dat die overvallers misschien expres geen Nederlands hebben gesproken.'

'Waarom dat precies?'

'Zodat wij zouden denken dat ze buitenlanders waren. Om ons op het verkeerde been te zetten.'

De inspecteur legde zijn vingertoppen tegen elkaar. Zo nu en dan haalde hij ze van elkaar alsof hij klapte. Maar niet van bewondering. Omdat hij iets wilde afsluiten, dichtdoen.

'En dan al die andere dingen,' ging ik door. 'Het wapen kwam bij de schietclub vandaan. Scott Honcoop kan schieten. Zijn opgezette hand, de schoenen. Dat van die schoenen weet ik zeker. Wit. Een soort lichtgevende kralen aan de veters. Op de tuin staan overal afdrukken. Ik heb er eentje veiliggesteld. Komt u maar kijken.'

Bij het woord 'veiliggesteld' leek het of hij even zijn wenkbrauwen optrok. Ik voelde irritatie bovenkomen.

'Misschien moet u vertrouwen hebben in de politie.' Hij schoof de foto's terug in het mapje en maakte aanstalten om op te staan.

'Wacht, ik moet nog meer weten. Ik heb nooit gehoord of er sporenonderzoek is gedaan in de winkel.'

'Dat is standaardprocedure.'

'Mag ik weten wat daaruit gekomen is?'

'Die gegevens zitten geloof ik nog niet in het systeem. Sporenonderzoek is tijdrovend.'

'Wat is er dan zo tijdrovend aan? Het is inmiddels bijna vier maanden geleden. Ik wil weten of er afdrukken zijn, dingen met DNA.'

'Het spijt me.'

'Kunt u me dan tenminste zeggen wat er met mijn kleren is gebeurd? Zijn die door de politie meegenomen? Dat staat toch wel ergens? En die van Debbie?'

'Zij heeft haar eigen dossier.' Heeft. De dode heeft, in de tegenwoordige tijd, een dossier. Maar ik, de levende, kreeg niets te horen.

'Ik ben bang dat we op dit moment niets meer kunnen doen,' zei rechercheur Elhafet. 'We kunnen alleen eventueel een praatje maken met deze Scott Honcoop.'

'Dus u gaat hem wel aanhouden?'

'Nee. We nodigen hem uit voor een informeel gesprek op het bureau.'

'Dat kan hij dus weigeren.'

'We zullen zien.'

Mijn moeder was weg toen ik terugkwam. Op tafel lag een briefje naast een bord met twee broodjes: 'mayo + tomaat + ei in ijskast. PS Fruitschaal terecht. Pappa vond hem bij de sloot!'

Inderdaad, de omtrek van de schaal was nog te zien in de modder. De schoenafdruk van Scott niet meer. Vervangen door gestamp van mijn vaders kaplaarzen. Terwijl ik driftig een van de broodjes wegkauwde, dacht ik na over het bezoek aan het politiebureau. 'Uitnodigen voor een gesprek' klonk erg vrijblijvend. Niet iets om iemand mee onder druk te zetten. Hoewel, ze zouden toch iets moeten zeggen, een reden geven voor het gesprek. En of hij ging of niet, dan zou duidelijk worden dat ik wist wie hij was, dat ik hem had aangewezen als verdachte. Dan was mijn kans verkeken om onopvallend dichter bij hem in de buurt te komen. Om te zien of een van zijn vrienden een tongpiercing had. Of te dik was.

Hoeveel tijd had ik nog?

42

Het was stil op de schietclub. In de kantine hing een lome warmte, die iedere keer als de buitendeur openging iets zwaarder werd. Eigenlijk wist ik niet precies wat ik hier deed. Er was geen plan, alleen een beslissing, een einddoel. Nu alleen nog een houvast. Een treeplank waar ik op kon springen, een stang in de skilift om me aan omhoog te laten trekken. Hier was het begonnen, daar was ik van overtuigd. Maar op dit moment was er niemand aanwezig die ik kende. Er waren sowieso bijna geen mensen. Ik bestelde een biertje en ging voor het prikbord staan. Er waren zo veel mededelingen op en over elkaar heen geprikt en geplakt dat het meer een prikwand was geworden. Competitie-uitslagen, bardienst, munitiedienst, schoonmaakdienst. 'Oppas gezocht', 'Caravan te huur', 'Aanhangwagen te koop', 'Woonruimte gezocht'. Te koop aangeboden: hondjes, konijnen, damespistolen, een Springfield-geweer, een nachtkijker, antieke verzamelobjecten, alles met foto's erbij. Oude nieuwsbrieven van de vereniging. Affiches van de KNSA, van een excursie naar een schietbaan op de Veluwe.

'Pardon, mag ik er even bij?' Naast me stond een vrouw die ik nog nooit gezien had. Ze hield een vuilniszak in haar hand. Ze droeg een bermuda die spande in haar kruis, haar dikke armen staken uit een onflatteus mouwloos hemdje. Haar ademhaling ging hoorbaar in en uit haar geopende mond terwijl ze oude mededelingen van het prikbord begon los te peuteren en in de vuilniszak deed.

'Als ik er niet op let hangt de barbecue van drie jaar geleden er met Oud en Nieuw nog.' Ze keek me aan van opzij. 'Leuk dat je het hier volhoudt, meisje. Hoe meer vrouwen, hoe beter. Ga je zo schieten? Of ben je al geweest? Wie is je instructeur?'

'Ja,' zei ik vaag. En ik koos toen voor het antwoord dat ik al geweest was.

'Zou je mij dan even willen helpen?' Het klonk niet als een verzoek. 'Als jij die kant doet, dan begin ik hier en dan zijn we zo klaar.

Even goed naar de data kijken, en foto's niet. Die mogen blijven hangen.'

'Ook als ze helemaal omgekruld zijn? Zoals deze.' Ik wees naar de kerstfoto's van vorig jaar. De kantine omgetoverd tot een après-ski-hut. Een kerstboom met ingepakte dozen eronder.

'Ach, dat was zo'n leuke Kerst vorig jaar. De vereniging is ontzettend actief, dat zul je nog wel merken als je hier wat langer komt. Kijk, dit is mijn man. En hier, onze kerstmansecretaris in de bocht.' Ze lachte een slechte adem mijn kant op. 'Mensen als Johan Honcoop zijn voor een vereniging goud waard. Staat altijd klaar voor iedereen. Alweer zo'n zes jaar, sinds ze terug zijn uit het buitenland eigenlijk. Die man heeft het niet altijd makkelijk gehad. Nou ja, dat is nu voorbij gelukkig. Hij heeft nu twee gezonde prinsesjes.'

Ik had de vader van Scott niet herkend in de kerstman.

'Hem ken je inmiddels volgens mij.' Ze knipoogde. 'Timo. Een schatje. Hier staat-ie nog een keer. Je mag wel een foto meenemen, hoor. Toe maar. Niemand zal die foto's missen. Ken je hem ook, onze Scott?'

De naam Scott gaf een stroomstoot in mijn hoofd. Ik schudde van nee, zei toen ja.

'Die jongen ken ik al van dat-ie een baby was. Kwam toen al met zijn vader mee. En later toen ze terug waren natuurlijk weer. Timo en hij zijn boezemvrienden, al zo lang als ik ze ken.' Ze gaf me de foto.

Ik staarde naar de dicht op elkaar staande groep mensen. Een staande en een door de knieën gezakte rij. Op de voorgrond twee liggende personen. Een ernstig kijkende Timo en naast hem, hand onder het hoofd, een grijnzende Scott. De allereerste keer dat ik hier was, had ik ook voor het prikbord gestaan. Had ik vooral naar Timo gekeken, zijn korte donkere haar en zijn tengere lijf dat een soort kwetsbaarheid uitstraalde. Een half uur later was ik aan hem voorgesteld.

'Scott lijkt sprekend op zijn vader. Qua schieten dan. Want hij heeft natuurlijk...' Ze aarzelde even. 'Hij is...'

'Niet helemaal gezond, bedoelt u.'

'Hij heeft een nare aandoening inderdaad. Maar verder is het een gezonde Hollandse jongen hoor. Al zegt hij weleens dat hij heimwee heeft naar daar. Vooral als het hier erg koud of nat is.'

Mijn geheugen probeerde verbindingen te maken. Informatie te rangeren.

'In welk buitenland zaten ze precies?'

'Curaçao. Hoezo? Hebben ze je daar nooit iets over verteld?'

Ineens kreeg ik haast. Ik had het idee dat deze informatie iets betekende. Maar wat? 'Mag ik die foto van Scott misschien ook meenemen?'

Esther Vallentak was ontslagen uit het ziekenhuis. Manuela wist niet waar ze woonde, ze dacht ergens in Noord. Ik zocht 'Vallentak' op het internet en vond alleen een basketballer. Daarna googelde ik naar de Pinkstergemeente in Amsterdam. Op goed geluk mailde ik naar twee contactadressen met de vraag of zij een geloofsgenoot hadden die Esther Vallentak heette. Dat ik haar juridische bijstand verleende in verband met haar 'ongeluk' en dat ik graag met haar in contact wilde komen. Tot mijn verbazing kreeg ik binnen een paar uur het adres van zuster Vallentak. Dat leek me erg goed van vertrouwen. Maar ja, daar ging het natuurlijk om in het geloof.

Esther bleek in de Pijp te wonen, vlak bij de Gerard Dou. Ik nam een omweg om niet langs mijn vroegere huis te hoeven. Esther leek niet verbaasd om me te zien. Maar ze vroeg ook niets. Zwijgend keek ze naar mijn gezicht, slachtoffer tegenover slachtoffer. Bij mij was bijna alles wat aan de buitenkant stuk was geweest, genezen. Het litteken op mijn jukbeen zou nog verder wegtrekken, mijn wenkbrauwen en mijn haar verborgen de resten van de hechtingen. In het bruine gezicht voor me waren de hechtingen nog niet allemaal weg, een van de wenkbrauwen was weggeschoren rond een korstige streep, de neus was nog dik en verkleurd tot onder de ogen. Om haar nek hing een mitella waarin nu slechts een van haar armen hing. De andere rustte op de deurknop. Maar door de gehavende buitenkant heen schemerde de vrouw die Esther Vallentak was: mooi, vrouwelijk, trots. Haar lippen waren glanzend gestift, een raadsel hoe ze dat voor elkaar kreeg met twee armen in het gips. Haar haar was gegroeid en werd met een diadeem achterovergetrokken, zodat de dunne gouden oorbellen goed zichtbaar waren. Nu ik haar voor het eerst staand zag, bleek ze langer dan ik haar in het ziekenhuisbed had ingeschat.

'Ik wil je even iets laten zien,' zei ik. 'Het duurt niet lang.'

'Kom binnen.'

Door een smalle gang liepen we naar de woonkamer. Een witte leren bank, een fotoprint van een palmenstrand aan de muur. Een gospelkoor dat zong over Jezus. In de geopende balkondeur ritselde een vliegengordijn. We gingen zitten aan een kleine ronde tafel met een matglazen blad.

'Manuela dacht dat je in Noord woonde.'

'Dat is al lang geleden. Voordat ik Jezus leerde kennen.'

'Ze doet je de hartelijke groeten.'

Esther zei niets terug, ze glimlachte.

'Zou je naar deze foto willen kijken?' vroeg ik.

Ik legde de foto voor haar neer. Ze haalde haar schouders op.

'Wil je goed kijken? Alsjeblieft.'

'Wat is de bedoeling?'

'Wat zie je?'

'Mensen.'

'Ja?'

'Een kerstman en mensen. Ergens in een café.'

'En verder?'

'Ik ken die mensen niet.'

'Je hebt meer gezien dan ik. In elk geval iemand met een tong-piercing. Dat is meer dan ik gezien heb. De kleur van iemands ogen?'

Ze keek naar buiten. Haalde haar andere arm uit de draagband en legde hem voorzichtig op tafel. Het litteken van de omgekeerde y was niet te zien, bedekt door een dunne sjaal.

'Kille ogen,' zei ze opeens, alsof ze terugkeek in de tijd.

Scott had donker haar, maar lichte ogen. Maar voor Surinamers leken blauwe ogen misschien altijd wel kil. Timo was blank, maar hij had in elk geval geen blauwe ogen.

'Wat bedoel je daarmee? Kil? Blank? De politie zoekt naar da-ders van buitenlandse afkomst. Gekleurde jongens. Surinamers. Antillianen. Jij bent Surinaams. Jij hebt bruine ogen.'

'Deze ogen waren niet bruin.' Ze klonk heel beslist. 'Verder kan ik er niets over zeggen. Jezus zal je de weg wijzen. Je moet willen luisteren, dan komt alles goed. Vertrouw op Hem.'

Ja, dag Jezus. 'Zie je die kille ogen misschien op deze foto terug?' Tijdens mijn studie had ik geleerd dat getuigen soms vreemde dingen onthouden. Esther was niet zo'n getuige.

'Die foto is erg klein.'

'Het gaat om hem.' Ik wees Scott aan. Een getuige beïnvloeden, heette dat. 'Ik denk dat hij degene is geweest die jij toen geslagen hebt. Vlak nadat jij overvallen was had hij een opgezette hand.'

'Wat zegt die jongen zelf?'

'Hij zegt dat het door iets anders kwam. Maar ik geloof hem niet.'

'Misschien moet je dat wel doen.'

'Waarom? Ik heb zijn schoenen herkend.'

'Er zijn zo veel schoenen in de wereld.'

'Niet zulke, deze waren anders.'

'Het is niet aan ons om te oordelen. Jezus weet wat het beste voor ons is. Hij zorgt voor ons.'

'Gaat Hij ook al die andere vrouwen beschermen?'

'Welke andere vrouwen?' Esther keek oprecht verbaasd.

'De vrouwen die binnenkort aan de beurt zijn. Als je met de politie had gesproken, dan had je geweten dat er een kaart is gevonden waarop allemaal winkels staan aangekruist. Allemaal kleine winkels, waar vrouwen vaak alleen staan. Ook onze winkels stonden erop.'

'Wat moet ik dan doen? Ik herken die jongens op de foto niet.'

'Om te beginnen moet je aangifte doen. En zeggen wat je wel hebt gezien.'

'Ze zullen me niet geloven. Ze zullen de spot met me drijven, mij honen.' Het klonk alsof ik opeens in een bijbelklas zat.

'Waarom, in hemelsnaam?'

Foute woordkeus, ik hoorde het. Esther keek even opzij.

'Hij van wie ik de naam niet wil noemen, is sterk. Wij zijn zwak. Wij worden elke dag in de verleiding gebracht. Ik ook. Voordat ik Jezus leerde kennen, was ik iemand anders. Hij heeft me gered uit

213

de handen van verkeerde mensen. Op Hem wil ik vertrouwen, alle dagen van mijn leven.'

'Hij zou toch wel willen dat je de waarheid spreekt?'

'Er is maar één waarheid en dat is...'

'Ja, ja, dat weet ik wel.' Mijn ongeduld en frustratie wonnen het van de beleefdheid. 'Verdomme.'

Esther keek me afkeurend aan.

'Sorry. Je wilt gewoon niet. Waarom wil je mij niet helpen?'

'Ik wil niet terug naar waar ik gevonden ben.'

'Bent u gevonden op het politiebureau?'

'In de gevangenis. Jezus heeft mij gevonden in de gevangenis.'

43

In de legerdump op de Nieuwendijk was het een chaos. Opheffings-uitverkoop. Vijftig procent korting op alle artikelen. Net half tien, maar de muziek beukte je tegemoet en je brak je nek over schoenen en laarzen die door koopjesjagers uit de dozen waren gehaald maar niet weer teruggedaan. Bergen met legerkleding, zomerbroeken, gasmaskers inclusief tas. Even bleef ik staan bij een rek met t-shirts met camouflageprint. Maar daar kwam ik niet voor.

De vitrine met messen was al zeker voor de helft leeg. Een laag houtsnippers en een achterwand van velours gaven tegenstrij-dige boodschappen van sportief dan wel chic. Rechts de messen en zwaarden, die me aan Chinese vechtfilms deden denken. Die vielen af. Te groot. Links het soort waarnaar ik op zoek was. Hand-zaam, functioneel. Aan de muur hing een stappenplan voor de keuze van het mes. 'Step one. Think how you will use the knife.'

Eigenlijk strandde ik daar al. Het mes was niet bedoeld om te gebruiken, het moest me een bepaald gevoel geven. Een verster-king van mijn buitenkant, mijn kwetsbare buitenkant, waarvan je door ertegenaan te schoppen zomaar een milt kapot kon maken, een oogkas kon scheuren, een kaak breken. Een mes dus dat een schoen kon tegenhouden, een uithalende hand, een naar voren stotend voorhoofd.

'Ik heb een mes uitgekozen,' zei ik tegen een jongen die driftig bezig was legerjassen weer op hangers te doen.

Hij liep met me mee en opende de vitrine. Ik wees de X-treme aan. Ik had net zo goed de Blackfox, de Blackhawk of The Fast and the Furious kunnen aanwijzen. Maar ik koos dat goudkleurige mes. Chic dus. En met een heel scherpe punt.

'Mooi knipmesje. Vijftig procent ervanaf. Even vasthouden?'

Het heft was net zo lang als de palm van mijn hand. Uitgeklapt was het mes eens zo lang. Een verlengstuk van mijn vingers. Het leek een sieraad. Bijna sexy. Het lemmet glansde onder het lamp-licht.

'Cadeautje?'

'Ja.'

'Ik moet een legitimatie zien,' zei hij bij de kassa. 'Paspoort, rijbewijs is ook goed.'

Ik had mijn rijbewijs bij me omdat ik straks de auto van mijn moeder ging lenen. 'Dat heb ik niet bij me, het is niet voor mezelf. Het is voor mijn vriendje.' Alsof dat wat uitmaakte natuurlijk.

Naast me stond een jongen met een baseballpet in een bak met leren bandjes te graaien.

'Sorry, maar dan moet je later terugkomen.'

'Ik woon niet in Amsterdam.'

'We zijn het wettelijk verplicht. Het staat met koeienletters in de vitrine. Ik kan hem even voor je apart houden. We zijn nog een week open.'

'Ach, kun je niet de andere kant op kijken? Voor één keertje? Jullie houden er toch mee op.' Ik glimlachte slijmerig.

'Dan krijg ik gedonder. Sorry.' Hij hield het mes, inmiddels in een zwart doosje, met een vragende blik een moment in de lucht en legde het toen weg.

Mijn 'steek hem in je reet' verdronk in de muziek. Op de Nieuwendijk was het druk. Ik schoot de Onze Lieve Vrouwensteeg in en probeerde mijn gedachten een nieuwe richting uit te krijgen. Ook al had ik geen idee wat ik met het mes zou gaan doen, of ik het ooit zou gebruiken, laat staan waarvoor, ik wilde niet dat ik ergens geregistreerd stond. Dan maar naar de Hema? Een mes was een mes tenslotte. Ik leunde tegen de muur en keek naar twee duiven die op elkaar inpikten om een korst van het een of ander. Ik hoopte dat de witte zou winnen van de grijze met de horrelpoot. Daardoor lette ik even niet op, voelde alleen dat er opeens iemand achter me stond. Mijn eerste gedachte was dat het om mijn tas te doen was. Ik herkende de jongen met de baseballpet die in de dump naast me had gestaan. Hij zette zijn hand naast mijn hoofd tegen de muur en boog over me heen. Zijn gezicht kwam veel te dichtbij. Kauwgum tussen zijn malende kiezen.

'Rot op man.' Rustig blijven. Niet meteen in de aanval, alsjeblieft niet weer vechtend met iemand op de grond belanden. Uit alle macht duwde ik tegen zijn arm, probeerde ruimte te maken om hem een knietje te kunnen geven. Op de Nieuwendijk liepen mensen voorbij zonder de steeg in te kijken. De jongen liet zijn arm zakken en deed een stap achteruit.

'Relax babe. Ik doe niks. Ik kom je een aanbieding doen. Je zoekt toch een mes?' vroeg hij.

Ik pakte mijn tas die op de grond was gevallen, en knikte, mijn oren suisden.

Hij haalde iets uit de zak van zijn jack. 'Zoiets? Koopje. Ik hoef geen legitimatie.' Hij grijnsde, klapte het mes met één hand snel open en dicht. Het metaal flitste voor mijn ogen.

'Hoeveel?' zei ik.

Mijn moeder legde de sleutel van haar Peugeot op de autopapieren. In de keuken rook het naar kaastosti's. Het was al de derde keer op rij dat ik haar auto kwam lenen, maar ze vroeg niet waar ik hem voor nodig had. Nadat ik bij Esther was geweest, had ik twee keer gepost bij de schietclub en net zo vaak bij het huis van Scotts vader in Amstelveen. Zonder resultaat. Alsof Scott verdwenen was. Of al opgepakt.

'Ik ga een dagje naar het strand, Bloemendaal,' zei ik op de tosti blazend. 'Beetje bakken. Ik breng hem vanavond terug. Ik gooi de sleutel wel door de brievenbus.'

Tussen het brood en mijn mond bleef een sliert kaas hangen.

'Strand, goed idee.' Ze keek me aan. Meestal kwam er dan iets. 'Pappa en ik zaten zo te denken, waarom ga jíj niet op vakantie in plaats van wij?'

'Dat kan niet. Ik heb het veel te druk.'

'Waarmee dan?'

'Ik bedoel, hartstikke lief van jullie. Ik denk erover. Ciao.'

Ik propte de rest van de tosti in mijn mond en drukte een kruimelzoen op mijn moeders wang. Druk. Ik had het inderdaad druk, maar waarmee, dat zou ze nooit weten. Vandaag besloot ik de route andersom te doen. Eerst naar Amstelveen, waar Scotts vader woonde, dan naar de schietclub en daarna zag ik wel verder. Het was twaalf uur en het was warm. Ik stapte in de auto, deed de zonneklep naar beneden en reed weg.

Deze keer had ik geluk. Na drie kwartier wachten zag ik Scott uit het huis van zijn vader komen. Ze woonden aan een pleintje. Scott zwaaide met twee handen naar de meisjes, die achter het raam stonden. Hij had een witte broek aan, witte sportschoenen. Ontspannen liep hij de straat uit, ging bij een snackbar op de hoek van de Kalfjeslaan naar binnen en ging even later met een broodje en een kartonnen beker op het terrasje zitten. Terwijl hij met één hand mosterd tussen zijn broodje kneep, pakte hij met zijn andere zijn mobiel. Hij leek te luisteren, zei iets en lachte.

Ik zocht in mijn tas naar het kaartje van Najib Elhafet en kreeg hem zowaar meteen aan de lijn. 'Hebt u al contact gehad met hem?'

Het leek of de rechercheur moest nadenken over de vraag. Op de achtergrond hoorde ik een tram voorbijkomen.

'Ja, inderdaad. Vanmorgen.'

'U hebt met hem gesproken.'

'Mmm.'

Mijn adem stokte in mijn keel. Vanmorgen? Ik keek naar Scott, telefoon aan zijn oor, nonchalant achterovergeleund, drinkend van de milkshake of wat het ook was. Dat betekende dat hij niet aangehouden was.

'Wat is daaruit gekomen?' vroeg ik tegen beter weten in.

'Scott Honcoop is volledig bereid om mee te werken, maar hij ontkent er iets mee te maken te hebben.'

'Wat zegt hij dan over zijn hand?'

'Tussen de deur gekomen bij een spelletje.'

'En dat geloven jullie? Omdat hij het zegt?'

'Zijn vader heeft net zijn verklaring bevestigd.'

'En over zijn schoenen?'

'Hij ontkende niet dat hij een bepaald soort sportschoenen heeft, maar hij zegt ze pas een paar weken geleden te hebben gekocht. Hij heeft het bonnetje nog.'

Ik zag dat Scott zijn servetje verfrommelde tot een propje en het wegschoot.

'Scott heeft op Curaçao gewoond.'

'Het spijt me, ik moet nu ophangen.' Op de achtergrond hoorde ik stemmen, geschuif van stoelen, iemand die zei: 'Afknijpen, collega. Waar zijn de autosleutels?'

Collega Najib mompelde een haastig 'We houden u op de hoogte,' en hing op.

Nou, wij, Luna, houden u van nu af aan niet meer op de hoogte, dacht ik. Vanaf nu werkte ik alleen nog samen met mezelf, mijn mes, en mijn ongelofelijke woede. Een woede die zo groot was dat ik er rustig van werd. Dingen werden steeds duidelijker. Ik keek om me heen in de auto of ik iets eetbaars zag, vond een halve rol pepermunt en wachtte.

De auto kwam met piepende banden de hoek om en stopte bij het terrasje. Dreunende bastonen golfden uit de open raampjes. Van achter het getinte glas stak iemand een hand uit naar Scott. Daarna stapte hij in. Zodra ze de hoek om waren, startte ik de auto en reed zo onopvallend mogelijk achter hen aan.

Het pand achter het hek zag eruit alsof het niet in gebruik was. Voor de ramen op de begane grond hingen slordig dichtgetrokken lamellen. Er liep een ijzeren brandtrap langs de zijmuur, uitkomend op een plat dak. Op de parkeerplaats groeide gras tussen de betonplaten. De brievenbussen naast de ingang stonden open, overal stak reclamedrukwerk uit. Aan de andere kant van het hek lagen twee omgevallen kliko's. De auto van de jongens stond aan de zijkant van het gebouw geparkeerd. Vanaf de weg was alleen de bumper te zien. Scott of zijn vrienden zag ik nergens. Ik noteerde het adres en reed terug naar Amstelveen.

'Ik ben van de schietclub. Is uw man thuis?' vroeg ik.

Ik nam aan dat de huidige mevrouw Honcoop tegenover mij stond. Ze had vriendelijke ogen, maar met de heen en weer schietende concentratie van een moeder die gewend is alles tegelijk te doen. De hond, die aan mijn kruis snuffelde, bij me vandaan houden en tegelijkertijd de tuin in de gaten houden, waar ik kindergedrein hoorde. Mij beleefd te woord staan en tegelijk luisteren naar de centrifugerende wasmachine en proberen te bedenken of ze nog genoeg ijslolly's in de vriezer had.

'Johan?' riep ze. Ze greep de glazen tussendeur vast die dicht dreigde te slaan. 'Kom maar binnen als je wilt. Het tocht een beetje.'

Johan kwam de trap af lopen. We bleven in de gang staan, terwijl hij de deur naar de keuken zorgvuldig achter zijn vrouw sloot.

'Wat verschaft me het genoegen?' Het klonk vriendelijk, maar het was duidelijk dat hij het geen genoegen vond. Hij sloeg zijn armen over elkaar en staarde over mijn schouder de straat in.

'Ik denk dat u dat wel weet. Ik ben hier vanwege uw verklaring bij de politie. Die klopt niet.'

'O nee?'

'Dat weet u best.'

'Het is nogal wat waar je mijn zoon van beschuldigt. Ik wist eerlijk gezegd niet wat ik hoorde. Je leek zo'n aardig meisje, maar je blijkt een achterbaks krengetje te zijn dat mensen gebruikt. Achter hun rug om mensen tegen elkaar uitspeelt. Timo heb je ingepakt, toen je op hem uitgekeken was, was Scott aan de beurt. En nu dit. Ik zal je één ding zeggen. Ik ken mijn zoon heel goed, mijn jongen is niet gezond en dat heeft ons dicht bij elkaar gebracht. En ik weet heel zeker: Scott doet zulke dingen niet. Hij heeft altijd alles gekregen wat hij nodig had. Om wilde spelletjes is hij altijd heen gelopen, hij heeft geld genoeg en zogenaamde vriendinnetjes zoals jij kan hij missen als kiespijn. En nu eruit.'

'Hij heeft iemand vermoord. Met een wapen van jouw schietclub.'

'Jij bent een zielig meisje.'

44

Het leken net fietslampjes in het donker, flikkerende groen-witte led-lampjes die op het terrasje voor Texel lagen. Toen ik dichterbij kwam, kwamen ze in beweging en zag ik dat het zijn schoenen waren. De hele dag had ik achter hem aan gezeten en nu was hij hier. Scott. Mijn hand ging onwillekeurig naar mijn broekzak. Ik voelde de gladde contouren van mijn mes. Scott merkte dat ik over zijn schouder keek om te zien of Chris en Bert er waren.

'Don't worry. We zijn alleen,' zei hij zacht. 'De buurtjes zijn er niet.'

'Wat kom je doen?'

'Praatje maken. Schikt het?'

Het klonk zo redelijk dat ik heel even dacht: ik heb me vergist. Dit is een heel andere jongen, deze is zachtaardig, sympathiek. Maar ik wist dat het niet waar was.

'Waarover?'

Scott glimlachte. 'Nou ja, een paar dingetjes eigenlijk. Dat de politie mij wilde spreken, bijvoorbeeld. Maar dat weet je natuurlijk.'

'Wat is daarmee?' We stonden op het paadje, tussen de hoog opgeschoten planten waarvan ik de namen niet kende, alleen de geuren, 's avonds na een warme dag.

'Sorry. Joh, ik vind het echt rot wat er met je gebeurd is. Ik had geen idee hoe erg het was. Trouwens ook niet dat je in een sekswinkel werkte.' Zijn blik ging even over mijn gezicht alsof hij me opeens met andere ogen bekeek. 'Ik schrok echt toen die rechercheur, die Marokkaan, vertelde wat er met je gebeurd is in februari.'

'Zal best.'

'Er is niks meer van te zien, hè? Ik wil zeggen dat ik heel erg goed begrijp dat zoiets iemand bezighoudt. En dat je dan misschien de realiteit een beetje uit het oog verliest.' Zijn hand zweefde in de schemer naar mijn arm.

'Raak me niet aan.' Met een verontschuldigend gebaar trok Scott zijn hand terug.

Ergens onder mijn middenrif begon onrust te groeien.

'En ik had ook best willen helpen. Echt. Maar je had het me toch gewoon zelf kunnen vragen? Je hebt mijn telefoonnummer.'

'En wat had je dan gezegd?'

'De waarheid uiteraard.'

'En die is?'

'Dat ik er niks mee te maken heb.'

'Dat dacht ik al.'

'Luna, misschien lijk ik op een van die gasten. Maar ze waren toch gemaskerd? Hoe kun jij dan beweren dat ik het was?'

'Je schoenen.'

'Bedoel je deze?' Hij tilde zijn schoen met de flikkerende lichtjes omhoog. Ik zag dat het andere waren, bij deze zaten de lichtjes in de hak, de kraaltjes aan de veters leken er zelf aan geregen. De enige overeenkomst was dat ze wit waren en een streep aan de zijkant hadden.

'Dit zijn andere.'

'Ik weet niet wat je bedoelt. Ze zijn reteduur, dus meer dan één paar heb ik er echt niet van in de kast.'

'Deze had je toen niet aan. En de laatste keer dat je hier was ook niet.'

'Je vergist je. Echt.'

Ik dacht aan de afdruk bij de sloot die nu weg was.

'Ontken je soms ook dat je hier geweest bent?'

'Nee, waarom zou ik? Dat was erg gezellig. Maar wat heeft dat ermee te maken?'

'Niks. Zomaar.'

'Die politieman, dat Marokkaantje, die zei dat je na je ongeluk problemen kreeg met je geheugen.'

'Eén, het was geen "ongeluk". En twee, er is niks meer mis met mijn geheugen. Ik weet precies wat er gebeurd is.' Onrust sloeg om in kwaadheid. Borrelende onderdrukte woede.

'Je hoeft je er niet voor te schamen, hoor. Je kan er niks aan doen toch?'

'Ik weet wat ik gezien heb toen.'

222

'Ik was eerst wel een beetje boos, maar ik begrijp nu dat het gewoon moeilijk voor je is.'

'Waarom ben je eigenlijk hier gekomen?' Mijn hand klemde zich om het mes. Hij was sterker dan ik, maar alleen. Hij wist niet dat ik een mes had. Maar misschien was het verstandiger om weg te rennen. Of te schreeuwen.

'Ik wil het graag met je uitpraten.'

'Wat valt er in hemelsnaam uit te praten?'

'Werk een beetje mee, alsjeblieft.'

Iedereen die langskwam zou denken dat ik mijn vriendje uitliet. Na een avond met wijn en wat zoenen of vozen liepen we samen naar het hekje, nog een laatste natte zoen, een nieuwe afspraak voor het afscheid. Zijn stem was zacht, hij stond ontspannen met zijn handen in zijn zakken, zijn lichtende schoenen wierpen een soort minivuurtorenstralen op het groen rondom ons.

'Oké. Een ander dingetje. Mijn hand. Ik heb je toch uitgelegd dat mijn zusjes dat gedaan hebben?'

'Twee kleine meisjes van vier of vijf? Toch?'

'Precies.' Hij haalde zijn hand uit zijn zak en hield hem voor mijn gezicht. 'Kijk, alweer zo goed als genezen. Maar volgens jou had ik dit opgelopen bij een overval op de Heiligeweg. Op een weerloze zwarte vrouw. Best erg dat je mij daarvan verdenkt. Dat je denkt dat ik zo slecht ben.'

'Wat kan het je schelen wat ik vind?'

Hij sloeg bijna verlegen zijn ogen neer. 'Nu het uit is tussen jou en Timo en zo. Luna...' Hij deed een stap naar me toe.

'Blijf staan, niet te dichtbij.'

'Sorry, sorry.'

'Zeg wat je te zeggen hebt.'

'Ik vind het gewoon erg dat je op die manier over me denkt. Ik kan wel merken dat je me niet heel erg goed kent.'

'Ik ken je beter dan je denkt. Je hebt me verrot getrapt. Gescheurde wenkbrauw, gebroken neus, kaak, ribben, en mijn milt was ik ook bijna kwijt.' Ik deed een paar passen in de richting van het hek.

Scott was in twee stappen naast me. Zijn gezicht dicht bij het mijne. 'Ik heb niks gedaan, Luna. De overval op de sekswinkel

223

niet. En die op de Heiligeweg ook niet.'

'Ik geloof je niet.'

'Er zijn toch ook nul bewijzen? Zero. Nada. Completely focking niks.'

Bij het woord 'focking' voelde ik weer die plotselinge kou over mijn rug, in mijn nek.

'Jij denkt zeker dat je iedereen voor de gek kan houden met dat rare taaltje van je. Spreken ze dat op Curaçao? Als je nog een stap dichterbij komt, dan...'

Scott lachte, bijna vriendelijk. 'Dan wat?'

Ik haalde mijn hand uit mijn zak en knipte het mes open.

Scott deinsde achteruit tot hij met zijn rug tegen de jonge appelboom stond. Hij hield zijn ogen strak op het mes gericht. 'Godkolere, jij bent geloof ik niet helemaal lekker.'

Ik kon zijn gezicht niet goed zien onder de bladeren, maar hij leek echt geschrokken. Wow, wat een effect voor zo'n klein knipmesje.

'Moet je luisteren, ik help mijn vrienden graag, maar om iets te gaan bekennen wat ik niet gedaan heb... Dat snap jij toch ook wel.' De glimlach was uit zijn stem verdwenen. 'Je zegt niet veel. Voor iemand die toch wel wat uit te leggen heeft, bedoel ik.'

'Ik hoef helemaal niks uit te leggen.'

'Ho, ho. Daar ben ik het niet helemaal mee eens. Je vertelt wel verhaaltjes aan de politie die niet waar zijn. Niet fijn. Hoe zou jij dat zelf vinden?'

Ik keek zo blanco mogelijk terug, het mes nog steeds voor me houdend.

'Je gaat langs bij mijn vader.'

'Hij liegt voor je.'

Scott deed alsof hij me niet gehoord had. 'Je achtervolgt me.'

'Ik weet niet waar je het over hebt.'

'Peugeot 206. Rood. Ik wil best, ik zei het al, nu jij en Timo geen setje meer zijn. I'm all yours. Doe met me wat je wilt.' Hij spreidde zijn armen en liet zijn hoofd hangen als Jezus aan het kruis.

'Wat ben jij een ongelofelijke eikel. Arrogante klootzak.' Mijn boosheid bereikte eindelijk het oppervlak en scheurde naar buiten.

Ik deed een paar passen naar hem toe, het mes ter hoogte van zijn gezicht. Zou ik echt gestoken hebben? Een haal over zijn vlezige lippen, zijn zachte gladgeschoren wang? De aarzeling werd afgestraft. Scott greep mijn pols, draaide mijn arm. Het mes gleed uit mijn hand. Mijn woede kon alleen maar weg in een machteloze schreeuw.

'Nou ben ik wel een beetje pissed, bitch. Dacht je nou ook maar een moment dat je me aan zou kunnen? Ik vermorzel je met een hand als het moet. Misschien heb je je verdiende loon wel gehad. Net als die twee andere wijven.'

Ik vloekte, van pijn, van frustratie.

'Misschien moet je om je moeder roepen. Roep dan: "Mamma."'

'Zie je wel. Jij was het. Jij was het wel.' Ik spuugde naar hem en probeerde te bijten.

'Timo zei al dat je een felle bitch bent. Weet je. Ik vind dat wel leuk. Lekker ook.' Hij dwong mijn hand naar zijn kruis en kreunde overdreven. 'Moet je voelen. Helemaal hard. Voor jou. En zeg niet dat je het niet lekker vindt, volgens Timo lust je er wel pap van.' Zijn hete adem blies tegen mijn lippen. Hij draaide mijn arm op mijn rug voordat ik in zijn ballen kon knijpen. 'Misschien heb ik het wel gedaan. Misschien ook niet. Of wel. Of niet. Maar weet je wat zo gaaf is?' Hij fluisterde, zijn mond op mijn oor. 'Niemand komt er ooit achter. Dit is iets tussen jou en mij. Een warme band. Forever.' Zijn handen graaiden naar mijn borsten. 'Lekker. Ik ben echt een heel leuke jongen.'

Ik schreeuwde dat hij dood kon vallen.

'Wat je wilt. Als je je bedenkt, dan hoor ik het wel.'

Hij liet me zo plotseling los dat ik vooroverviel. Toen ik opstond, was hij verdwenen. Mijn mes ook.

45

De koele vochtigheid van de tuin streek langs mijn gezicht. De onzichtbare wereld van de nacht bewoog om me heen met geluiden die ik niet herkende, en beesten die ik niet zag.

Ik was misselijk van boosheid, van frustratie dat ik me door Scott had laten verrassen en me ook nog het mes had laten afpakken. Mijn hele lijf voelde branderig van de adrenaline. Het liefst had ik de hele bloementuin om me heen uit de grond getrokken, met een bijl op het huisje ingehakt, gebruld als bij een duivelsuitdrijving om uit te spugen wat me van binnen probeerde op te vreten. In de verte hoorde ik de stemmen van Chris en Bert. Even later zag ik hen hun huisje in gaan.

Chris keek eerst door het raam, opende haar mond om iets te zeggen, verdween weer uit het zicht en deed een paar seconden later de deur open.

Bert lag al in bed. Door de openstaande slaapkamerdeur kon ik haar zien. Ze las een boek, kussen in haar rug, een leesbril die ik nog nooit gezien had op het puntje van haar neus.

'Wie was dat?' zei ze zonder opkijken. En toen: 'O.' Ze zette haar leesbril af en trok het dekbed op. Ik keek naar haar naakte schouders. En naar haar mondhoeken, die even omhoog gingen, geamuseerd. Ik voelde me ongemakkelijk, wist niet waar ik moest kijken.

Aangekleed waren Chris en Bert gewoon vrouwen, bloot werd ik me opeens bewust van het feit dat ze het met elkaar deden. Ik draaide me om en liep naar de deur.

'Geen goed idee, geloof ik,' zei ik in het voorbijgaan tegen Chris.

'O kom op, doe niet zo preuts. Ze kleedt zich wel weer aan. En jij blijft.' Chris sloeg haar arm om mijn schouders.

'Moet ik me weer aankleden? Waarom?' Verbaasd keek Bert van Chris naar mij.

'Daarom. Doe nou maar.'

'Alleen om te praten of moet ik ook naar buiten?'

'Bert, doe niet zo ingewikkeld. We gaan even zitten, jij erbij,' zei Chris gedecideerd. Ze schoof een stapel fietsbrochures opzij en zette drie glazen op tafel. Daarna dook ze in een kastje en kwam weer overeind met een fles cognac, een restje likeur en een nog ingepakte fles maltwhisky.

'Wat zal het zijn, vrouwen?' vroeg ze terwijl ze de dop van de whisky begon los te draaien.

'De dader is de enige die kan weten dat ik om mijn moeder heb geroepen,' besloot ik mijn verhaal.

Deze keer had ik niets overgeslagen. Chris en Bert hadden zwijgend geluisterd. 'Ik wil trouwens niet dat mijn ouders dit allemaal weten. Ze weten niet beter dan dat ik hier zit omdat ik even geen kamer heb. Wat ook zo is. Nou ja, laat maar. Ik wil niet dat ze zich ongerust maken.'

Chris schoof de fles cognac naar me toe. 'Neem er nog maar een, goed voor je.' Ze had gelijk. Mijn maag kwam tot rust. De pijn in mijn middenrif was weg. Voor de rest leek het nog steeds alsof ik onder stroom stond.

'Is het ook niet op dat YouTube-filmpje te horen?'

Ik schudde mijn hoofd.

'Je zei dat Scott dat tweede slachtoffer "een kwetsbare zwarte vrouw" noemde?' Chris keek me peinzend aan.

'Ja. Dat zei hij.'

'Wie weten er eigenlijk dat het een Surinaamse vrouw was?'

'Maakt dat wat uit? Manuela, rechercheur Dijk, Elhafet, ik. Winkeliers uit de buurt.'

'Is dat belangrijk, waar wil je naartoe?' vroeg Bertine aan Chris.

'Ik vraag me alleen af hoe hij dat kon weten. Dat het om een zwarte vrouw ging.'

'Gehoord op het politiebureau?'

'Ik ga Elhafet niet opnieuw bellen. Die vrouw heeft geen aangifte gedaan. Daar ben ik klaar mee.'

'Je kunt dit niet over je kant laten gaan,' zei Chris. Het klonk als een conclusie. Of als een gegeven waarop door moest worden geredeneerd.

227

'Sure.' Ik hoorde zelf hoe krachteloos het klonk. Of misschien gewoon vermoeid, aangeschoten. Ik moest wat eten.

Inmiddels stonden er Franse kaasjes op tafel en crackers. Bertine prakte een lepel mayonaise door een moot tonijn uit blik.

'Dat ben ik ook niet van plan. Ik weet alleen nog niet hoe. Wel wat maar niet hoe.'

'Dat klinkt cryptisch.'

'Het is cryptisch. Voor mezelf ook. Ik weet zeker dat de oplossing er is. Dat ergens al bekend is wat ik moet doen. Ik weet alleen nog niet waar. Ik kan er niet bij, mijn hersens niet. Alsof er een deken overheen ligt. Het heeft niks te maken met mijn geheugenverlies, maar met stappen nemen. Eén voor één. Snap je?'

Chris en Bert knikten, maar ik betwijfelde of ze begrepen wat ik in mijn halve dronkenschap probeerde uit te leggen. We aten nog meer toastjes, Bertine ging over op bier, Chris op water.

'Dus hij ontkent alles?'

'Hij denkt dat niemand hem iets kan maken.'

'Is dat zo? Kan niemand hem iets maken?'

'Ik weet het niet, ik weet het gewoon niet.' Ik deed mijn ogen dicht, wreef met mijn vingers over mijn voorhoofd.

'We moeten toch iets kunnen verzinnen.'

'Eerst het doel formuleren.'

'Dan de manier waarop.'

'En dan wie van ons wat doet.'

Het duurde even voor het tot me doordrong dat ze het over 'we' hadden en over 'ons', niet over 'jij', 'ze' of 'de politie'. Waren we bezig een plan te maken? Een besluit te nemen? Voor de zekerheid ging ik ook over op water.

'Om te beginnen is het geen kwestie van of, maar van wanneer.'

'Precies. In ieder geval voordat er nog meer slachtoffers vallen.'

'Heel snel dus.'

'De politie doet niks.'

'In ieder geval niet genoeg.'

'Zeker omdat het om een zwarte vrouw gaat.'

'Die geen aangifte heeft gedaan.'

'Omdat ze ooit in de prostitutie heeft gezeten.'

'Zat Debbie ook in de prostitutie?'

'Weet ik niet. Nooit iets over gehoord.'

We zwegen. De waxinelichtjes op tafel waren een voor een uitgegaan. Ik had geen idee hoe laat het was. Ver na middernacht.

'Misschien moeten we eerst even proberen te slapen.' Bert klonk hees. Van vermoeidheid. Van emotie. Van ongeduld.

'Ik ben klaarwakker,' zei Chris.

'Jij gaat ook naar bed.'

'Ik loop even met Luna mee naar Texel.'

Chris liep dicht naast me terwijl we naar Texel liepen. Het was een heldere nacht met veel sterren. Eenmaal onder de bomen vandaan lichtte het huisje voor ons op alsof er een bouwlamp op gericht stond. Zodat we goed konden zien wat er op de deur hing. Het was een meerkoet, hij droop van het bloed. Ingewanden hingen uit de opengesneden buikholte. Mijn mes stak er nog in. Chris sloeg haar hand voor haar mond waardoor de kreet van ontzetting gedempt klonk.

'Wat morbide. Die jongen is ziek.'

'Hij is boos. Net als ik.'

'Wil je bij ons slapen?'

Maar ik schudde mijn hoofd. Met een gestrekte arm trok ik mijn mes los uit de deur. Het kadaver viel op de grond.

De volgende dag was ik vroeg wakker. Ondanks de drank was mijn hoofd helder. Ik deed een afwas van een paar dagen, haalde het bed af, ruimde kleren op, boeken. Ik wikkelde de vogel in een krant en gooide hem in een vuilcontainer, maakte de voordeur en het terras schoon met water uit de sloot. Nadat ik gedoucht had, verzamelde ik al het tuingereedschap uit de tuin en legde het in het huisje. Toen zette ik de doos met verfspullen op tafel en haalde eruit wat we nodig hadden.

46

Een gebouw zoals er tienduizenden in Nederland staan. Een fantasieloze vierkante doos, twee verdiepingen, plat dak. Op de begane grond een draaideur in het midden van een lange glaswand met lamellen. Op een van de ramen hing een verschoten affiche van de AutoRai van vorig jaar. De gebouwen aan de overkant van de straat werden weerspiegeld in het glas. Op het terrein ervoor wapperden rafelige vlaggen aan vlaggenmasten. Een hek tussen twee gemetselde zuilen met daarop een bordje 'Verboden toegang voor onbevoegden'. Dat gold niet voor ons. Wij waren bevoegden. En het slot op het hek was al door iemand anders geforceerd. Zoveel mogelijk in de schaduw liepen we over het parkeerterrein om het gebouw heen. Aan de achterkant was nog een ingang. Aan de onderzijde van de deur was een paneel losgetrokken. Het leek op een kattenluik, maar dan groter. We duwden de tassen naar binnen en kropen er om beurten achteraan. Aan de andere kant van de deur stonden we op en keken zwijgend om ons heen. Ik hoorde Bert en Chris ademen.

De vloer van de centrale hal was net een schaakbord met witte en zwarte vlakken. Hier en daar lag glas op de vloer, dat knarste onder onze schoenzolen. In het midden was een brede stenen trap, die naar de eerste verdieping leidde. Het graniet van de traptreden was uitgesleten. We zagen nu dat alleen de voorkant een tweede verdieping had, hier in de hal was het plafond twee keer zo hoog. Tegenover ons, onder de entresol, was een soort portiersloge met een balie. De entresol rustte op een rij pilaren.

Bert bewoog als eerste. Ze liep langs de muren, opende hier en daar een deur, deed verslag.

'Een soort kantine, schoonmaakkast, meterkast.' Ze praatte zacht, maar haar stem zong door de kale ruimte. 'Deze kunnen we gebruiken.' Ze wees naar een omgekeerde krat, een paar uitgeslagen plastic tuinstoelen, die in een hoek van de hal stonden. Eromheen lagen peuken, lege chipszakjes, bierblikjes.

'Naar boven?' We liepen de trap op. Ik had het gevoel dat mijn hart dubbele slagen maakte.

'Jezus, wat heb ik het warm.' Ik hoorde het geluid van een rits.

'Niet te ver open, we willen geen enkel spoor achterlaten.'

'Ja ja, ik weet het. Maar ik sta in geen enkel bestand hoor. Voor parkeerboetes nemen ze geen DNA af.'

'Doe toch maar niet.'

We inspecteerden de ruimtes van de tweede verdieping. Allemaal kantoren die aan de voorzijde uitkeken over de straat. Op de hoek, met ramen aan twee kanten, lag het grootste vertrek. Het had namaakhouten lambriseringen en tapijt op de vloer. De pootafdrukken van een vergadertafel en een bureau waren duidelijk zichtbaar in het licht dat tussen de lamellen door kierde.

'De directiekamer,' veronderstelde Christine. Ze deed een deur open naar een keukentje. Er lagen kranten en het stonk er naar riolering.

In een andere kamer stond nog een kluis. Er lagen tabbladen op de vloer, plastic insteekmapjes en ontelbare paperclips. Overal rook het muf en stoffig.

'Ik moet naar de wc.'

De dames-wc was op slot, dus verdween Chris in die van de heren. Toen ze naar buiten kwam, zei ze: 'Er stond zelfs nog luchtverfrisser.'

'Ik ga me voorbereiden,' zei ik.

Vanaf de entresol volgde ik de voorbereidingen van Chris en Bert. Als witte pionnen bewogen ze over het schaakbord. Ze spraken weinig. Als ik niet beter had geweten, zou ik gezegd hebben dat ze hadden gerepeteerd.

'Hier?'

'Oké.'

'Dit? Of het nylon touw?'

'Extra knoop.'

'Naar achter, ja zo.'

Daarna hoorde ik het schrapen van stoelpoten over de vloer.

'Luna, zo goed?'

Ik liep naar beneden, mijn handen in latexhandschoenen stroef op de trapleuning.

Als chirurgen hadden ze het gereedschap op een stuk plastic op de vloer klaargelegd. Twee hamers. Grote spijkers. Een combinatietang. Een priem. Beitels. Lijmklemmen. Een stanleymes. Ze leken de hele gereedschapskist te hebben meegenomen.

'Een verfbrander?'

'Ja. Heet onder de voeten en zo.'

'O.'

Een bijl. Een snoeischaar. Een zaag. Een aansteker, vier rollen reparatietape. Een sixpack bier. Pleisters. Een theedoek.

'Zijn jullie zover?'

Ze knikten, trokken het plastic zeil met gereedschap achter de deur van de kantine en stapten er zelf achteraan. Ik keek op mijn horloge en liep terug naar boven. In de directiekamer schoof ik voorzichtig de lamellen een klein stukje open en keek naar buiten.

*

per definitie
zat hij op zijn fietsie en
reed hij een pietsie

Dat was natuurlijk geen echte haiku. Een haiku had inhoud. Een diepere gedachte. Deze had hij alleen maar gemaakt om Herman uit te leggen wat een haiku was. Herman was naast hem komen zitten in het Vondelpark. Ze kenden elkaar al langer. Eerst hadden ze een tijdje zitten zwijgen. En naar een paar eenden gekeken die midden op de weg zaten te slapen, met hun snavel in hun veren. 'Die zijn niet goed,' had Herman gezegd. Hij kon het weten, hij kwam van het platteland. Ook al zou je dat niet zeggen als je hem zag. Hij had altijd een soort militair uniform aan en een baret op. Hij zou wel veteraan kunnen zijn. Uit de Golfoorlog of zo.

Herman was vaak somber. Hij had aan hem gevraagd hoe hij het volhield op straat. Toen had hij gezegd: 'Door de haiku's.' Maar omdat Herman niet wist wat een haiku was, had hij naar een agent op een fiets gewezen en die haiku gemaakt.

Het was een mooie dag. Een zonnige, bloemige, grassige dag met allerlei beestjes in de lucht. Het bleef lang licht, dus hij was pas laat naar zijn huis gelopen. Hij was er inmiddels aan gewend. Aan die andere mensen. Ze kwamen als hij er niet was, waren weg als hij kwam. Zo te zien kwamen ze niet boven. Jongens, die stiekem kwamen roken en stoer doen. Toen hij vlak na elf uur beneden glas had horen kraken was hij overeind geschoten en had meteen al zijn spullen op het platte dak gezet, net onder de vensterbank. Daarna was hij zachtjes, zonder schoenen, de gang op gegaan. Eigenlijk alleen maar om te zien hoe ze eruitzagen. Hij dacht dat hij wist hoe ze eruitzagen. Straatjochies, donker of zwart, met sportschoenen en figuren in hun haar geschoren en misschien wel met zo'n diamanten knopje in hun oor.

Eerst kwam het geluid. Stemmen. Vrouwenstemmen. Toen zag hij dat het wittepakkenvrouwen waren. Ze hadden hem gevonden.

Maar hij had zijn maatregelen genomen. Er lag niets in de kamer boven. Zijn spullen stonden op het dak, uit het zicht. Hij was de gang weer in gelopen en had zich in de wc opgesloten. Niet de mannen wc, want daar zouden ze hem natuurlijk als eerste zoeken, maar die voor de vrouwen. Hij was slimmer dan zij.

47

Bewegingloos stond ik achter het raam en wachtte op de dingen die komen gingen. Ik concentreerde me op mijn ademhaling. Probeerde te voelen hoe mijn longen zich vulden. Kiezen op elkaar, voel je buik op en neer gaan. Voel je ribbenkast uitzetten. Naar je flanken en weer terug. Als de kamer aan de achterkant van het pand was geweest, had ik misschien het raam even opengezet, maar aan de voorkant durfde ik dat niet. En dus ademde ik de stoffige zuurstofarme lucht in en blies hem nog armer weer uit. Van beneden hoorde ik geen enkel geluid.

Ik was zo gefixeerd op mijn adem dat ik hem niet had zien aankomen. Opeens was hij daar. Hij stond schuin onder het raam en keek naar boven. Snel keek ik naar de weg links en rechts, toen hield ik met een hand de lamellen opzij en boog naar het raam. Ik wist niet of hij het kant van mijn bh kon zien boven de opengeknoopte bloes, maar wel mijn blote hals, misschien zelfs mijn benen met het hoog opgeschorte rokje. Maar in elk geval mijn mimende mond, die bewoog op: 'Hai, kom je binnen?'

Toen stapte ik terug het donker in, trok mijn rok wat naar beneden en liep de kamer uit, door de gang tot de overloop boven de centrale hal.

Chris en Bert waren onzichtbaar. Ik zag alleen een paar dunne strepen licht van de straatverlichting. Ze trokken lijnen over de zwart met witte tegelvloer. Toen hoorde ik geknars van glas en verscheen een schaduw onder aan de trap.

'Hier ben ik,' hoorde ik Scott zeggen.

'Dank je.'

'Geen dank. Leuk dat je belde.' Hij grinnikte.

Opeens was ik merkwaardig kalm. Dit was het moment waar het al die tijd naartoe was gegaan. Onontkoombaar. Alsof de afgelopen maanden als zand in een trechter eindelijk in één enkele stroom samenkwamen.

'Neem maar vast een biertje, ik kom er zo aan.'

Scott aarzelde even, keek rond, haalde toen een pakje sigaretten uit zijn schoudertas, stak er een op. De tas zette hij tegen een pilaar. Daarna liep hij naar de stoel waarnaast de biertjes stonden, en trok een blikje open.

'Nice place, hè? Mijn privékantoor. Geen mens die je hier ooit lastigvalt.'

'Ja, super.'

Ontspannen liep hij heen en weer, keek zo nu en dan naar boven. 'Krijg ik je nog te zien?'

'Nog even.'

'Dus je hebt je bedacht?'

'Zoiets.'

'Ik ben erg benieuwd.'

'Ik weet niet goed hoe ik moet beginnen.'

'Nou, misschien met naar beneden te komen? Ik bijt niet.'

'Je moet me even de tijd geven. Dit is heel moeilijk voor me.'

'Als je excuses wilt maken, die zijn geaccepteerd.' Ik hoorde dat hij een tweede blikje opentrok.

'Nee, dat niet precies.'

'Oké, ik heb de tijd.' De poten van de tuinstoel krasten over de vloer toen Scott ging zitten. Dat had hij niet moeten doen. Hoe Chris en Bert hun timing zo goed gekregen hadden wist ik niet, maar het leek alsof ze in een fractie van een seconde vanuit onzichtbaarheid naast de stoel stonden. Een lange strook reparatietape als spinnenspuug tussen hen in. In één beweging sloegen zij die tegen de bovenarmen van Scott, kruisten elkaar achterlangs en trokken zo zijn armen strak tegen zijn lijf en om de achterleuning. Tegen de tijd dat hij 'What the fock, fock' zei, zat hij vastgetapet in de stoel, het blikje bier nog in de hand, maar onbereikbaar voor zijn mond. Zijn benen ging minder goed. Hij trapte vloekend en tierend tegen de tape, naar de zwijgende witte figuren die om hem heen draaiden, probeerde hen met zijn hoofd te raken. Zijn bier viel op de grond. Toen hij op wilde staan, stak de stoel als een grotesk uitgroeisel uit zijn rug en bovenbenen. Hij wankelde en liet de poten toen weer op de grond zakken.

'Wat willen jullie van me?'

Chris en Bert liepen geluidloos achteruit en openden de deur naar de kantine.

Langzaam liep ik de trap af. De wollen muts die strak om mijn haar zat, jeukte bijna ondraaglijk. De handschoenen knelden. De pols die gebroken was geweest, klopte nadrukkelijk.

'Praten. Wij gaan praten,' zei ik.

Scott draaide zijn hoofd naar me toe. Er stond angst op zijn gezicht.

48

Scott zweeg en keek behoedzaam om zich heen, keek naar de tape om zijn armen, naar de deur, zijn tas, die meters van hem vandaan tegen een pilaar stond.

'Dit lijkt me wel iets meer dan alleen praten.'

'Nee hoor, alleen praten. Als je meewerkt, gebeurt er verder niks.'

'Ik heb ongeveer een kwartiertje,' zei Scott. Zijn tong ging over zijn lippen. 'Een kwartiertje, daarna komen er een paar vriendjes van me langs.'

'Echt waar? Hadden jullie ook een teken afgesproken voor het geval je zeg maar "bezig" zou zijn geweest? Of mochten ze dan ook gewoon binnengekomen?'

'Vraag nou maar. Hoe eerder deze belachelijke vertoning voorbij is, hoe beter.'

Met mijn latex vingertoppen ging ik in mijn zak langs de rand van de memorecorder van Chris. Hij voelde als een mobiele telefoon, maar dan zonder toetsenbord. Ik had blind geoefend, maar toen was mijn aandacht niet steeds weggeschoten naar een jongen die in een stoel tegenover me vast zat getapet. Of naar de donkere hoek onder de entresol, waar ik mijn twee helpers vermoedde. Bovenkant, voorkant, linkerknop. Bovenkant, voorkant, linkerknop. Ik liep een eindje weg met mijn rug naar de stoel en hield mijn broekzak open. De recorder lag precies in de juiste positie in mijn latex hand.

'Waarom een omgekeerde y?' Dit was niet de opening die we hadden afgesproken, zo had ik het niet gerepeteerd aan de keukentafel bij Chris en Bert.

'Wat?'

'Waarom was het een omgekeerde y die je in mijn hals sneed?'

'Ik weet niet waar je het over hebt. Een omgekeerde y, laat me even denken, was dat niet een soort teken voor vrede in de jaren zeventig? Iets van krakers en hippies en zo?'

Er reed een auto voorbij, het licht van de koplampen schoof langs de gesloten lamellen.

'Toen ik bijkwam uit de coma, wist ik niet waar ik was. Ik kon me niet herinneren waar ik vandaan kwam, wat er gebeurd was. Alles deed pijn: ademen, kijken, drinken, op een knopje drukken. Mijn mond kon niet open, ik kon alleen maar luisteren. Het duurde een hele tijd voor ik begreep wat er was gebeurd, en toen kon ik alleen maar denken: waarom? Niet: waarom ik, want het had ook iemand anders kunnen zijn. En ook niet: waarom een overval, want er zijn nu eenmaal jongetjes zoals jij die gewoon pakken wat ze niet kunnen betalen. Die nemen wat ze niet kunnen krijgen. En die dan denken dat ze heel erg stoer zijn als ze dat doen. Maar waarom iemand in coma schoppen voor een paar setjes spannend ondergoed? Waarom iemand doodschieten voor vijfhonderd euro? Waarom niet gewoon meenemen? Alles lag toch voor het grijpen?'

Scott had me de hele tijd aangekeken. Alsof hij oprecht geïnteresseerd was.

'Wat doen sommige mensen toch een vreselijke dingen, hè?' Het leek of hij glimlachte. 'Maar waarom vertel je mij dit, Luna?'

'Jij was een van die jongetjes.'

'Echt waar?'

'Ik heb je herkend.'

'Nee, je hebt me niet herkend. Ik droeg toch een masker, een capuchon. Het was donker in de winkel. In februari is het vroeg donker.'

'Ja inderdaad, je droeg iets over je hoofd, maar je had niet aan je schoenen gedacht. En laat ik die nou herkend hebben. Heel bijzondere schoenen met geslepen steentjes aan de veters.'

'Die heel bijzondere schoenen die ik niet heb, bedoel je. Omdat ik die andere bijzondere schoenen heb. Met lichtjes in de hakken.'

'Je hebt ze weggegooid.'

'Weggegooid Luna? Zulke dure schoenen?'

'Jij hebt geld zat.'

'Daar werk ik hard voor.'

'Waar werk je eigenlijk, Scott, wat voor werk doe je? Ik geloof niet dat ik dat ooit gehoord heb. Dat moet ik Timo toch nog eens vragen. Was hij er ook bij betrokken?'

'Wie weet. O. Dat zou niet best zijn, hè? Dan heb je geneukt met...'

Ik zag aan hem dat hij blufte. Ik liet me niet door hem op stang jagen. Ik wist zeker dat Timo niet bij de overval was geweest: hij was niet dik, niet zwart en hij had geen piercing door zijn tong.

'Misschien moet ik nog eens met je vader gaan praten.'

'Je laat mijn vader erbuiten. Als je die man nog een keer lastigvalt gaan er echt vervelende dingen gebeuren.'

'O? Net zo vervelend als in de winkel?'

'Ja, misschien wel net zo vervelend als toen.'

'En ga je dat dan zelf doen of laat je het door dat dikke vriendje van je doen? Of die andere, met die piercing door zijn tong. Daar kun je heel erg ziek van worden, van een piercing door je tong. En dat wens ik die klootzak dan ook van harte toe.'

Ik voelde opeens mijn benen trillen. Zo gespannen had ik gestaan. Dorst had ik ook. Met knikkende knieën liep ik naar de blikjes bier en trok er een open. Te laat bedacht ik dat ik door de plas bier heen liep, maar ik vertrouwde erop dat ik met de hoesjes om mijn schoenen geen afdrukken zou achterlaten. Liep terug. Nam een paar slokken. Ging weer met mijn hand in mijn zak. Bovenkant. Voorkant. Linkerknop.

'Hoelang gaan we hier nog mee door? Je weet dat mijn vrienden hier elk moment kunnen zijn.'

Hij bluft, Luna, hij bluft. Hij dacht dat je alleen zou zijn. Praten. Neuken misschien wel. Als het niet zo is? Dan is er hopelijk een plan b. Ik had het idee dat Scott zichzelf zo nu en dan tegensprak, maar niet duidelijk genoeg. En als zijn maatjes kwamen, was die jongen met de slissende tong er misschien wel bij. Dat zou ook wat opleveren.

'Wij zijn op alles voorbereid. Laat ze maar komen dan.'

Scott keek speurend rond. Toen zei hij: 'Ik wil een sigaret. In mijn tas. Als je me even mijn schoudertas aangeeft.' Hij wees met gestrekte vingers in de richting van de pilaar.

'Grapjas.'

Even overwoog ik om de tas open te maken om te zien wat erin zat, mes, pistool, mobieltje, maar dan moest ik opnieuw de memo-recorderknopjes vinden.

'Geef me dan tenminste nog wat te drinken.'

Ik nam een risico. Later besefte ik pas dat als hij gewild had hij me misschien had kunnen vastpakken, klemzetten tegen de muur. Maar dat deed hij niet.

'Wat een lekkere tieten heb je toch,' zei hij toen ik achter hem ging staan. Hij boog zijn hoofd achterover, raakte bijna mijn borst. 'En je ruikt ook zo lekker.'

Ik greep zijn haar en trok in één ruk zijn hoofd achterover. Zijn mond ging vanzelf open, zodat ik het bier erin kon laten lopen. Een paar slokken hield hij het schenktempo bij, toen begon hij te hoesten, deed zijn mond dicht, probeerde zijn hoofd af te draaien. Het bier liep over zijn gezicht, in zijn haar, zijn oren, in de hals van zijn poloshirt. Hij zette zich af met zijn voeten, de stoel schraapte over de tegels. Hij vloekte, zijn lippen strakgetrokken om niks meer binnen te krijgen, snuivend ademend door zijn neus. Ik liet zijn haar weer los en stapte buiten zijn bereik. Scott schudde met zijn hoofd. Haalde zijn neus op.

'Oké, dat was het bier.' Hij keek me aan. De glimlach was verdwenen.

De stilte in de hal was breekbaar, kwetsbaar. Ieder geluid ketste als een laserstraal tegen de wanden van glas en steen, en kwam in een paar nanoseconden terug. Geritsel van mijn kleren als ik bewoog, een tochtvlaag langs het paneel van het kattenluik.

'Ik weet niet wat je allemaal nog van plan bent, maar het gaat je niet lukken.'

'Wat niet?'

'Ik ben niet achterlijk. Het gaat je niet lukken om mij iets te laten bekennen wat ik niet gedaan heb. Ik was naar de film die avond, Pathé De Munt, ik kan je de kaartjes laten zien.'

'Zo. Stoer hoor, zo'n alibi. Helemaal zelf verzonnen?'

'Wat wil je nou toch van me, kut?'

'Jij zei laatst dat wij een band samen hebben. Die hebben we ook. Jij hebt mij verrot geslagen. Kapotgetrapt. Jij hebt dingen in mij stukgemaakt die nooit meer heel worden. Ik denk niet dat iemand ooit meer zulke sporen kan achterlaten in mijn leven als jij toen hebt gedaan.

'Ik zei al: vreselijk, vreselijk, snik, snik. Maar mij pak je daar niet op.'

'O nee? Je onderschat me.'

'Mamma, mamma,' mimede hij meer dan hij sprak.

Het was tijd voor fase twee.

49

De overalls ritselden vanuit de donkere hoek in de richting van de stoel. Ze trokken het plastic met het gereedschap erop met zich mee. Scott vloekte. Hij probeerde op te staan en met de stoel aan zich vast weg te lopen. Na een meter trokken de nylon touwen waarmee de stoel aan een pilaar vastzat strak en klapte hij terug op de vloer. Toen deed hij zijn mond open en schreeuwde.

Ik denk dat we er allemaal van schrokken. Doodstil stonden we en luisterden hoe de galm heen en weer golfde in de ruimte. Ik had geen idee of je het buiten zou kunnen horen. Het pand was omringd door een enorme parkeerplaats, ruim opgezette opritten, binnenplaatsen. Daarachter bedrijven, die nu hoogstwaarschijnlijk verlaten zouden zijn. Maar ik wilde geen risico's nemen. Wenkte. In één klap zat er een lange strook tape over zijn mond, aan beide zijden vastgehouden door mijn witte helpers. Slordig en een stukje gedraaid, maar genoeg om het geluid te dempen. Zijn schreeuw vervormde tot een kelig gezoem.

'Luister. Ik wil je niet vermoorden. Ik wil je ook niet laten stikken. Het enige wat ik wil, is dat je me vertelt wat er is gebeurd die avond. Dat je me teruggeeft wat je van mij hebt gestolen. Jij hebt iets van mij en dat ga je me teruggeven. Mijn herinnering. Begrijp je wat ik bedoel?'

Scott aarzelde, knikte toen. Met een langzame beweging trokken Bert en Chris de tape weer los.

'Jullie zijn gestoord. Dit is ontvoering. Gijzeling. Ik laat jullie oppakken voor mishandeling, bedreiging.' Hij vloekte, spuugde bijna van woede. Maar hij schreeuwde niet. Hij zei ook niets meer. Zijn ogen gingen heen en weer door de ruimte, naar de deur, naar de glazen pui met de lamellen ervoor. Misschien waren zijn vriendjes inderdaad onderweg.

'Scott, je moet echt wat gaan zeggen, anders gaat het mis en dat wil je niet. Waarom?'

'Hoezo waarom? Moet alles een reden hebben? Ik had een heel slechte jeugd. Nou goed?'

Er trok een smalend lachje over zijn gezicht, dat weer verdween bij het horen van een metalig geluid. Eén van de witte figuren, ik kon in het schemer en door de vermomming niet meer zien wie wie was, stapte naar voren en hield iets tegen Scotts achterhoofd. Het leek me de kleine accuboormachine. Scott bevroor.

'Begin maar bij het begin,' zei ik met mijn hand nog steeds om de recorder.

Met twee scooters. Gestopt op het Rokin. Geparkeerd aan het water. Deur door, ondergoed gepakt. Geld gepakt. Weer weg. Zo goed?

In het donker klonk een ratelend geluid. Zoals wanneer je de scherpe punt uit een stanleymes tevoorschijn laat komen.

Het was koud. Donker. Weinig mensen op straat.
Aan de overkant hadden ze even bij de Argentijnse grill gestaan.
Ballentent, dronken klootzakkies met rooie koppen en ballenpraat.
Zij drieën waren superscherp. Geil. Kicken. Zo erin en zo er weer uit.
Net als een lekkere snelle zaterdagavondfuck in de auto.
Alleen hield je hier nog iets aan over.
Verder niks.

Wachten tot de winkel bijna dichtging.
Tot ze zagen dat dat wijf de winkel dicht ging doen.

'Die vrouw had een naam.'

Echt waar? Cocksucker. Bitch. Banga. Ouwe plamuurharses. Of was het een verbouwde kerel? Het leek meer op een verbouwde kerel. Wedden dat ze er heel wat in haar mond gehad had?

Het stanleymes schoot naar voren en sneed met een snelle haal aan de achterkant de kraag van zijn shirt open. Er ontsnapte een soort gejammer uit zijn keel. Dit ging goed. We kwamen ergens.

Binnenkomen was een eitje. Dat was toch niet hun schuld?
Gewoon slechte beveiliging. Alles voor het grijpen. Zo vroeg je erom.

Als ze had meegewerkt was er niks gebeurd.
Nee. Ze had niet meegewerkt.
Stomme kut met haar rode schoenen. En haar lange nepnagels.
Ze was gewaarschuwd.
De jongens waren nou eenmaal scherp. Stonden op springen. Moet je niet uitdagen.
Kon het niet helpen dat zij de held wilde uithangen. Kutwijf.
Stinkend stom kutwijf.

Het was alsof Debbie op dat moment binnenkwam en naast me ging staan. Ik kon haar parfum ruiken. De geur die de hele dag in het keukentje bleef hangen. Paco Rabanne.

Het was haar eigen schuld. Het ging hun alleen om de cash.
Het liep uit de hand. Zij waren gewoon scherp. Superscherp.
Maar dat had ik niet van hem. Hij was er niet. Hij zat in de film.
Hij had de kaartjes nog. Met zijn pinpas betaald.
Een omgekeerde y? Geen idee. Moest alles een betekenis hebben?

Godverdomme. Zelfs dat was alleen maar voor de lol. Esther Vallentak dan?

Die zwarte bitch?
Ook zo achter het raam vandaan. Of van de A16.
Kankerhoeren waren het. Allemaal.

Ik hoorde het klikken van een aansteker. Met een steekvlam ging de verfbrander aan. Een witte arm richtte de vlam op de schoenen van Scott. Ik rook schroeilucht. Scott schopte naar de brander, die loskwam van de arm en wegrolde over de stenen vloer. Hij werd uitgedaan. Ik zag dat de veters gloeiden en langzaam zwart opkrulden. Scott zag het ook. Trapte op zijn eigen voeten. Vonkjes spetterden in het rond.

'Zijn we er? Heb je je herinnering nou terug?'
    'Meer dan dat.'
    'Ik zeg niks meer. En ik heb ook niks gezegd. Ik heb toch alles

verzonnen. Het heeft trouwens allemaal in de krant gestaan. Of de politie heeft het me verteld. Dus. Mij maak je niks. Echt niet. Weet je dat nou nog niet?'

'Gaan jullie maar vast,' zei ik. 'We zijn klaar. Ik moet nog één ding doen. Vijf minuten.'

De witte overalls verdwenen door het kattenluik, evenals de tassen met gereedschap. Een gehandschoende hand deed het paneel weer voor de opening.

50

Ik draaide me om en liep terug. Het zweet kwam uit al mijn po-
riën omhoog en sloeg terug op mijn huid. Tegengehouden door
de verstikkende papierachtige schildersoverall. Even overwoog ik
om tenminste mijn muts af te zetten. Zelfs als iemand later over
de vloer zou kruipen op zoek naar haren, dan nog moesten er hier
tientallen liggen van oud-werknemers, verhuizers, makelaars. Van
Scott en zijn onbekende vrienden. Maar ik hield de muts op. Zo
hadden we het afgesproken. Deed alleen het snuitje af. Scott volgde mij met zijn ogen.

'Ga je nu naar de politie? Wat ga je nu doen?'

Het bier op zijn shirt en in zijn haar was opgedroogd, maar ik
zag grote transpiratievlekken onder zijn armen en op zijn borst.
De tape zat nog stevig om zijn armen, maar als hij eraan bleef trekken zou het uiteindelijk scheuren. Een klein beginnend scheurtje
en het was gedaan. Ik liep de trap op en pakte het touw. Netjes op-
gerold had het op mij gewacht achter de balustrade, onopgemerkt,
de lus er al in.

'Jezus, is het nou nog niet afgelopen met deze bullshit?' zei
Scott. Hij probeerde het verveeld te laten klinken, maar zijn gezicht stond bezorgd. Terecht. Met het touw om zijn nek, vastgebonden aan de trapleuning, leek hij op een gemartelde gevangene.

Wat vanmorgen precies het magische woord was geweest, wist
ik niet, maar Robbie was uiteindelijk overstag gegaan. Zo traag
mogelijk haalde ik het pistool onder mijn overall vandaan. Ik wilde
genieten van dit moment. Of het in ieder geval heel bewust mee-
maken. Dit moment van macht. Van supermacht. Van god zijn, be-
slisser over leven en dood. Van eindelijk de sterkste zijn en zeker
weten dat ik zou winnen. Maar het wapen was zwaarder dan ik me
herinnerde, mijn handen trillerig. Het gewicht trok de loop naar
beneden. Ten slotte stelde ik voorzichtig het pistool op scherp,
mijn wijsvinger nog steeds ver van de trekker. Toen strekte ik mijn
arm en keek naar Scott.

Alle kleur was weggetrokken uit zijn gezicht.

'Zo voelt het.' Mijn stem klonk als die van iemand anders. Alsof er alleen het geluid was, niet de beweging van mijn lippen, de adem door mijn keel.

Ik liet het pistool zakken om mijn arm te ontspannen. De stilte suisde in mijn oren. Ik dacht aan de schietclub. Probeerde me voor te stellen dat ik op de vijfentwintigmeterbaan stond. Tussen de schotjes, de plank voor me. Stap achteruit, rechterarm omhoog, linkeroog dicht, richten, op de rand van het zwart, vinger verplaatsen, alleen het bovenste kootje om de trekker. En duw de loop in de schijf. Hoe vaak had ik de zwarte cirkel geraakt? En hoe vaak had ik helemaal niets geraakt, zelfs het wit niet? Maar ik stond nu veel dichterbij, op een meter of drie van mijn doel. Eén minuscule beweging en ik had hem uitgeschakeld. Al die andere vrouwen een ervaring bespaard waar ze nooit meer overheen zouden zijn gekomen. Hun families behoed voor een levenslang beschadigde moeder, dochter, echtgenote, zus. Of voor hun gewelddadige dood. Ik zou de maatschappij een psychopaat besparen, een *low-life* met onvolgroeide hersenen, zonder geweten. Een wanproduct van de soort. Ik zou iedereen een dienst bewijzen. Ook al zou niemand dat hardop durven zeggen. *Good riddance.* Weg ermee. Nu. Ik moest nu schieten, anders zouden Chris en Bert terugkomen om te kijken waar ik bleef.

Mijn arm ging opnieuw omhoog. Mijn blik richtte zich op zijn gezicht. Op zijn borst. Toen op zijn kruis waar een donkere plek op zijn broek snel groter werd.

Ik liet het pistool zakken.

'Pappa, pappa,' zei ik zacht.

Scott huilde. Hij hield zijn gezicht afgewend, maar ik zag het glinsteren. Tranen. En snot. Van vernedering vooral denk ik. Over hoe hij daar zat en in zijn broek had gepist. Eindelijk had ik hem waar ik hem hebben wilde.

'Ik zou je zo graag dood hebben. Ik zou je zo graag voorgoed verwijderen.' Doe het dan, schreeuwde het in me, schiet dan, trek dat vingertopje gewoon naar je toe. Hier ging het toch allemaal om? Maar in plaats daarvan zette ik de veiligheidspal terug, propte hem weer terug onder mijn kleren en haalde het recordertje tevoorschijn. Terwijl ik het goed zichtbaar voor hem omhooghield, zei ik: 'Als je ooit nog een keer iemand bedreigt, mishandelt, lastigvalt, berooft, dan ga ik hiermee naar de politie. Of naar een journalist.'

'Ik ontken alles.'

'Moet je doen. Maar ik heb wel getuigen.'

Scott zweeg. Likte snot van zijn bovenlip.

'Begrijpen wij elkaar?'

'We hadden jou ook dood moeten schieten.'

Bovenkant, voorkant, linkerknop. Mijn vinger was te laat bij het knopje.

'Zeg dat nog eens.'

'Gore kut. Met je gore lesbische kutvriendinnen.'

Terwijl ik de memorecorder terugstak keek ik op mijn horloge. Ik was al bijna zeven minuten alleen met Scott binnen. Met een boog liep ik om de stoel heen. De blote rug van Scott lichtte bleek op tussen de gerafelde randen van zijn stukgesneden shirt. Als een blanco bladzij. Als een mooi wit vel tekenpapier.

51

Voor het eerst sinds de overval sliep ik diep en ononderbroken. Het was alsof er een blanco pagina zat tussen gisteren en vandaag, een heldere wolkeloze lucht, waar ik zonder gedachten doorheen gevlogen was van het ene continent naar het andere. Alleen vlak voordat ik wakker werd, had ik een korte droom gehad. Ik woonde weer in de Gerard Dou. Bij het huis links van ons hadden ouderwetse zwarte rouwkoetsen gestaan en waren mannen bezig een donkere kist via het raam naar buiten te tillen, terwijl uit het huis rechts een bruidspaar naar buiten kwam. De bruid met een wapperende witte sluier, de bruidegom in hemdsmouwen, spelende lachende kinderen achter hen aan.

Met een gevoel van beklemming stond ik op. De stijgende spanning van de afgelopen dagen en nachten had vandaag voor een gevoel van opluchting moeten zorgen. Het gevoel van iets volbracht te hebben, afgerond, maar de opwinding en adrenaline had plaatsgemaakt voor een gevoel van onrust. Steeds weer draaide ik de film van gisteravond af. Het gezamenlijke eerste en tweede deel en ten slotte mijn eigen laatste actie. Hoe ik het mes had schoongeveegd, het touw had losgemaakt. De tas voor zijn voeten naar de stoel toe had geschopt. Door het kattenluik was gekropen, achter de kliko mijn overall had uitgetrokken, de hoesjes van de schoenen, muts af. Langs de donkerste kant van het terrein naar de auto was geslopen, waar Chris en Bert klaarzaten met een geopende vuilzak waar ik mijn overall in had geduwd. Zonder iets te zeggen had Chris de Volvo gestart en was weggereden. Ze hadden hem pas, hij rook nog nieuw.

Op de achterbank lag de folder van de dealer. Op weg naar Amsteloever waren we gestopt op een brug. Chris bleef in de auto terwijl Bert en ik de met gereedschap verzwaarde zak over de reling werkten. Terwijl Bert zich omdraaide, gooide ik het mes erachteraan. Niemand had iets gezegd.

Eenmaal terug op de tuin had Chris nog voorgesteld om een

fles champagne open te maken op de goede afloop, Chris was gek op champagne, maar Bert had na een blik op mij gezegd: 'Beter een andere keer, geloof ik.'

'Als jullie het niet erg vinden.' Ik wilde niet meer over Scott nadenken, over hem praten, of de avond op de een of andere manier nog eens overdoen. En waar hadden we het anders over kunnen hebben.

'Oké.' Chris, die zelf ook een beetje bleek zag, legde haar handen om mijn gezicht en zei: 'We hebben het goed gedaan. Je kunt tevreden zijn.' Daarna kuste ze me op beide wangen.

'Slaap lekker, morgen verder. Of eigenlijk juist niet. Whatever. Tot morgen, bedoel ik gewoon.'

Daarna waren ze in het donker verdwenen.

'Tjezus, wat voel ik me gesloopt,' hoorde ik Bert nog zeggen vlak voordat ik zelf de deur van Texel dichtdeed.

Het eerste wat ik deed, was een kluisje huren bij de bank. Dat was in een wip gebeurd. Het enige wat ik ervoor nodig had was een borgsom en een identiteitsbewijs. Ik werd alleen gelaten in een ruimte met een tafel en kon op een knop drukken als ik klaar was. Ik legde de memorecorder in de metalen lade, mijn schrift met alle aantekeningen erbovenop en sloot het deksel. Tot slot regelde ik een machtiging en vulde de naam van Chris in. Daarna fietste ik naar Robbie. Met zijn zoontje in de wandelwagen liepen we naar het Rembrandtpark. Bij de kinderboerderij nam Robbie het kind op zijn arm, terwijl ik de lege wagen voortduwde.

'Schaap,' zei Robbie tegen het kind, dat alleen oog voor mij leek te hebben.

'Bèèh,' probeerde ik.

We gingen voor het konijnenhok zitten. De loslopende geiten kwamen aanhollen om te zien of er wat te halen viel.

'Hallo,' zei ik tegen het kind. Het jongetje lachte naar me. Hij had een tandje, onder. Er druppelde kwijl op zijn truitje.

'Hij vindt je aardig,' zei Robbie, terwijl hij een stukje banaan tussen de lippen van het kind duwde.

'Denk je?' zei ik. 'Hij lijkt op je.'

'Echt? Je bent de eerste die dat zegt.' Robbie streek over de

251

haartjes van zijn zoon, die er pluizig uitzagen en onder zijn handen statisch werden. 'Is je plan gelukt?'

'Het ziet er wel naar uit.'

'Opgelucht?'

'Ja.'

'En leeg?'

'Nee. Onrustig.'

'Wat had je je dan voorgesteld?'

'Ik weet niet. Dat ik... blijer zou zijn. Dat ik het gevoel zou hebben dat ik eindelijk verder kon met mijn leven. Maar het enige wat ik wil, is slapen.'

'Het kost tijd.'

'Hoelang?' Ik duwde een geit weg die aan mijn rok begon te sabbelen. De mestlucht uit de varkensstal sloeg op mijn keel.

'Dat weet ik niet. Voor mij was dat toen ik me realiseerde dat uit het slechte iets goeds voortgekomen was. Een nieuwe relatie. Een prachtig kind. Toen was het voorbij.'

'Maar dat was pas achteraf.'

'Het klinkt misschien gek, maar ik zou niet terug willen naar de tijd voordat ik in elkaar werd geslagen.'

Ik strekte mijn benen en duwde met de punten van mijn schoenen tegen de wielen van de wandelwagen. Was er voor mij iets goeds uit deze periode gekomen? Timo heel even. Chris en Bert als goede vriendinnen, maar verder? Ik zou dolgraag terug in de tijd gaan. Wakker worden op die ochtend in februari en ziek zijn, Debbie bellen dat ik niet kon komen. Of opstaan, naar college, studeren in de bieb en opeens zin krijgen in Niels. Na een witte wijn in café De Pels de trap op naar zijn appartement, zijn hand al tussen mijn benen voordat we goed en wel binnen waren. En dat hij dan naar de winkel zou bellen om te zeggen dat ik mijn stem kwijt was, of dat ik een acute kaakontsteking had. Iedere willekeurige afslag van mijn gang naar de winkel op die ene fatale, allesbeslissende dag. Dan woonde ik nog steeds in de Gerard Dou. Had geen ruzie met mijn vriendinnen. Ik zou nog steeds studeren. Debbie zou misschien nog hebben geleefd. Had ze in haar eentje de winkel net een paar beslissende minuten eerder op slot gedaan, net als die man van de fotoshop. Ik keek op mijn horloge.

'Hier is-ie. Ik legde het plastic tasje tussen ons in. 'Niet mee geschoten, maar het had wel effect.'

'Oké.' Robbie haalde een versleten portemonnee tevoorschijn en trok er een paar bankbiljetten uit. Minder dan waar ik hem nog zo kort geleden voor gekocht had.

'Ik moet tenslotte ook leven,' zei hij verontschuldigend. Daarna deed hij het pistool in de luiertas en hing die aan de wandelwagen.

De dagen gingen voorbij zonder dat er iets gebeurde. Leeg, maar geen opgeruimde leegte. Meer een doden van de tijd in afwachting van, ja, van wat eigenlijk? Van iets waaruit ik zou kunnen opmaken dat ons plan inderdaad gelukt was? Een bevestiging? Ik probeerde ervan doordrongen te raken dat het voorbij was. Ik had mijn gelijk gehaald. Mijn wraak genomen. Maar alles voelde onwerkelijk. Alsof ik gewichtloos rondzweefde in een ruimte zonder contact te maken met de dingen om mij heen. Ondanks het mooie weer zat ik een hele middag in de bioscoop. De volgende dag lag ik op het strand van IJburg, op mijn buik op een handdoek, met mijn ogen dicht. Liet me wegdrijven op het geroezemoes om me heen. 's Avonds at ik patat op het station voordat ik terug naar de tuin fietste en meteen naar binnen ging om niet met Chris en Bert te hoeven praten, die met een olielampje nog buiten zaten. Ze leken het te begrijpen want ze staken alleen hun hand op en zeiden: 'Heerlijke avond hè?' en: 'Slaap lekker.'

Met een wodka met ijs zat ik voor het raam en probeerde te denken aan de toekomst. Daarna ging ik naar bed. Dit was het enige moment van de dag dat ik leek te landen, het gewicht van mijn lichaam voelde zwaar op de lakens, die al lang geleden hadden moeten worden verschoond. Na drie nachten voelde ik me beter.

Het zomerweer hield aan. Op de tuin klonk het geluid van sproeiers. Ik had gedoucht en me verkleed. Een zomerbroek van vorig jaar. Hij zat me te ruim. De barbecue was aangestoken, er stond een tafeltje gedekt. Chris draaide de kurk van de champagne. Die was roze, tintelend koel en heel lekker. We vermeden het de naam van Scott te noemen. We toostten op het leven, de mooie zomer,

de toekomst. We aten pikante worstjes en zelfgemaakte aardappel-
sla en een maïskolf die niet helemaal gaar was.

Chris onderbrak mijn gedachten. 'Gaat het allemaal goed?' Ze
reikte me de ketchup aan.

'Sure. Ik heb veel geslapen.'

'De spanning.'

'Ja, dat zal het zijn.'

Bertine ging naar binnen om koffie te zetten. Ik gaf Chris de
reservesleutel en het nummer van de bankkluis. Zwijgend stak ze
die weg.

'Iets gehoord?'

'Nada.'

'Hij heeft het begrepen.'

'Ja. Tuurlijk...'

'Geen spijt?'

'Nee. Het was de enige oplossing.'

52

Mijn moeder stond op het punt weg te gaan. Met een blik van afkeer propte ze een oproep voor het tweejaarlijkse bevolkingsonderzoek naar borstkanker in haar tas en slingerde de schouderband over haar hoofd. Boven werd een boormachine in een muur gezet.

'Heb je de auto nodig? Ik moet er eigenlijk zelf even mee weg. Duurt niet lang.'

'Ik kom niet voor de auto.'

'Wat zie je er leuk uit. Allemaal nieuw?' Ze aaide mijn arm.

Ik knikte. De nieuwe broek stond me goed. Er zaten overal zakken, hij kreukte niet en je kon de pijpen afritsen. En omdat hij een maat kleiner was, bleef hij ook gewoon zitten zonder riem eromheen. Voor de Birkenstocksandalen had ik zo ongeveer in de rij gemoeten. Alsof ze gratis weggegeven zouden worden. Maar met mijn gelakte teennagels stonden ze gaaf.

'Kwam je voor iets speciaals? Heb je geld nodig? Wacht even.' Ze liep naar de gang en riep naar boven. 'Paul. Paul. Stop even met die takkeherrie.'

De boormachine viel stil.

'Ik kom alleen iets vertellen. Begin september ga ik weer studeren. Ik heb me vandaag ingeschreven.'

Mijn moeder nam mijn gezicht tussen haar handen en zoende me. Haar gezicht voelde klam aan. De zon stond pal op het keukenraam.

'Paul? Luna. Ze gaat weer studeren. Paul?'

In plaats van te antwoorden zette mijn vader de boormachine weer in de muur.

'Paul, verdorie. Wacht nou even tot we weg zijn!'

'Je vader verveelt zich,' zei ze tegen mij. 'Hij heeft weer nieuwe boekenplanken gekocht.'

De voeten van mijn vader roffelden de trap af.

'Lieverds,' zei mijn moeder, 'ik moet nu echt weg. Verdorie. Helemaal geen zin. Paul, let jij op de linzen? Als ze koken laag zetten, na een half uur uit en afgieten. Luna, ben je er nog als ik terugkom? Ik ben hooguit een half uurtje weg, hoop ik.'

'Ik zal kijken,' zei ik.

'Ik ga voor de deur liggen,' zei mijn vader met een knipoog. Hij trok een kastdeurtje open en greep naar de cupjes Nespresso. 'Ik neem een espresso. Jij?'

'Decafé.'

Mijn moeder vertrok met zichtbare tegenzin. De linnen tas op haar rug leek mee te mokken op haar gehaaste passen.

'Verstond ik mamma goed? Je gaat weer lekker studeren?'

Ik knikte.

'Goed van je. Time to move on, hè.'

'Maar eerst ga ik op vakantie. Last minute Ibiza.'

'Dat betalen mam en ik voor je.'

'Echt? Super, pap.' Ik gaf hem een zoen. 'Ik heb er zo'n zin in. Ik vlieg morgenavond. Dan kunnen jullie eindelijk weer eens zelf naar Texel.'

'Is er iets gebeurd?' vroeg mijn vader terwijl hij me het kopje decaf aanreikte.

Mijn hart sloeg over. 'Hoezo?'

'Je ziet er... anders uit.'

'Ik heb nieuwe kleren aan. En ik ben naar de kapper geweest. En ik slaap veel.'

'Dat bedoel ik niet.' Het klonk peinzend. Alsof hij zelf niet precies wist wat hij dan wel bedoelde.

De koffie was in twee slokken op. 'Lekker. Maar ik moet er weer vandoor.'

'Dat zal mamma jammer vinden.'

'Ik moet pakken. De volgende keer neem ik moorkoppen mee. Goed?' Ik mikte een vluchtige zoen op zijn wang. Het leek of hij nog iets wilde zeggen. 'Maak je geen zorgen, pap. Alles is goed met me.'

Ik had het gevoel dat hij me nakeek toen ik wegfietste.

Alles is goed met me. Alles is goed met me. In een poging niet steeds weer aan die avond te denken ging ik de Etos binnen en laadde een mandje met zomeraanbiedingen vol. Miniverpakkingen tandpasta, shampoo, haarverzorging, zonnebrandcrème, een paar teenslippers, een nieuwe zonnebril, iets tegen opspelende darmen. Door de vakantieboodschappen werd Ibiza steeds concreter. Er overviel me een gevoel van haast. Het was vierentwintig uur te vroeg, maar het liefst was ik nu meteen naar Schiphol doorgegaan om daar het moment van vertrek af te wachten. Weg in de anonimiteit tussen allemaal onbekende mensen, onbereikbaar voor de bekende.

Het pakken van mijn rugzak was zo gebeurd. Ik printte de hotel-voucher samen met het e-ticket en was klaar voor vertrek. Het enige wat ik nog moest doen, was morgen de sleutel van Texel weer onder de geranium leggen en straks misschien nog wat aan de tuin te doen.

Zodra de zon achter de populieren was gezakt, liep ik met een paar tuinhandschoenen de tuin in en gooide het uitgetrokken onkruid op de composthoop achter het huisje. Op het water in de sloot schaatsten insecten. In de lucht hingen wolken met muggen. Ik trok de handschoenen uit, veegde het zweet van mijn voorhoofd. Ik was best moe, maar het was het minste wat ik kon doen voor mijn ouders als dank voor de maanden op Texel.

'Luna.'

Even dacht ik dat ik Scott zag staan, zijn silhouet tegen de avondrode lucht. Maar het was Timo die voor het hek stond. Hij had kennelijk hard gefietst. Zijn borstkast ging snel op en neer. Zweet liep in straaltjes langs zijn slapen. Hij veegde het weg met de mouw van zijn shirtje.

'Mag ik verder komen?' Hij rekende niet op een nee en deed het hek al open.

'Wat kom je doen?' Mijn vraag klonk norser dan ik bedoelde. Een verweer tegen het onverwachte gevoel van blijheid dat ik voelde toen ik hem zag. Mijn lichaam dat aangaf: kom maar dichterbij, dichterbij, als we niks zeggen kunnen we misschien doorgaan waar we gebleven waren.

Timo stak een beetje schutterig zijn handen in zijn zakken. Zoals iemand die iets wil vertellen, maar niet goed weet hoe of waar te beginnen. Terwijl het zo makkelijk was. Het enige wat hij zou hoeven doen was zijn armen om me heen slaan. Zoenen. Zeggen hoeveel het hem speet. Hij wist het niet, maar binnen een paar tellen zou hij weten hoe ik hem had gemist. Ons had gemist. Maar Timo bleef staan waar hij stond.

'Ik vind het zo erg.' Hij sprak zachtjes. Ik verstond hem nauwelijks.

'Ja. Dat vind ik ook.' Ik probeerde erin te laten doorklinken: ik heb jou ook gemist.

Hij keek me verrast aan. 'Weet je het al?'

Weet je het al? Dit ging niet over ons? In mijn hoofd werden razendsnel de bakens herschikt. 'Wat precies?'

'Scott.'

'Scott.' Mond houden. Niet te veel zeggen. Hoe minder, hoe beter.

'Misschien kun je beter weggaan.' Ik deed de handschoenen weer aan. Ze verborgen het trillen van mijn vingers dat het noemen van Scotts naam had veroorzaakt. Ik liep langs hem heen. Hij pakte mijn arm vast. Zijn handen brandden op mijn huid.

'Luna.'

Ik schudde me los. 'Weken hoor ik niks van je. En ineens duik je op. Zomaar. Alsof er niets gebeurd is.'

'Toch niet zomaar? Dat Scott dood is, is toch niet "zomaar"?'

'Dood?' Alles om ons heen viel stil. Het woord suisde na, gonsde om mijn hoofd alsof het een ingang zocht.

'Niet te geloven, hè?' zei Timo zacht. Hij keek naar het huisje, het groen rond zijn schoenen, niet naar mij. 'Ik vind het zo'n onvoorstelbaar idee. Ik zeg het de hele tijd tegen mezelf. Scott is dood. Hij is dood. Maar het dringt niet door. Ik ken die gozer al mijn hele leven. Toen hij terugkwam uit Curaçao, hebben we een half jaar mijn kamer thuis gedeeld. Bijna broers waren we. En ik vind het ook zo erg voor oom Johan. Die is er kapot van. Ik begrijp er helemaal niks van.' Zijn mond begon te trillen.

'Ik weet niet...'

'Het wil er niet bij me in.'

Ergens diep van binnen begon er iets te kriebelen, een stemmetje dat zei: al die moeite die we hebben gedaan. Allemaal voor niets. Om je te bescheuren. Ik sloeg mijn hand voor mijn mond om niet in de lach te schieten.

'Wat erg... Wat was het voor een ongeluk?' Ik zag Scott voor me

258

in een auto-ongeluk, over de kop slaan met een scooter, doodge-schoten worden door de politie bij weer een overval, een alcohol-vergiftiging bij het comazuipen.

'Geen ongeluk. Hij is vermoord.' In Timo's stem klonk boos-heid, hoorde ik de verbijstering, de schok, een machteloos ver-driet.

Zijn antwoord drong niet in één keer tot me door.

'Vermoord,' herhaalde hij. 'Het is echt waar. Ik wist ook niet wat ik hoorde.' Hij keek me aan alsof hij iets van me verwachtte.

Ik moest iets zeggen. Maar wat? 'Ik begrijp geloof ik niet wat je zegt.'

'Hij schijnt ergens gevonden te zijn. In een leeg gebouw. Hij zat vastgebonden op een stoel. En hij had messteken in zijn rug. Hij is gewoon doodgebloed. Ze hebben hem gemarteld.' Timo beet op zijn knokkels. 'Maar wie zou dat doen? En waarom?'

Eindelijk vond het woord 'dood' de ingang in mijn hoofd. Ik voelde het bloed wegtrekken, mijn benen zwaar worden. Ik zou flauwvallen. Ik zocht naar antwoorden in Timo's ogen. Wanneer dan? Hoe? Waar?

'Hij was al twee dagen dood toen ze hem vonden. Het was in een of ander kantoorpand op een bedrijventerrein in de Wester-parkbuurt.'

'Ik weet niet wat ik moet zeggen.' Gal kwam in mijn keel om-hoog.

'Er is morgenavond een herdenking. Op de schietclub. Ik zou het fijn vinden als jij ook kwam. Ik zie er heel erg tegen op.' Zijn rug schokte onder zijn snikken. 'Waarom? Waarom Scott? Wie doet nou zoiets zieks?' Driftig veegde hij zijn tranen weg.

Mijn gezicht voelde bevroren. Mijn armen hingen slap langs mijn lijf. Ik voelde al mijn energie wegstromen.

Toen Timo vertrokken was, kon ik er niet toe komen naar bin-nen te gaan. Ik ging zitten op de rand van het terras. Dicht bij de grond voor het geval ik weer licht in mijn hoofd zou worden. De woorden bleven zich herhalen en probeerden betekenis te krijgen. Samenhang. Duidelijkheid. Maar het klopte niet. Het kon niet waar zijn. De Scott die ik achterliet in de hal, was niet vermoord.

Die Scott leefde toen ik wegging. Hij had naar me getrapt, ge-schreeuwd, gevloekt. Hij haatte me. Hij had een paar krassen op zijn rug. Maar hij leefde.

*

Niet ik maar gij. De hele dag hadden die woorden door zijn hoofd gezongen. Zonder dat hij wist wat ze betekenden. *Niet ik maar gij.* Hij had geprobeerd er een haiku van te maken, maar dat lukte niet. Misschien omdat hij niet was gaan lopen, maar in de tram was gestapt. Voor het eerst in lange tijd. Hij had een tramkaart gekocht en was naar het strand van IJburg gereden. In het zand was hij in slaap gevallen, zo moe was hij geweest. Daarna was hij nog een hele tijd met zijn ogen dicht blijven liggen. Om hem heen het geluid van spelende kinderen, pratende mensen, gelach, muziek. Maar daartussendoor had hij steeds de stemmen van gisteravond gehoord. Was hij weer in het donker van zijn schuilplaats geweest. Waar hij had zitten wachten, zijn rug tegen de koude tegelmuur, zijn hoofd geleund tegen de wasbak. Net toen hij dacht dat ze weg waren, was het begonnen. Beneden in de hal. Soms hadden het wel vier of vijf mensen geleken, zo veel verschillende kleuren en tonen had hij gehoord. Vals en zoet, verdrietig of boos. Harde en sissende en vloekende stemmen. Gore, spugende, vergiftigende stemmen.

Na een tijdje had hij voorzichtig de deur opengedaan. Hij moest weten wat ze over hem zeiden. Maar het ging niet over hem. Het had niets met hem te maken. Toen had hij het luik gehoord en had hij gekeken. Had hij de jongen gezien, vastgebonden op een stoel met een touw om zijn nek. Een van de witte pakken stond achter hem. Het mes had het licht gevangen toen het lange halen in zijn rug sneed. De jongen had geschreeuwd. De vrouw in het witte pak was gewoon weggegaan.

Daarna was hij boven aan de trap gaan zitten.

De jongen had hem niet gezien. Omdat hij bezig was zijn hoofd zo ver voorover te buigen dat hij met zijn tanden de tape los kon trekken. De stoelpoten schraapten over de vloer. Toen opeens was er een telefoon overgegaan. In een tas, die bij de stoel stond. Daar was hij van geschrokken. Alsof er iemand naar binnen wilde. Hij was bang geweest dat het geluid hun schuilplaats zou verraden, daarom was hij naar beneden gegaan om hem af te zetten. Toen had die jongen hem natuurlijk gezien. Maar het was niet erg. Hij had wel geweten wat hij moest doen.

Het zand was warm. Hij had zijn schoenen uitgetrokken en was op blote voeten naar de toonbank gelopen, waar hij brood en worst en een cola had besteld.

53

'Het komt erg slecht uit.'

Het was bijna drie uur. Over een paar uur ging mijn vliegtuig. Ik had al in de tram gezeten toen Froukje Dijk belde. Op de vlucht voor wat ik niet begreep. Voor een vloedgolf met wrakstukken van wat ik had aangericht. Een lawine die ik zelf had veroorzaakt. Wegrennend van een onpasselijk makend gevoel van onheil, terwijl ik had gedacht dat alles voorbij was.

'Sorry. Dit kan niet telefonisch.'

Froukje Dijk had meer sproeten dan ik me herinnerde. Zelfs haar armen waren gespikkeld. Ze droeg een gebloemde rok met daarop een wit T-shirt dat eruitzag alsof het een tijdje onder in een wasmand had gelegen.

'Ga zitten, Luna.'

'Mag ik weten waar dit over gaat?' Ik zette mijn rugzak tegen de tafelpoot. 'Kan er misschien een raam open?'

De vuilniszak met overalls was natuurlijk gevonden.

Froukje liep naar het raam en zette het in de kantelstand. Straatgeluiden drongen de kamer binnen.

En wat dan nog. Kleddernatte schildersoveralls.

Een tram, een scooter, iemand die riep: 'Doei, tot morgen!'

En ik had toch eigenlijk ook niets gedaan.

De bladeren van de boom voor het raam ruisten.

Bijna niets.

'Zo,' zei Froukje terwijl ze tegenover me ging zitten. Ze draaide een paar keer aan het mapje voor haar totdat het goed lag en sloeg het open. Bovenop lag een foto van Scott.

'Over hem wil ik het even met je hebben.'

Ze schoof de foto ondersteboven gekeerd naar me toe. Zijn haar zat in een scheiding en hij droeg een bril die ik nooit gezien had. Hij lachte scheef in de camera. Een aardige jongen. The boy next door. Wat was er in godsnaam gebeurd in die hal nadat ik weg was gegaan? Ik zei niets.

'In mei van dit jaar...' De toetsen van haar computer ratelden. 'Hier heb ik het. In mei van dit jaar ben je bij collega Elhafet geweest. Je hebt toen gemeld dat je werd lastiggevallen door iemand die Scott Honcoop heet. Het ging om telefonisch stalken.'

'Telefonisch stalken?'

'Dat is wat er staat. Telefonisch stalken. "Slachtoffer voelt zich bedreigd" staat er. En dat jullie het vervolgens hebben gehad over de overval en dat hij je heeft geïnformeerd over de procedure voor het onderzoek.'

'Mag ik een glas water?'

Froukje Dijk knikte. Ze liet de kamerdeur openstaan. Een tochtvlaag streek langs mijn bezwete gezicht. Denk, denk! Waarom zegt ze niets over al het andere wat ik Elhafet heb verteld? Dat ik wist dat Scott een van de daders was geweest. Of het feit dat Scott op het bureau was geweest voor een gesprek. Het kon toch niet zo zijn dat daarover niets in het dossier stond? En als het erin stond, was ik verdachte nummer één. Het bekertje water was leeg voordat de smaak ervan tot me doordrong.

'Mag ik weten hoe goed je hem kende?' vroeg Froukje Dijk terwijl ze weer ging zitten.

'Ik heb hem maar een paar keer ontmoet. Hij is, was... de neef van mijn toenmalige vriendje.' Ik schraapte mijn keel. Zweet prikte op mijn hoofdhuid. Blijf goed luisteren, je moet goed blijven luisteren naar wat ze zegt. We hebben geen sporen achtergelaten. Ik word nog nergens van beschuldigd. Niemand kan weten wat ik heb gedaan.

Froukje knikte. 'Scott Honcoop is eergisteren dood aangetroffen.'

Ik was blij dat ik het al wist. Maar ik moest natuurlijk wel reageren. Ik sperde mijn ogen open ten teken dat ik schrok. En ik dacht: ik had het Chris en Bert moeten vertellen. We hadden afspraken moeten maken, moeten overleggen over wat we moesten antwoorden. Zij waren daar goed in. Waarom had ik dat niet gedaan? Alles zo goed voorbereid en doordacht, en dan op het laatst als een kip zonder kop wegrennen en denken dat je zo de gebeurtenissen voor kunt blijven.

'Hoe... hoe...?' deed ik stamelend. Ik moest dingen weten. Wie had hem "aangetroffen". Zijn vrienden? Of kwam er nog weleens iemand anders in dat pand? Wat hadden ze precies aangetroffen? Allemaal dingen die ik niet kon vragen, maar die ik wel moest weten.

'Hij is gevonden in een leegstaand kantoorpand.'

Ik probeerde te kijken alsof ik het niet begreep. Geschokt. Ik nam een besluit. Niks zeggen. Ik ging helemaal niks zeggen.

'De omstandigheden rond zijn dood worden nog onderzocht.'

'Hij is vermoord.'

'Waarom denk je dat?'

Ik voelde dat ik een kleur kreeg en klampte me vast aan mijn stoel. Dat had Timo toch gezegd? Zeg dan ook niks, shut up!

'Dat zegt u net.'

'Nee, dat zei ik niet. Hij is overleden aan verbloeding en weefselschade.'

Verbloeding en weefselschade? Wat betekende dat? 'Wat moet ik me daarbij voorstellen?'

'Dat hij is overleden aan bloedverlies veroorzaakt door verwondingen met een scherp voorwerp.'

Een mes, bedoelde ze. Maar mijn mes lag op de bodem van een of ander kanaal.

'Hij bleek aan hemofilie te lijden. Dat is hem fataal geworden. Maar misschien moeten we even pauzeren?'

'Dat hoeft niet.' Ik moest mijn vliegtuig halen.

'Ook goed. De forensisch patholoog vond namelijk iets opmerkelijks. We konden het niet meteen duiden, totdat hij zei dat het op een letter leek. Toen moest ik opeens aan jou denken. Zo zag het eruit.' Ze schoof een velletje papier naar me toe. Het was een onhandige tekening van een rug. Met daarop een grote omgekeerde y. Zoals ik die met de vlijmscherpe punt van mijn mes op de rug van Scott had gezet.

Ik realiseerde me hoe stom ik was geweest. Al onze voorzichtigheid had ik op het spel gezet in die laatste paar minuten dat ik met hem alleen was geweest. Ik had hem alleen maar willen straffen. Iets terugdoen voor wat hij mij had aangedaan. De rekening vereffenen. Een definitieve streep zetten onder de gebeurtenis die ons tot elkaar had veroordeeld. Maar in plaats daarvan had ik hem met mij verbonden. Ging ík nu boeten, niet hij.

Mijn hele lijf begon te tintelen. Ik schoof heen en weer op mijn stoel.

'Die omgekeerde y komt jou natuurlijk bekend voor.'

Ik staarde naar buiten. Mijn ogen prikten.

'Jij hebt hem ook. In je hals.' Froukje stond op. Ze ging op de punt van het bureau zitten. Ze had net zulke sandalen als ik. Half Amsterdam liep erop rond. De hare waren mosgroen. 'Ik heb er begrip voor.' Ze hield me een doos met tissues voor.

Ik probeerde tot me door te laten dringen wat Froukje ermee bedoelde dat ze er begrip voor had. Waarvoor? Dat ik die y in zijn rug had gesneden? Omdat ze dacht dat ik hem had willen vermoorden? Ik snapte er helemaal niks van. Voerde ze het gesprek met mij daarom in haar eentje?

'Ik begrijp hoe je je al die maanden gevoeld moet hebben. Je dacht vast dat we je vergeten waren.'

Er viel een stilte. Ze wachtte duidelijk op een reactie van mij. Ik wist niet wat ik moest zeggen. Was dit misschien het moment om te vragen om een advocaat?

'Het was voor mij ook een schok toen ik dit hoorde.'

Totdat de advocaat er was niks zeggen. Geen ja. Geen nee. Geen hoofdbeweging. Niets.

'Maar ik denk dat we nu beet hebben.' Ze sloeg met haar vlakke hand op het bureaublad. Mijn rugzak viel om. Ik graaide om hem weer recht te zetten. Het bloed bonkte tegen mijn slapen.

'Wij hebben iemand aangehouden.'

*

Het was zaterdag. Hij had brood gekocht. En omdat hij nu geld had, had hij ook een paar plakken kaas gekocht, en yoghurt en vla en een stuk chocola, en op het laatst ook een pakje sigaretten omdat de jongen misschien zou willen roken. Hij had betaald uit de zwarte portemonnee die een scheurend geluid maakte als je hem opendeed. Daarna had hij door de stad gelopen en in het Erasmuspark gezeten. Hij had gekeken naar de vrouwen met hoofddoeken en een haiku proberen te maken over water dat uit de stad naar zee stroomt en dan weer schoon terugkomt, maar het was te veel voor de zeventien lettergrepen. Hij had ook nog geslapen met zijn hoofd op zijn rugzak, want 's nachts was hij nu veel wakker. Hij had nog nooit voor iemand gezorgd. Behalve heel vroeger voor een klein beest in een glazen bak. Hij wist niet meer of het een hamster of een marmot was geweest. Maar hij kon het best goed. Hij had zo lang voor zichzelf gezorgd dat hij precies wist wat je nodig had. En ze hadden geld dus.

Eerst had de jongen zijn stoel achteruit proberen te schuiven toen hij hem zag. Hij was bijna achterovergevallen. Hij had heel wild heen en weer gezwaaid en met zijn hoofd geschud. Hij had geschreeuwd dat hij hem los moest maken. Maar het leek hem beter om dat niet te doen. Omdat het plakband waarmee hij vastzat al een beetje losliet, had hij het touw wat steviger vastgemaakt. Toen had de jongen om zijn tas gevraagd. Er zat niet zoveel in. Een ding met snoertjes. Een hoesje met een rits. Een paar cd's. Kauwgum. Een viltstift. Reclamefolders met mooie meisjes erop. Een aansteker. Een pakje condooms. De jongen had met zijn schoen gewezen op het hoesje. Dat hij dat open moest maken en aan hem geven, want dat hij dat nodig had. Dat hij anders doodging. Maar dat was natuurlijk onzin. Je ging niet zomaar dood omdat je in de war was. Hij wist wel beter. Je moest gewoon een tijdje alleen zijn en praten met jezelf en mensen moesten je met rust laten en laten denken totdat jij weer de baas was in je hoofd. Want daar ging het om. Dat jij weer de baas werd van al die stemmen.

In het hoesje had een spuit gezeten. Met naalden. En een soort capsules. Voor de zekerheid had hij die ver weg gelegd, zodat niemand ze kon vinden. Niet de witte pakken. Niet de dikke rode gezichten die naar je lachten met gele tanden en maakten dat je sliep tot je niet meer wist hoelang.

Het zou allemaal goed komen.

54

'Wij hebben iemand aangehouden. Niet alleen verdenken we die persoon van betrokkenheid bij de dood van Scott Honcoop, maar ook van de overval op EroticYou. En waarschijnlijk nog een paar andere overvallen. Zoals die op de winkel van mevrouw Vallentak. Gaat het?'

Ik knikte. Iemand aangehouden? Ook voor de overvallen? Het duizelde me.

'Ik begrijp dat het je overvalt. Natuurlijk. We zijn inmiddels zes maanden verder. Je hebt geknokt om het allemaal achter je te laten. Je hebt je leven weer op de rails. Maar je zou ons enorm helpen als je zou willen meewerken aan het onderzoek. Enorm.'

'Meewerken? Aan wat precies?'

'Identificatie van de vermoedelijke dader.'

'Maar ik moet zo weg. Mijn vliegtuig vertrekt over drie uur. Deze vakantie is heel belangrijk voor me.'

'Ik zorg er persoonlijk voor dat je op tijd op Schiphol bent.'

'Ik weet niet of ik het kan. Ze waren gemaskerd. Mijn geheugen is niet goed. Ik weet het allemaal niet meer.'

'Laten we maar kijken hoever we komen. Misschien dat er toch iets is wat je bekend voorkomt. Iets in zijn houding, zijn stem. We kunnen vragen of hij iets wil zeggen. Je hoeft niet bang te zijn. Hij kan jou niet zien, jij hem wel. Confrontatiespiegel noemen we dat.'

'Eh. Die... verdachte. Die man. Het is toch een man?'

'Ja. Dat zul je straks ook zien. Dus...'

'Die heeft ook de overval gepleegd?'

'Daar zijn aanwijzingen voor. Sorry, meer kan ik niet zeggen. Maar er zijn serieuze aanwijzingen. Uit forensisch onderzoek. Sporenonderzoek.'

'Wat deed hij daar?'

'Ik denk dat jij dat beter weet dan ik.' Froukje Dijk keek me bijna geamuseerd aan. 'Jij was er tenslotte bij.'

'Niet. Ik was er niet bij.' Ik voelde dat ik als een klein kind met mijn hoofd zat te schudden.

'Oké, oké, misschien druk ik me verkeerd uit. Je was op een gegeven moment bewusteloos. En je bent een deel van je geheugen kwijt. Sorry.'

Er viel een stilte in de kamer, waar langzaam alle zuurstof uit leek te verdwijnen. Luna, houd jezelf in bedwang. Maak jezelf een ander. De Luna van vroeger. Het slachtoffer.

'Ik bedoelde eigenlijk die andere plek.'

'Je bedoelt in dat kantoor. Nee, natuurlijk niet.' Er klonk lichte verbazing in haar stem.

Ik knikte.

'De toedracht van wat zich daar heeft afgespeeld, is niet helemaal duidelijk. Het onderzoek is nog in volle gang. Maar we denken dat de man daar woonde. Nou ja, woonde, sliep in ieder geval. Hij is op de plaats delict aangetroffen. Er zijn bloedsporen op zijn kleding gevonden.'

'Heeft hij iets gezegd?' vroeg ik met een dikke keel. 'Heeft hij bekend?'

Froukje hief haar handen op. 'Tot hier en niet verder, vrees ik. Ik mag daar in het belang van het onderzoek niets over zeggen. Wil je nog meer water?'

'Nee.' Ik moest plassen. Terwijl Froukje Dijk mij wees waar de wc's waren, moest ik opeens denken aan de afgesloten deur van de damestoiletten op de bovenverdieping van het kantoorpand. Was die man daar toen al geweest? Was hij er aldoor geweest? In dat geval kwam de dreiging nu van de andere kant. Ik kon hem aanwijzen als overvaller, maar hij kon mij herkennen als degene die Scott naar het lege gebouw had gelokt om hem doodsangst aan te jagen. Had ik hem daarmee ook de dood bezorgd?

Op de wc's controleerde ik of ik alleen was en trok mijn mobiel uit mijn broekzak. Ik bleek geen nummer te hebben opgeslagen van Bert of Chris. Ik vroeg het nummer op van Berts bedrijf en werd doorverbonden met een Bert die ik niet meteen herkende.

'Bertine Hanson,' zei ze op opgewekt zakelijke toon. En toen 'Hé: Luna, je mag niet bellen vanuit het vliegtuig, dat weet je toch?'

'Ik ben nog niet weg.'

'Waar ben je dan? Ik kan je bijna niet verstaan.'

'Op het politiebureau. Op de wc. Luister. Ik kan niet lang praten. Ze hebben iemand aangehouden voor de overval. En voor de dood van Scott. Want die schijnt dood te zijn. Ze hebben hem daar dood gevonden. Nu willen ze dat ik hem identificeer.'

'Scott?'

'Nee, die man die is opgepakt. Die was daar. Ik geloof dat ze verder niets weten.'

Aan de andere kant van de lijn zweeg Bert. Ik kon bijna zien hoe ze geconcentreerd voor zich uit keek. Systematisch de gegevens verwerkend en rangschikkend tot een werkbaar geheel.

'Ik ben er nog hoor,' zei ze. En toen: 'Misschien is voor ons een last-minute tripje ook wel een goed idee, wat denk je? Ik heb een beurs in Japan, ik neem Chris wel mee. Blijven we een week of wat hangen in de rijstvelden. We kunnen wel even wat fietsen uitproberen daar. Heb je een advocaat nodig?'

'Nog niet, geloof ik.'

'Ik sms je een telefoonnummer. Voor het geval dat. Maar je moet niets zeggen. Onder geen beding. Ik ben ervan overtuigd dat ze niets kunnen vinden. Echt helemaal niets. Geen paniek, Luna. Wij hebben niemand vermoord. Er moet sprake zijn van een bizarre samenloop van omstandigheden. Ga naar Ibiza. We bellen morgen.'

Haastig deed ik een plas, trok door en vond de kamer terug waar Froukje Dijk met haar armen over elkaar in de deuropening stond. Met een blik op haar horloge stapte ze opzij om me door te laten en zei: 'Als je nog even wilt gaan zitten, ik ben zo terug.'

55

'Neem rustig de tijd.'

Aan de andere kant van het raam zag ik een man zitten. Een man die ik nog nooit gezien had. Thomas B. was jonger dan ik had gedacht, ongeveer de leeftijd van Mick. Met zijn hoofd gebogen en zijn armen op de tafel hing hij meer dan dat hij zat. Zijn lippen bewogen, alsof hij bad. Hij droeg een gekreukt regenjack op een vreemde grijze kantoorachtige broek met omslagen. Zijn hoge leren schoenen zagen er afgedragen uit.

Terwijl we door de gang liepen, had ik heel even een zweem van twijfel gevoeld. Had ik een paar seconden gedacht: wat als ik het mis heb gehad? Wat als mijn optelsom van feiten niet klopte en Scott helemaal de overvaller niet was geweest? Ik wist dat ik gelijk had, hij had het tenslotte zelf toegegeven, maar toch was ik één moment bang geweest toen ik het kamertje aan de achterkant van de confrontatiespiegel binnenstapte. Bang dat er een jongen zou zitten met schoenen met glinsterende steentjes. Een sweatshirt met een capuchon. Maar toen ik naar deze Thomas B. keek, wist ik heel zeker dat hij de overval niet gepleegd had. Het zou kunnen dat hij ons in de hal had gezien met Scott, hoewel ik niet snapte hoe. Maar deze man had niets met de overval op EroticYou te maken.

'Wat denk je?' onderbrak Froukje mijn gedachten.

'Ik kan hem niet goed zien.'

Froukje tikte met haar trouwring op het raam. De politieman die achter de stoel van Thomas B. stond zei iets en trok hem toen aan zijn schouders overeind. Thomas B. liet het gebeuren. Zijn rug nu tegen de leuning van de stoel, hield hij met zijn handen de tafelrand vast alsof hij bang was achterover te vallen. Nauwelijks zichtbaar bewoog zijn bovenlichaam heen en weer.

'Zo beter?'

'Wat is er met hem?' vroeg ik. 'Is hij dronken?'

'Medicatie. Hij was nogal agressief. Nu is hij misschien een beetje suf.'

Dat was een eufemisme voor wat ik zag. De man zag eruit als een zombie.

'Moet ik hem laten opstaan? Wil je hem zien staan?'

'Nee nee, het is goed zo.'

'Je herkent hem?'

Ik liet een stilte ontstaan. Toen kwam er: 'Ik weet het niet' uit mijn mond.

Alsof hij kon horen wat we zeiden, hief Thomas B. plotseling zijn gezicht op en staarde naar de spiegelruit waarachter wij zaten. Zijn bruine haar was ongekamd, maar kortgeknipt. De baardstoppels op zijn magere wangen waren hooguit van een paar dagen. Met een kinderlijk gebaar wreef hij met samengeknepen handen in zijn ogen en sperde daarna zijn ogen verder open. Langzaam, als waren het zware rolluiken die omhooggetrokken werden. Met vreemd heldere blauwe ogen keek hij naar me achter het glas. Hij kon me onmogelijk gezien hebben, hij kon niet weten dat ik hier zat, en toch was het alsof hij iets duidelijk wilde maken toen hij langzaam zijn hoofd schudde. Niet doen. Pas op. Dit kan niet waar zijn.

'Wat gaat er met hem gebeuren?'

'Gezien zijn toestand zou ik zeggen: psychiatrisch onderzoek. Observatie.'

'In het Pieter Baan Centrum?'

Ze keek me vragend aan.

'Ik ben een keer in het PBC geweest. Excursie voor mijn studie.' Met een touringcar waren we ernaartoe gebracht. Vijftig studenten die zich verdrongen in een modelcel. Braaf had ik opgeschreven: 'Het PBC is de observatiekliniek van het Ministerie van Justitie. Het PBC brengt adviezen pro justitia uit. Advies over toerekeningsvatbaarheid, de kans op herhaling en eventuele behandeling van de verdachte, tbs.'

Mijn blik ging terug naar de dakloze jongen. Zou het voor hem iets uitmaken wat ik zei? Zou hij niet sowieso worden opgesloten? Kijk naar hem. Hij heeft geen benul van wat er met hem gebeurt. Hij krijgt een dak boven zijn hoofd. Drie keer per dag eten. Een bed. Schone kleren. Medische zorg. Iemand om mee te praten. Een eigen televisie. Bewijs je deze man niet gewoon een dienst als

273

je zou zeggen dat je hem herkent? Een leugentje. Om bestwil.

Ja, hij is het, probeerde ik in gedachten. *Ja, ik geloof dat...* Laat hem opsluiten. Breng jezelf in veiligheid. Denk aan je ouders, aan Mick. Bert en Chris. Wie had er baat bij de hele waarheid en niets dan de waarheid? Was de waarheid niet een relatief begrip, ieder mens zijn eigen waarheid. Iedere situatie de waarheid die erbij paste. Hoeveel verschil zat er tussen de waarheid en wat waar zou kunnen zijn.

Plotseling klonk er geluid aan de andere kant van het glas. Met een doffe klap sloeg het hoofd van Thomas B. op het tafelblad.

'Jemig,' zei ik geschrokken.

Froukje tikte op het raam. De politieagent keek schaapachtig onze kant op en maakte een verontschuldigend gebaar.

'Die man is ziek.'

'Hij wordt opgenomen.'

'Maar als hij het niet gedaan heeft?'

'Er zijn sterke aanwijzingen. Zowel voor de overval als voor dood door schuld.'

'Wat voor aanwijzingen dan?'

'Vingerafdrukken en bloedsporen op het wapen. Mensen hebben hem meermalen gezien in de buurt van de winkel.'

Ik dacht aan Debbie. Aan Esther Vallentak. Aan de plattegrond met kruisjes. Aan Scott, die dood was en zijn straf zou ontlopen.

'Ik weet het niet,' zei ik.

Over minder dan vijf kwartier zou mijn vliegtuig vertrekken. Froukje zou me zelf naar Schiphol rijden met een dienstauto.

'Ik moet even vragen welke wagen er vrij is. Nog een paar minuten. Desnoods zetten we het zwaailicht aan,' grijnsde ze. 'Wacht hier maar even.'

'Hier' was bij de dienstuitgang van het politiebureau. Het was meer een brede gang dan een wachtruimte, die uitkwam op de parkeerplaats achter het bureau. Je kon nergens zitten, maar er stond wel een snoepautomaat. Ik trok een mars.

Je hebt het goed gedaan, zei ik tegen mezelf. Dit was het beste wat je kon doen. Niets bevestigd, niets ontkend. De jongen zou een advocaat krijgen. Als het bewijsmateriaal niet klopte, was het zijn werk om dat aan te tonen. De jongen was ziek. Hij hoorde niet op straat. En jij gaat er nu even lekker tussenuit. Afstand nemen. Zee, strand, rust. Helemaal schoon worden. Van binnen en van buiten. En als je terugkomt, is alles voorbij. Krijg je eindelijk je leven terug.

56

Wiens fout was het geweest? Had rechercheur Dijk me niet in die gang mogen achterlaten? Had de arrestant door een andere deur moeten worden afgevoerd? Hadden ze verkeerde afspraken gemaakt? Of was het een risico dat ze gewoon namen en kon het eigenlijk niemand veel schelen als het verkeerd ging?

Hoe dan ook, het ging verkeerd.

Eerst zag ik de agenten. Groot, sterk, de volle koppelriem om hun heupen. Vochtplekken onder de korte mouwen van hun overhemden. Toen pas zag ik de verdachte die tussen hen in schuifelde. Zijn ogen gericht op de uitgebeten lichtgroene linoleumvloer.

'De publieksuitgang is aan de andere kant,' zei een van de agenten. 'De gang uit, naar links. Mevrouw, u mag hier niet zijn.'

Ik wilde zeggen: Ik wacht op rechercheur Dijk, of me omkeren en weglopen, maar ik deed geen van beide. Als verlamd keek ik naar de jongen die ik net nog ongezien had kunnen bespieden. Hij leek nog smaller en ziekelijker tussen de stevige agenten. Omdat ik niet bewoog, hield de stoet noodgedwongen stil halverwege de gang. De jongen keek op, met moeite focuste hij op wat er voor hem stond. Zijn ogen bleven op mijn gezicht rusten. Eerst niets ziend, in zichzelf gekeerd. Toen opeens veranderde er iets in zijn blik. Ik zag het gebeuren. Ik zag wat ik niet wilde zien en niet had hoeven zien en ten koste van alles had willen vermijden. Ik zag dat hij mij herkende.

'Wij gaan even doorlopen,' zei de agent die ook in de kamer was geweest. 'U weet dat we een stukje met de auto gaan rijden, meneer? Komt u maar. Het is prachtig weer. Het zonnetje schijnt. Deze mevrouw gaat even een stapje opzij, zodat wij erlangs kunnen.'

Maar Thomas B. richtte zich op en bleef stokstijf staan.

De lucht om me heen werd ijl. In mijn lichaam verdween alles wat me overeind hield, botten, spieren. Mijn geest maakte zich klaar om op te lossen, weg te schieten. Nu zou hij gaan zeggen: Ik heb jou gezien. Met een mes. Met een pistool. Met touwen en een verfbrander en twee hulpjes in belachelijke witte pakken.

Maar de jongen zei: 'Witte dame. Op het zwarte vlak.' Zijn stem raspte, zijn mond vertrok alsof hij op de woorden kauwde voordat hij ze naar buiten duwde.

Zijn ogen klonken zich vast aan de mijne. Tussen ons verrees de hal, de zwart-witbetegelde vloer. Ik zag mezelf bewegen, staan, mijn tegenstander op zwart verslaan.

'O ja? Komt u maar, meneer. Daaf, ik rij de auto even voor. Ik weet niet of meneer zo ver kan lopen.'

Even leek het alsof Thomas B. meewerkte. Hij deed een paar stappen vooruit. Toen liet hij zich echter zo plotseling voorover vallen dat hij zijn begeleiders verraste en bijna aan hun greep ontsnapte. Tegen de tijd dat hij weer opgehesen was, stond hij vlak voor me. In zijn mondhoeken zat spuug. Zijn adem rook naar aceton toen hij zei: 'Het zwarte vlak. De witte dame. De witte dame! De koningin offert. Maar ik hielp. Ik heb geholpen!'

Toen begon hij te schreeuwen en te huilen en om zich heen te slaan.

*

Toen hij zijn boodschappen uitpakte, zag hij dat de chocola gesmolten was. Voorzichtig had hij de zachte plak teruggelegd in de plastic zak. Misschien kon hij het op het brood laten lopen en konden ze het zo eten. Maar toen hij boven aan de trap stond, zag hij dat er iets veranderd was. De jongen zat niet meer op de stoel, maar lag als een baby op de grond, de stoel tegen zich aan. Even had hij gedacht dat hij het moment gemist had. Van een afstandje had hij gekeken. De jongen had heel stil gelegen, maar plotseling waren zijn ogen opengegaan. Hij had een vreemd geluid gemaakt. Hij was naar de keuken gelopen en had een van de lepels gepakt die daar nog in een la lagen. Maar toen hij terug kwam lopen, had hij het blauwe licht gezien. Het sijpelde langs de zwarte strook plakband die over zijn mond zat geplakt, en hing heel even boven zijn hoofd voordat het oploste.

Het was gebeurd. Hij kon het altijd zien. Ze geloofden hem niet, maar hij kon het altijd zien.

Later waren er vliegen naar binnen gekomen. Vliegen kwamen overal doorheen. Door de allerkleinste gaatjes. Waar de stoel had gestaan, zag hij een grote donkerbruine plek. Hij zag nu ook dat de rug van de jongen glom en dat zijn shirt nat was van het bloed. Alsof al zijn bloed uit hem was gelopen. Misschien omdat hij was gaan liggen. Hij zou gaan stinken. Dood stonk. Hij zou rotten en de maden zouden uit hem kruipen. Zoals hij bij dode vogels had gezien. En een keer een kattenkadaver onder een container achter de nachtopvang.

Aan het touw had hij de jongen naar de keuken getrokken. Toen had hij met de brandslang de tegels schoongespoten. Nog nooit hadden ze zo mooi geglansd in het licht van de maan, die dunne strepen trok tussen de lamellen door.

het water trekt vuil
weg uit de stad naar zee en
schuimend schoon weerom

57

Froukje Dijk had de airco op de hoogste stand gezet. Desondanks was het nog steeds benauwd in de auto, die de hele middag op de parkeerplaats in de zon had staan opwarmen. Er hing een ongemakkelijke stilte tussen ons. Mijn keel voelde rauw. Al mijn spieren voelden beurs, alsof ik een hele dag gesport had. Ik had gedacht dat mijn woedeaanvallen over waren. Maar de paniek had het deksel weer open doen springen. Als vuurwerk in een vuilnisbak op oudejaarsavond. Ik masseerde een gevoelige plek op mijn hand. Op het moment dat Thomas B. mij aangeraakt had, waren de stoppen weer doorgeslagen. Ik had zijn keel geraakt, zijn neus. Op de grond was bloed gedrupt. Het zijne, niet het mijne.

We reden de Schipholtunnel in.

'Ik wil je erop wijzen dat je een klacht kunt indienen. Het was niet de bedoeling dat hij jou zou zien.'

Ik schudde mijn hoofd.

Froukje volgde de borden naar de vertrekhal. Ze reed me tot voor de deur. Ik wilde uitstappen.

'Dank je wel voor de lift.'

'Jij bedankt. Als je je bedenkt wat betreft de klacht, je hebt mijn kaartje.'

'Niet bij me.'

Ze gaf me een nieuwe. 'Fijne vakantie.'

'Gaat lukken. Ik moet nu rennen.'

'Nog één vraag. Wat heeft hij tegen je gezegd? Daar in de gang. Had het iets met de overval te maken?'

'Nee, het was wartaal. Dag.'

Uit mijn ooghoek zag ik dat Froukje Dijk naar me keek. Toen lachte ze en zei: 'Oké, bedankt. Veel plezier. Rust uit. Je hebt het verdiend.'

Ik schoof mijn nep-Bvlgari-zonnebril op mijn neus en liep de vertrekhal in.

58

Bij de derde poging landde het vliegtuig op het wonderschone Ibiza. Met het gekrijs en geschreeuw van mijn medepassagiers in mijn oren en mijn ogen dicht raakten we met een dreun de landingsbaan. Mijn lijf hing in de veiligheidsgordel, schokte van links naar rechts, om dan weer naar voren en vervolgens met een klap tegen de rugleuning te worden gepletst. Ik voelde iets kraken in mijn nek. Beet op mijn tong en proefde bloed. Door de smak vielen de zuurstofmaskers ineens uit het plafond, bagagecompartimenten schoten van het slot, tassen, rugzakken, dekens, kussens vlogen door de lucht. We gingen veel te hard. Eindeloos schoven we over het asfalt, aan weerszijden de blauwe zwaailichten van de wagens van de hulpdiensten en van de policía, die in volle vaart met ons meereden. Ik rook de lucht van geschroeid rubber. Het was alsof er geen einde aan kwam. Net toen ik dacht dat we de zee in zouden schuiven, nam het toestel een draai, om vervolgens zijwaarts van de landingsbaan af te kantelen. Daar bleef het op de rechtervleugel rusten. Heel even was het stil, onnatuurlijk stil. Toen begon het vliegtuig te kraken, met schokken begon het door de vleugel heen te zakken. Binnen begonnen mensen weer te schreeuwen, te roepen naar elkaar, te roepen om hulp. Buiten klonk het snerpen van sirenes. Nooduitgangen werden open geduwd. Stewards en stewardessen begonnen mensen ernaartoe te loodsen, te trekken, zo goed en zo kwaad als het ging in het scheefhangende toestel.

'No luggage, no luggage,' schreeuwden ze naar de idioten die nog probeerden hun handbagage te pakken. De geur van kerosine dreef door de openingen naar binnen. Mannen van de crew en medereizigers met tegenwoordigheid van geest bevrijdden mensen uit hun gordels en hun scheefgezakte stoelen. Kinderen en vrouwen werden zo veel mogelijk eerst in veiligheid gebracht. Nel en ik gleden vlak na elkaar van de glijbaan het toestel uit. We werden opgevangen door ambulancepersoneel en meteen zo ver mogelijk uit de buurt gebracht. Wachtend op vervoer keken we naar het vliegtuig, dat als een dode vogel op de grond lag. Een dode vogel in de sneeuw, met alle schuim die er preventief onder en omheen was gespoten. Het was bijna donker. In de verte zagen we de lichten van de verkeerstoren. En palmen in silhouet tegen de avondlucht. Er woei een zwoele wind, maar ik had het steenkoud. Ik trok de foliedeken die me was uitgereikt strakker om me heen en probeerde niet te klappertanden. Het haar van Nel was uit de haarklem losgeraakt. Het hing slap om haar gezicht, dat grauw zag onder het zonnebankbruin. Ik was op de glijbaan mijn sandalen kwijtgeraakt.

'Dit gaan ze bij ons thuis niet geloven,' zei Nel terwijl ze op haar mobiel een nummer intoetste. Ze liep een stukje van me vandaan. Ze was niet de enige die belde met het thuisfront of foto's probeerde te maken. Mijn camera zat in mijn rugzak. En die lag nog ergens in het verongelukte vliegtuig.

We werden naar een lege hangar gebracht die zich langzaam vulde met passagiers, bemanning, hulpverleners en hervonden bagage. Nel en ik bleven als vanzelf bij elkaar in de buurt. We spreidden de foliedekens op de grond uit en gingen zitten. We kregen te drinken en ik sprak in het Engels met een arts. Hij keek naar mijn knie.

Toen hij weg was, zei Nel: 'Het vervoer komt eraan, zeggen ze. In welk hotel zit jij?'

'De afgelopen maanden heb ik steeds van een eiland gedroomd. Het was een soort visioen. Bijna alsof ik er echt was. Ik dreef op een luchtbed in zee, lag op het strand, voelde de warmte, de helende kracht van de zon. Ik dacht als ik daar maar ben dan komt alles weer goed.'

'Dat is ook zo,' zei Nel. 'Morgen ben je een ander mens. Je zult het zien.' Ze keek me vol vertrouwen aan.

'Ik ben nu al een ander mens, ik heb het er levend afgebracht.'

'Ja. En daar drinken we straks wat op.'

'Nee, ik ga kijken of ik een vlucht naar huis kan boeken. Ik moet terug. Ik heb nog iets goed te maken.'

Met dank aan

Ellen Dekker van de schietvereniging, voor ons uitgebreide gesprek en de rondleiding op de schietclub.

Ilse Purmer, (internist-)intensivist op een intensive-careafdeling in Den Haag, voor het checken en aanvullen van onze medische beschrijvingen.

Markell Helmann, voor het beantwoorden van alle vragen over eten, drinken, dansen en shoppen in Amsterdam.

En ten slotte, Elisabeth Umans-de Vos, voor het wederom daadkrachtig aanspreken van haar netwerk ten behoeve van Tupla.

Tupla Mourits

Lees ook van Tupla Mourits:

Vrouwelijk naakt

Het is vlak voor Kerst. Een psychisch gestoorde man dringt een museum binnen en beschadigt het schilderij *De gratiën* met een kruiskopschroevendraaier. Museumconservator Philo Bolt en restaurator Riitta Kekkonen plannen een experimenteel herstelplan waarmee moet worden gestart na de jaarwisseling. Riitta keert echter niet terug van haar kerstvakantie in haar geboorteland Finland. Philo maakt zich ongerust en is compleet ondersteboven als blijkt dat Riitta daar is overleden. De gebeurtenis heeft een grote impact op Philo's leven. Een onderhuids sluimerende crisis, in gang gezet door de dood van haar zusje anderhalf jaar eerder, komt tot een uitbarsting. Haar gezin raakt steeds verder ontregeld als Philo zich niet kan neerleggen bij de feiten, want ze is ervan overtuigd te weten hoe de vork in de steel zit.

Vrouwelijk naakt is een psychologische misdaadroman over verwarring, verdriet en loslaten. Over gewone mensen die iets ongewoons overkomt.

* De term 'literaire thriller' is bedoeld voor boeken zoals *Vrouwelijk naakt*. Eindelijk dekt de term de lading weer eens. In een tijd waarin zoveel zogenaamde literaire thrillers het daglicht aanschouwen, is dit een waardige exponent van het genre. – *8weekly*
* Dit is het soort thriller waar wij tegenwoordig van houden. – *Red*

Een brute straatroof. Een inbraak. Bedreigende teksten, geklad op de muur van de kinderkamer. Voor de Amsterdamse Hjørdis (Jur, voor vrienden) is dit het teken aan de wand dat haar man Camiel het leven van hun dochtertje Puck in gevaar brengt. Met het kind ontvlucht ze de stad, adres onbekend. Ze is vastbesloten een nieuw bestaan op te bouwen in de anonimiteit van een dorp. Veilig en onbereikbaar.

Maar de rust van het platteland is bedrieglijk en het onbekende vooral beangstigend. Hoe kan ze Puck beschermen in dit eenzame landschap? Wie is die man met de verrekijker, wie doorzoekt het huisvuil, gebruikt haar schuur? Waar komt die kruipende figuur voor haar auto ineens vandaan, en de zwerver aan de deur?

Met vallen en opstaan leert ze omgaan met hun nieuwe leven, de ritmes van het platteland en de spoken uit het verleden. Maar net als ze denkt haar leven weer onder controle te hebben, voltrekt zich een drama en wordt haar ergste nachtmerrie werkelijkheid.

* *Een kwestie van tijd* is een topper, een aanrader, een boek dat hopelijk veel lezers aanzet tot nadenken, een boek ook dat schreeuwt om verfilming. – *Crimezone*
* Het beklemmende verhaal staat als een huis en al lezend wil je maar één ding: in razend tempo richting de laatste pagina. – *Boek*
* [...] doet denken aan de thrillers van collegaduo Nicci French, maar dan gesitueerd in het Hollandse polderlandschap. – *Jan*
* [...] een beklemmende thriller over de angst van elke ouder. – *Opzij*

Speeddate

Sissela Kappetein, veertig, leuk leven, goede baan bij de Nederlandse ambassade in Riga maar nog altijd single, is wanhopig op zoek naar de ware liefde. In de cityhopper op weg naar huis komt er een aantrekkelijke man naast haar zitten. Om zichzelf interessanter te maken vertelt ze een leugentje, en het werkt. Michael Ribnikovs overlaadt haar met attenties. Maar deze prille belofte blijkt het begin van een stroom bizarre, gewelddadige en angstaanjagende gebeurtenissen. Ten slotte wil Sissela nog maar één ding: dat het ophoudt!

Speeddate gaat over verlangen, lust, liefde, leugens en angst. Na dit verhaal bedenk je je wel tweemaal voordat je een leugen vertelt.

*[...] levendige en geestige stijl die de spanning er tot het laatst in houdt. – *Opzij*
Speeddate is kraakhelder [...] met een origineel verhaal. De spanning wordt voorbeeldig opgevoerd. – vn *thrillergids****